迟子建 / 著

烟火
漫卷

人民文学出版社

图书在版编目(CIP)数据

烟火漫卷/迟子建著. —北京:人民文学出版社,2020(2023.5重印)
ISBN 978-7-02-013400-7

Ⅰ.①烟… Ⅱ.①迟… Ⅲ.①长篇小说—中国—当代 Ⅳ.①I247.5

中国版本图书馆CIP数据核字(2020)第156430号

责任编辑　赵　萍
装帧设计　李思安
责任校对　杨益民
责任印制　王重艺

出版发行　人民文学出版社
社　　址　北京市朝内大街166号
邮政编码　100705

印　　刷　三河市博文印刷有限公司
经　　销　全国新华书店等

字　　数　185千字
开　　本　880毫米×1230毫米　1/32
印　　张　9.875　插页3
印　　数　193181－199180
版　　次　2020年9月北京第1版
印　　次　2023年5月第16次印刷

书　　号　978-7-02-013400-7
定　　价　45.00元

目录

| 上部 |

谁来署名的早晨 / 001

| 下部 |

谁来落幕的夜晚 / 155

我们时代的塑胶跑道（后记） / 301

谁来署名的早晨

无论冬夏，为哈尔滨这座城破晓的，不是日头，而是大地卑微的生灵。

当晨曦还在天幕的化妆间，为着用什么颜色涂抹早晨的脸而踌躇的时刻，凝结了夜晚精华的朝露，就在松花江畔翠绿的蒲草叶脉上，静待旭日照彻心房，点染上金黄或胭红，扮一回金珠子和红宝石，在被朝阳照散前，做个富贵梦了。当然这梦在哈尔滨只生于春夏，冬天常来常往的是雪花了，它们像北风的妾，任由吹打。而日出前北风通常很小，不必奔命的雪花，早早睁开了眼睛，等着晨光把自己扮成金翅的蝴蝶。

一年之中，比朝露和雪花还早舒展筋骨的，是学府路哈达蔬菜批发市场的业主。凌晨两点，这里的交易就开始了。几座连成一体的半月形顶棚的蔬菜大棚里，堆积着深夜由集装箱运来的各色蔬菜。大型货车已经退场，棚外停泊的是中小型运输车，它们将奔向遍布城区的大大小小的超市和蔬菜店。这里是蔬菜的股市，每日价格起伏不定，各级批发商的必修课就是讨价还价，所以这是黎明前人语最喧闹的所在。

紧随着批发蔬菜者步伐的，是经营早点的人。无论是街巷中固定的铺面，还是各区早市流动的摊床，哈欠连天的小业主们，也是起在日头之前。而在灰蒙蒙时分，赶在扫街的和清理垃圾的现身之前，流浪的猫狗开始行动，各小区的垃圾站和饭馆酒肆门前盛装剩菜剩饭的桶（目标得是低矮的桶，否则它们难以企及），有它们的免费早餐。它们身上脱不掉的污渍，多半由此而来——脑门常常沾着馊了的面包屑、馒头渣或是黏稠的米糊，尾巴往往扫着剩菜的汤汁，仿佛拖着一条搅屎棍。但猫是爱洁的，雨季时它们往往找个水洼，打几个滚儿，清洁一下，那水洼顷刻泛起浊黄的油星了。

晨曦若隐若现时，野鸟在郊外树丛或是公园离巢而出，家养的鸽子则在居民区的楼群中，成群结队地翻飞。野鸟和鸽子飞起的一瞬，你仿佛进了生意红火的绸缎店，听到的是店员撕扯丝绸的声音。嗤嗤——，那仿佛撕较薄的丝绸的微脆的声音，是野鸟发出的；噗噜噜——，这像质地厚重的丝绸被撕裂的微钝的声音，是鸽子发出的。此时开早班公交和出租车的司机，提着大号保温水杯上岗了。郊区印刷厂的工人，早已穿上工装印制报纸，日复一日看着汉字在流水线上蚂蚁似的奔跑，虽说在新媒体时代，报纸就像隔夜的茶，待见的人少了。送奶员和送外卖的小哥，涌向公园的晨练者，搭早班火车和飞机出行的人，拿着扫把和撮子的环卫工人，装运垃圾的车辆，脖颈下吊着自己擅长的工种牌子的、在各大装饰材料市场门口找活干的俗称"站大岗"的民工，以及伏天的洒水车，或是寒天的铲雪车，让哈尔滨的大街小巷苏醒，这生活的链条，有条不紊地缓缓启动，开始运转，承担一天的负荷。

而在太阳升起之前，这座城市同其他城市一样，少不了因为一些领域利好消息的发布，出现排队的情景：排队入托的，排队买楼的，排队买基金和债券的，甚至排队买墓地的。关涉这些排队者的地方——幼儿园、售楼处、银行、殡葬公司等，当星星还没从它们头顶隐退的时候，需求者就络绎不绝地来了。这样为着争取个人利益的聚集，不会人人幸运，争端难免，所以相关部门得加派保安，早起维持秩序。而这些户外的排队者，有时会看到婚礼或葬礼的车队，一些人受了风俗驱使，迷信红白喜事要抢在日出之前做，才算吉利。不同的是娶亲的车头挂着红花，逢双的日子出现居多；出殡的车挂着白花，一般是逢单的日子上路。而红白事的单双日，一般以旧历为主。

除此之外，任何一座城市的特种车辆，永远处于待命状态，突发的火情，水、电、燃气、暖气等公共设施故障，犯罪以及疾病，也会让消防车、工程抢险车、警车和救护车上路。这黎明前的不速之客，多有鸣笛，不分晨昏，是生活街巷的怪兽，让人不安，也扰人清梦。这样的鸣笛也仿佛按动了光明的开关，所经路段的楼群，窗口会一个跟着一个颤抖着亮起来，像是一只只圆睁的惊恐的眼。

刘建国见惯的排队情景，在各大医院门诊挂号处，因为他常在凌晨去接出院的人。有的患者和他们的家属，为了获得一个专家号，月亮未抽身就现身了。这样的排队从不落潮，就有了逐浪而生的医托。同春运找到票贩子能秘密买到火车票一样，医托也是神通广大，手中掐着各大医院门诊的"通行证"，能把一些肯出高价的人领出队列，暗中的交易完成后，在医生开诊的那刻，让患者成为专家诊室的第一拨候诊者。

　　刘建国熟悉医院，就像熟悉他驾驶的二手救护车一样。这些年下来，这类车在他脚下已报废了三台，眼前驾驶的也运行了三年。这种名为"爱心护送"的车，在哈尔滨运行着三四十台吧，它们通常是各大医院淘汰的急救车，虽主人不同，但都与医院有着千丝万缕的联系。近年医患矛盾增加，医护人员紧缺，很多医院不愿接送危重患者，所以这类"爱心护送"车应运而生，它们虽有主人，但后台却是医院，不挂靠它们的话，就没客源了。

　　医院重症监护室门外的长椅上，疲惫的守护者不仅是患者家属，还有从事殡葬行业的人。病危者每熬过一个长夜，那仍然在嘀嘀鸣响的呼吸机和还在变幻的生命体征监护仪，对不担心医疗费用的患者亲属来说，是生命最动人的音符；而对家境贫寒的患者来说，呼吸机就是点钞机，沉重的医疗费巨石一样压着他们，所以这生命的讯号，也有让人锥心刺骨的时刻。而与他们有相同感受的，是做死者生意的人，呼吸机的鸣响，对他们来说如丧钟，意味着他们像不走运的渔夫，面对的是暗黑的池塘，这彻夜的蹲守白费了。

　　三月末的哈尔滨虽未开江，但积雪消融了。空中偶尔飞雪，也是气数已尽，落地即化了。清明到来前，街角卖冥币和纸花的多了，而各家鲜花店，忙着修剪黄白两色的菊花，做成花篮。穷人买纸花祭奠故人，富人则买鲜花悼念逝者。风大的时候，户外轻飘的纸花会被卷飞几朵，卖纸花的也不追，想着是被哪路野鬼劫走了。而鲜花店门前的垃圾堆，修剪下来的枯枝败叶，平素多是缤纷的玫瑰花瓣，现在堆积的却是金针银线般闪烁的菊花瓣。鲜花店的垃圾堆香气袭人，是行人路过时，唯一不需捂着鼻子的垃圾堆。

　　刘建国驾驶着"爱心护送"车从道里出发，去南岗的一家医院接翁子安时，是清明节的前一天。车子经过各家花店，少不了碾压到菊花瓣。漆黑的轮胎沾了花瓣，像滚动的花环。一些十字路口专为市民烧纸而设的方形铁匣子，吞吃了一夜的冥币，黑黢黢的。正值祭扫高峰，天还没亮，不少车辆已出城了，驶向墓地和殡仪馆。天色蒙昧，环卫工人早就穿着带爆闪灯的衣服，开始清理街巷了。废纸、饮料瓶、果皮、快餐包装纸、烟头、呕吐物和狗屎，是常见的垃圾。这座城市养宠物的越来越多，但人们的公德心却没跟上潮流，少见遛狗时清理爱犬粪便的人。醉酒者的呕吐物和狗屎，是环卫工人最厌恶的，他们清理时难免蹙起鼻子，兀自埋怨一声："这些不懂事的哇。"

　　"爱心护送"车不挂蓬灯，但它与救护车一样，配备担架、轮椅、氧气、输液吊支架和一些必备的急救药品。对于危重患者，会请医生或护士陪护，当然这得另加钱。一般来说，刘建国只是和助手一起护送患者。他的助手换了好几个了，干这行的起早贪黑，风来雨去，赚的辛苦钱，见的又都是病容惨淡的脸，难免影响心情，所以干长的人很少。

最早与刘建国搭档的人，与他年龄相仿，原来在道外一家菜市场出摊，后来他嫌卖菜憋屈，想干点流动性大的活儿，经人介绍认识了刘建国的雇主，便跟着跑了三年车，省内外的风景没少看。但因为他们护送的是患者，中途挺尸的不止一人，那人顿悟，原来再美的风景，本质是屠夫的脸，脱不掉肃杀之气，甘心回去卖菜了。第二个助手是下岗工人，他性情阴郁，但做事利落，刘建国喜欢他的沉默寡言，他们搭档多年，直到他锒铛入狱。那人常年在外跟车，老婆和一个搞传销的私通，被他发现，他把人给打残废了。刘建国的第三个助手是个青年人，身高一米七五，体重却有两百斤，他家境不错，之所以讨苦吃，是为减肥。说这活儿没黑没白，面对悲伤，耗神费力，比进减肥营有效。减肥营还要花钱，而他跟车能挣钱。也的确，四年不到，小伙子甩掉五十斤肉，找了女友，接手家族的餐饮企业，快活地当起了小老板。他说要尽快结婚生子，他跟着刘建国跑车，最羡慕那些临终的人，能牵着自己孩子的手，慢慢闭上眼睛。

眼前跟着刘建国跑车的，是个叫黄娥的外地女子。不过刘建国接翁子安出院时，黄娥不能随行，翁子安只允许刘建国一个人来。

说是如果死在中途，唯有他陪伴，他才心安。

　　翁子安是一周前来哈尔滨入院的，他这病来得急，脱离危险也快。他发病时血压会骤然升高，心跳加快，视物模糊，短暂失忆。而他的心脑血管多次检查，并无病变。也排除了癫痫、帕金森综合征等疾病。他以前发病，身边的人会就地送医，待他清醒过来。但自从他认识刘建国后，翁子安无论在哪儿发病，总在还没有丧失意识的一刻，交代身边的人送他到哈尔滨，并指定就诊医院。而他选择的医院每次不同，这次是省医院，下次可能是哈医大的某所附属医院。因为发病地点不同，专车护送他到哈尔滨的时长也就不同。但很奇怪的，无论车程长短，他中途总像冻伤的猫一样蜷缩着，处于半昏迷状态，一定要等进了医院重症监护室，一番抢救后，才如旱苗得雨，渐渐睁开眼睛。他转到普通病房留院观察期内，会把陪护先打发回去，然后选择一个出院的日子，提前办好相关手续，给刘建国打个电话，以老朋友的口吻说："嗨，我又来了，明天接我出院吧，时间不变。"

　　翁子安会告诉刘建国，他住哪家医院，而那不变的时间，是凌晨四点。翁子安会提早背着行囊，去医院重症监护室外的走廊溜一圈，默默坐上一刻，然后到医院门口等待刘建国。刘建国的车不用进院内，也避免了与门卫偶起的争执，尽管雇主早已与各医院私下有协议，车子进出无阻，也难免遇到勒钱的主儿，说按规定非本院急救车不得入内，这时只要你塞他个二三十块钱，紧闭的大门就咧嘴乐了，唰——地打开。

刘建国第一次接到翁子安电话，是三年前的阴历二月初二，传说这是蛰伏一冬的龙苏醒的日子，俗称"龙抬头"。古时祭祀龙王多用猪头，这天也就成了吃猪头肉的日子，城里的各大副食店的柜台，会摆满熏酱或卤煮的猪耳朵、猪脸、猪舌头、猪拱嘴等。配猪头肉的，是炒黄豆。传说龙王曾私自降雨给亟待甘霖的人间，惹恼玉帝。玉帝下旨，除非"金豆开花"，才可赦免龙王的罪。所以老百姓群起炒豆，炒至开花，为龙王祈福，二月二卖炒豆的也特别多。而正月有不剃头的风俗，所以到了龙抬头的日子，人们迫不及待地"剃龙头"，理发店的生意在这一天极为红火。

因为多年寻人，在各种渠道公开自己的电话，再加上干的是"爱心护送"的活儿，刘建国的手机没有换过号码，且永远处于待机状态。刘建国记得零点刚过，有个电话呼入，他很客气地自报家门，说他在哈尔滨某医院，四个小时后出院，麻烦送他回家。刘建国问他家在本地还是外地，需要医生护士随行吗？对方很干脆地说不需陪护，只刘建国一个人来就行。至于去哪儿，他说上了车才好决定。见刘建国迟疑，他解释说这次来哈尔滨办事，突然发病，而他被送医脱离危险后，在医院听说了刘建国的故事，深为感动，极想结识，所以才雇用他的车。刘建国的电话，是病友给他的。

也许是被医院门前泛着蓝光的路灯给映照的，翁子安给刘建国的第一印象，显得阴郁。他四十上下，背一个黑白色双肩包，穿蓝色牛仔裤，深咖啡色卡腰皮衣，中等个，瘦削，浓眉，鼻子挺直，发丝波痕似的微卷，面部凹凸有致，轮廓分明，气质不俗。

刘建国的车停下的一刻，他看了下手表，显然对刘建国的守时满意，他微笑着跟落下驾驶室车窗的刘建国招手，说："不劳您下车，我自己能上。"

救护车的驾驶舱与救护舱是分隔的，中间有推拉式观察窗。刘建国驾驶的这台车，被雇主改装后，隔断还在，但观察窗的玻璃去掉了，等于前后舱之间有了一个方形通道，沟通无需对讲机。按照大多数客户的需求，又加装了两个折叠式座椅，因为紧急送医的患者，陪护往往也多，后舱原有的座椅，若有医生护士随行，患者家属往往没地坐了。

翁子安羚羊似的奔向车子，熟练地打开后厢门，轻盈地跃上车，说："往太阳岛开。"之后他放下双肩包，调亮蓬灯，躺在担架上，取出一本书读起来。

车过松花江桥时，与江面上自由的风，大面积遭逢。风儿把车当成了鼓，恣意敲击，车体发出轻微的震颤声。翁子安放下书，聆听风声。待到风声骤然衰落，他知道江桥已过，吩咐刘建国："往绥化开。"

刘建国那时感觉自己像是遭绑架了，任由驱遣。而他并不反感，翁子安与他的寻找对象年龄相仿，属于这个年龄段的陌生男性，总像磁石一样吸引着他。当然，因为多年没有寻到丢失的孩子，这个年龄段不断变幻，从婴幼儿到少年，再到成年，一路跟着他在寻人空间，静悄悄地成长，而刘建国也奔七十了。

他们到达绥化时，曙色微露。翁子安让他停车，说要打点肚子。

他们进了一家早点铺，吃了猪头肉、豆腐脑和葱油饼，之后又一起进理发店剃头。饭钱翁子安率先结了，所以刘建国抢着结了两人的理发费。刘建国的头发白了多半，而翁子安微卷的头发是漆黑的。他们剪下来的发丝混合在一起，先于他们而握了手。

他们再上路时，翁子安突然问："过了七十岁，您就不能开这车了吧？"

刘建国摸了摸自己的头，说："我看上去很老了么？"

翁子安说："别人讲您的故事，我知道您的大概年龄了。但您看着真不像，要是把头发染黑，多说五十岁吧。还有，您看上去酷帅酷帅的！"

刘建国苦笑一声，反问一句："酷帅？"

翁子安点点头，说："要是需要，我可以帮您改档案。有些官员改档案给自己减龄，是为了在官场多捞几年，这很可耻；您要是改年龄，是为了能开车去找孩子，这个高尚！"

就是这番话，让刘建国对翁子安有了好感。他说虽然自己是翁子安的长辈了，但不习惯别人以"您"称呼他，请翁子安像别人一样，叫他刘师傅或是刘建国。

翁子安很快做出选择，以兄弟的口吻说："遵命刘建国。"

他们不约而同向对方伸出了手。翁子安的手很凉，刘建国也就多握了一刻，给他的手焐热。

他们再次上路，翁子安给出的目的地是北安。他安静地开车，翁子安安静地看书，两个人也无交谈。翁子安其间打过两个电话，说的似乎都是生意上的事情。刘建国注意到,翁子安打电话很简短,两三分钟就挂了。

车最终到北安的一家汽修厂停下,翁子安跟刘建国结算路费,给了他双程费用,让汽修厂的师傅,搬出一台半新的摩托车,抬到"爱心护送"车上,说是空车回去浪费汽油,这台摩托车顶一个人的费用。翁子安塞给刘建国一张写有一个人电话的纸条,说这台摩托车是送他的,进城后打电话问一下送货的具体位置。刘建国要回返时,翁子安突然说:"我妈一到二月二的这天,就不动针线,说是怕伤了龙珠。"

刘建国慨叹道:"有妈的人多好啊。"

刘建国回到哈尔滨后给接货人打电话,才知道他是翁子安新结识的病友,一个泥瓦匠,常年干装修贴瓷砖,累伤了腰,翁子安住院时,他做完腰椎手术,恢复得差不多了,正待出院。他可能无意中说自己骑一辆破旧的电瓶车,奔波在城市,所以翁子安才送他一台性能好的摩托车。

翁子安以后再来哈尔滨急救,无论出院是回嫩江、富锦还是尚志,刘建国返城时,他总是捎点东西,付双程车费,不让他空跑回去。有时捎的是物——工艺品或土特产,有时捎的则是人——通常是搭顺风车去哈尔滨看病的。

这次刘建国接到翁子安,感觉清冷路灯下的他,就像一根冰冷的铅笔,更加的瘦削,也更加沉默。刘建国没问他是在哪儿发的病,只问他这次去哪儿。

翁子安说："过阳明滩大桥，先到松北去。"

刘建国点了点头。

翁子安上了车，依然是调亮蓬灯，躺在担架上捧起一本书。刘建国发现翁子安在读书上是个杂食动物，有时读哲学书，有时读医学和植物学的。刘建国忍不住问他，这次带的什么书？他淡淡回道："桥梁建筑。"

刘建国心想，怪不得你要走阳明滩大桥呢。对哈尔滨来说，它是桥梁建筑的新宠，落成通车不足十年，引桥出现过一次事故，但这座连通哈尔滨新老城区的悬索桥，因六千多米的桥长，双向八车道的承载，气派典雅的外观，纾解交通的能量，依然是市民喜欢的公路桥之一。而它没出现前，最早贯通松花江南北两岸的是一座有百年历史的滨江铁路桥，连通欧亚大陆，是上世纪初由俄国人设计施工的，它也是哈尔滨道里区和道外区的标志性分界建筑物。这座十九孔桥的花岗石桥墩非常坚固，其状如一只只浮在江面的鱼篓，而桥墩上的钢铁护栏像渔网，一派渔场风光。老桥即便铁骨钢身，但年头久了，像一个人老了牙齿会松动一样，它的韧性减弱，其间进行过一次大的加固，往来列车通过时也减低时速，但其承载力还是处于危崖状态了。这样，在它的东侧不远处，相向建了另一座铁路桥，它的桥墩呈山字形，上面有三个巨大的半月形护栏，好像要给松花江，升起三轮永远的新月。新桥通车后，高铁列车呼啸而过，驻足于已成景观桥的旧铁路桥上，可以感受到新桥在高速列车经过时，给老桥带来的轻微震颤。这很像一个活力十足的美少年，带着一个腿脚不便的老妪起舞。这一老一新的松花江铁路桥，毗邻而居，两座桥像悬在松花江波涛上的乐器，风过留声，只不过老桥像低沉的古琴，新桥像雄壮的圆号。

刘建国驾车驶上阳明滩大桥时，对向过来的几辆车，都是车灯炽烈的大货车，这是它们在黑夜尽头的最后狂奔，因为早班的通勤高峰到来前，这漫舞的午夜幽灵，必须隐遁了。载重货车过桥时带来轰隆隆的声响，像在打雷。七八分钟后，在接近山门似的主塔时，在灯影下，刘建国发现了一只灰褐色大鸟，蜷伏在桥栏杆上，似在歇脚。鸟儿生性机敏，他以为汽车靠近时，它会拔头而起，飞向空中，可是刘建国过了主塔，从后视镜发现它岿然不动，他觉得奇怪，放慢车速，想观察一下它的动态。

翁子安对突然的降速极为敏感，问他发生什么事了？

刘建国说："桥栏杆上趴着一只大鸟。"

翁子安"哦"了一声，让他停下看看。

刘建国紧急靠边停车，打起双闪灯，和翁子安一起下车，走向主塔。

这只鸟抬起头，并没因他们的到来而受惊飞离。它黄色虹膜，目光泛着水波似的亮光，弯曲的上喙紧扣短的下喙，侧面看像叼着一枚黑蓝的戒指，脚趾橙黄，钩爪黑色，灰褐色的羽毛上点缀着褐色横斑，而长长的羽尾则是几道黑褐色横纹，尾尖点点白色，好像拖着一枝珍珠梅花。

"是鹰——"他们几乎同声对它的属性做出了判断。

翁子安抱起鹰，试图放飞它，可它没有离开他怀抱的意思。

刘建国说："这鹰估计迷路了，飞到这儿看到一城灯火，不想进城，可又耗尽气力，回不了老窝了，所以等人救它。"

他们决定带着鹰上路，中途找一处森林放飞它。

可是太阳升起后，他们分别在途中两处林木茂盛的地方做放飞点，它的翅膀却像休战的旗帜，根本没有飘扬的意思。翁子安说它兴许是饿昏了，他们便又寻到一个小镇的早市，买了碎牛肉给它。鹰勉强吞了一小块后，微微抖了一下翅膀，但依然没有离开的意思。所以这天刘建国把翁子安送到他要去的地方后，返回哈尔滨所携的就是一只鹰。他没有把它交给林业部门，而是送给了黄娥。

第二章

一座城市有一条江，等于拥有了一册大自然馈赠的日历。对于哈尔滨这样的都城来说，这日历就是一部四季宝典。每日清晨翻动它的，是风霜雨雪，以及依托这条江生息的人们。

哈尔滨每年近半年的冬天，所以这册日历，底色多半是白的。但这白的程度也是不同的。松花江刚封江时，没有雪的铺垫，薄冰透射着河床，它是青白；冬深之时，一场又一场的雪，像是给松花江献上了层层叠叠的哈达，使它泛出凝脂般的银白色光泽。而清明一过，融冰开始，这册日历就到了最难看的时候，斑驳陈旧，残破不堪。但不要紧，和风与暖阳并驾齐驱，会加速松花江解冻的进程。

河流开江和女人生孩子有点像，有时顺产，有时逆生。顺产指的是"文开江"，冰面会出现不规则的裂缝，看上去像浓云密布天空中的闪电，有点呼风唤雨的意思，浓墨似的水缓缓渗出，开江的序幕就拉开了。当水面逐渐开阔起来的时候，大面积的冰面，会在某一天訇然解体，获得解放的江水，簇拥着冰凌，不疾不徐地涌向下游。而逆生指的是"武开江"，也就是倒开江，中下游江段斯文地开江呢，上游却激情似火的昼夜融冰，先行开江，冰排自上而下呼啸着穿越河床。有时冰块堵塞，出现冰坝，易成水患。所以黑龙江的防汛，始于开江。倒开江极为壮观，奇形怪状的冰块赶庙会似的，奔涌向前。它们有的像热恋中的情人，在激流中紧紧相拥；有的则如决斗的情敌，相互撞击，发出砰砰的声响，仿佛子弹在飞。开江过后，松花江这册日历就焕然一新了，江面倒映着蓝天、白云、碧树、繁花、朝霞、夕照、行人的形影，成为流动的画屏。任船儿穿梭、游人畅游，也任水鸟起舞。

刘建国在松花江畔长大成人，他太熟悉这条江了。小时候他和哥哥刘光复，常在冬天去江上抽冰嘎、打雪爬犁，夏天时则喜欢挽起裤脚，和妹妹刘骄华在浅水中用笊篱捞鱼虾。刘光复水性极好，十几岁时就能横渡松花江。那时北岸还是茂密的树林，他上岸后常发现野鸟蛋。在粮油副食凭票供应的年代，禽蛋极为诱人，但刘建国的父亲刘鼎初，始终告诫儿女们，不许碰野鸟蛋，否则它们会复仇。刘光复不信邪，有一次他游到北岸，在树丛中找到一窝蛋，看到近处刚好有未烬的渔火，赶紧划拉了干树枝，将渔火调旺，烧了那窝蛋，痛快地吃了一顿。吃完他躺在江畔草地晒太阳，不知不觉睡着了。后来他是被疼醒的，蒙眬中睁开眼睛，只觉眼前是一片黑压压的鸟，它们扇动翅膀，拍打他的脸。而他的后脖颈，已被鸟儿尖锐的喙给啄伤，渗出鲜血。刘光复爬起驱赶群鸟，并求助不远处一个种地的，用马车把他载回江南。刘光复被送进医院缝合包扎伤口，半个月才痊愈，此事使他后脖颈落下伤疤，也给自己落下了"乌鸦颈"的绰号。后脖颈的爪形疤痕，像扣着一枚深紫的印章。

刘鼎初不仅是俄语翻译专家，对动植物学也有所涉猎，他从刘光复的描述中，说儿子吃掉的那窝蛋，应该不是乌鸦蛋，因为乌鸦通常把巢筑在树上。哈尔滨郊外的很多树，吊着的一个个乌黑的手雷似的东西，就是乌鸦巢。刘鼎初说儿子当时是被疼醒的，痛苦和恐惧，让年少的他觉得眼前漆黑一片，而实际飞舞的不可能是乌鸦。至于那是什么鸟儿，刘鼎初最终也没给出答案。这个曾在重庆做过地下党，后来又到延安，东北光复后携妻子来哈尔滨办学的翻译家，在动乱岁月被打成反动学术权威，神思恍惚，被强行送入精神病院，仅仅一周，让几个货真价实的疯子，在厕所旁的一棵大杨树下，给活活打死。那正是杨花飞舞的时节，刘鼎初的尸体，挂着白花花的杨花，像老天撒下的纸钱。所以直到如今，刘光复刘建国和刘骄华，从不在杨树下纳凉，好像每棵杨树下，都游荡着父亲哀泣的魂灵。

刘建国和黄娥在日出时分，相约在松花江岸老江桥。他们是给刘建国从阳明滩大桥带回的那只鹰来捡鱼的。黄娥说夜里跑过冰排，江岸的碎冰碴中，应有被冰排撞死的鱼。

太阳刚冒头，江畔已有晨练的人了。今年松花江的开江，可谓"文武双全"，清明节过后的一周，上下齐开。上游段的冰排倾泻而下时，下游冰面已融化百分之七八十，毫无阻挡能力的处于崩溃边缘的冰体，被上游冰排迎面撞击，碎银迸珠似的解体，汇入同一行列，浩浩荡荡地朝下游而去。黄娥最喜欢听的，就是冰排游走的声音。

黄娥中等个，完全不像生过孩子的女人，一副少女态。她身材火辣，宽胯细腰，臀部适中，不习惯戴胸罩的她，夏季穿衬衫时，你能看到她乳房丰满的轮廓。她小方脸，细眉细眼。最为奇妙的是，她的左眼是单眼皮，右眼则是双眼皮。她大约知道右眼多了一道轮廓，常常觑着右眼看人。而她的眼，永远蒙着一层水样的东西，一副欲哭未哭的模样。她的鼻子在五官中算是缺憾，虽然小巧，但有点塌，但不要紧，她月牙形的嘴唇和微翘的下巴，这两道完美的面部弧线，将鼻子拦在两道围场里，削弱了它的缺陷。她的黑而直的长发，通常用各色手帕，随意扎成马尾辫，像是献给自己的一束花，松松地垂在脑后。她的皮肤也令人羡慕，肤色微黑，但很紧致，而她不用护肤品，只是在厨房切蔬菜瓜果时，将沾在刀壁上的黄瓜、西红柿、芹菜、苹果、草莓、柠檬、梨子的汁液，随手涂在脸上。她身上那股说不出的清香，由此而来吧。她的气质凌厉与柔美兼具，有股说不出的美。

黄娥和刘建国在一起，总是穿肥腿裤，宽松衣，刻意遮蔽她身体的风光似的。这个早晨她穿的是深蓝色阔腿棉绒秋裤，黑白格的套头毛衣（她上衣的颜色总是黑白色），系一条黑色棉麻丝巾，用蓝手帕束起马尾辫，背一个竹篾鱼篓，鱼篓里放着一个小钢叉。

不用说，鱼篓和小钢叉，是她逛道外旧物市场淘来的，她对旧器物无比钟情。

松花江边果然还有碎冰，他们仔细寻过，黄娥还特意用小钢叉刨冰，只发现一条拇指大的死鱼。黄娥有些失落，她直起身眺望江桥时，忽然有了重大发现。在老江桥的桥墩下，还拥塞着一些冰块，在晨曦中泛着乳黄的微光。黄娥说桥墩的冰隙间，一定有被撞死的大鱼，只要找条船过去，就有渔获。

当年在老江桥旁建新江桥，主要是因为铁轨旧有的格局，使它无法改道。但当初也有人提出两道桥相邻，不利于泄洪。因为桥下背阴，这段冰面通常解冻较晚，如果倒开江，两道桥的桥墩排布开来，就是冰排的"拦路虎"，在流量激增的年头，易引起冰凌堵塞，江水漫溢。

刘建国是老哈尔滨人，在开江的冰凌中寻鱼，他从未听说过，这念头恐怕只有在水边长大的黄娥，想得出来吧。她说那只鹰不吃买来的鱼，是因那些鱼大都是养殖的，有股子土腥味。刘建国说他查阅了书籍，鹰对鱼并不感兴趣，它们更喜欢捕食鼠类和昆虫。黄娥撇着嘴说，你怎么信书上的东西？她说她在七码头见过吃鱼的老鹰。黄娥还说她在七码头时，一到开江的时候，她和她男人卢木头，就会背着鱼篓去江畔捡鱼，总是收获满满，能炖一锅鲜美的开江鱼呢。黄娥提起卢木头，总要叹息一声，她那雾蒙蒙的眼睛，显得更加迷蒙了。

刘建国跟随黄娥，沿江找船，终于在一处小码头，发现了一条陈旧的木船。看来开江后，已有下江捕鱼的了。黄娥说在七码头，你用别人家的船，是不需要打招呼的，用过后给船主人留点吃的或用的东西就是了。

黄娥熟练地解开缆绳，唤刘建国上船，推它入水，轻盈地跃上船来，朝江桥划去。

太阳缓缓升起，金光也就在松花江上，一波一波地涌现。早晨的江风不很大，但黄娥将船划得飞快，自然带来了风，她的刘海和马尾辫，好像她身体生出的云，在风中飘来荡去的。刘建国忍不住说："是不是觉得自己回到了鹿耳河和拇指河？"

"你不是说没有这两条河吗？"黄娥撇了一下嘴。

刘建国说："听你说的次数多了，就当真的了吧。"

黄娥觑着右眼，意味深长地说："这一世的河多着去了，哪能你都知道呢。"

刘建国打量着她，觉得她比刚来哈尔滨时，神色要明朗一些，那时她满面阴云，除了酒醉之后傻笑，从没笑模样。

那是四年前一个深秋的傍晚，刘建国出工回来，下了碗面条吃掉，换上正装，穿上皮鞋，正准备下楼，去老会堂音乐厅听一场音乐会，刚打开门，就见自家门口蜷坐着一对母子。女的四十上下的模样，穿一条蓝牛仔裤，黑毛衣，斜挎一个帆布包，模样清秀，但面色和唇色极为黯淡。而与她相挨的孩子，六七岁的光景，细脖子大脑袋，黑红的脸上生着几块癣，正有滋有味地啃鸡爪，手和嘴油乎乎的。

这女人就是黄娥，而那男孩是她的儿子杂拌儿。

刘建国住在道里中央大街附近，一个闹中取静的地方。那座六层高的红砖老楼没有电梯，他住在二层的一个两居室。楼是上世纪五十年代建造的，所以多年以来历经了水电煤气、暖气的改造工程，以及电话、有线电视和光纤的入户。每一项改造，都要给这楼"刮肠破肚"，弄得它伤痕累累。外墙盘桓的各种明线，以及用水泥打起的一块块补丁，使本就面貌苍苍的它，更显破旧。但这破旧感，只有冬天才会感觉到。到了植物生长的时节，老楼外的两棵大柳树，与外墙匍匐的爬山虎一旦返青，茂盛的叶片遮挡了那些横七竖八的明线和外墙上的"疤痕"，它看上去就生机盎然了。刘建国家的每个窗口绿意荡漾，让他有置身森林的感觉。到了秋天，叶片枯黄，阳光照着它们，很有点挽救的意思，但再好的阳光，也无法阻挡万物凋零。一旦叶子萎缩和脱落，外墙只剩下青筋似的枝蔓，这楼的好光景就过去了。

黄娥见着刘建国，睁大眼睛，拉着孩子缓缓站起来。她太疲惫了吧，背靠着墙，站得不直溜。她上下打量着他，问："你真的是刘建国？"刘建国点点头，她就拍了拍孩子的肩，把他推到刘建国面前，说："你不是四处找孩子吗？我给你送来了。"听那语气，好像她与刘建国早已有约。

刘建国赶紧说："我要找的不是这么大的孩子，他丢的时候没满周岁，到现在快四十年了，早就是大人了。"

"杂拌儿会长大的。"黄娥说。

"杂拌儿?"刘建国看着那男孩,说,"他的名儿?"

"是小名,"黄娥说,"他大名叫卢卢,你要是嫌难听,就给他改名,大名小名都能改,你现在是他爸了。"

"我怎么成了他爸?"刘建国惊讶极了。

"因为你要找的是男孩,杂拌儿是个男孩,而他现在没爸了,你得给他当爸,男孩得有男人管。"黄娥执拗地说。

刘建国彻底蒙了,说:"真对不起,我不能给这孩子当爸。"

"你缺孩子,杂拌儿缺爸——"黄娥不耐烦了,说,"你俩合该是一家人,咋这么简单的道理都不懂?"

刘建国为寻找从他手里丢失的朋友的孩子,多年来四处公布自己的住址,所以找上门来说他们掌握了孩子确凿信息,甚至堵在门口领人来认亲的,不在少数。这其中有好心人,也有为了能得到寻人启事中承诺的赏金,而虚报线索的人。当然,恶意戏耍的人,不是没有。但像黄娥这样,硬塞给他一个孩子,刘建国还从未经过。看他们母子的样貌,应是外地人,刘建国想他们一定是遇到了什么麻烦,于是从兜里掏出三百块钱递过去,让他们找个地方住下,孩子他是不收的。

刘建国飞速下楼,为了甩开他们,本想步行的他,出了楼洞立即叫出租车,直奔老会堂音乐厅。

老会堂音乐厅在道里通江街上,由犹太老会堂改造的,有百年历史了,曾是生活在哈尔滨的犹太人的主要活动场所。上世纪三十年代初,穹顶遭受过一场大火,修缮时将两颗六芒星保留为一颗，至今仍是哈尔滨城市上空，在白天时也会闪烁的星星。

黄娥来哈尔滨的那年，犹太老会堂变身的音乐厅，刚好对外开放。国外的小型室内乐团、本地乐团以及一些艺术院校的演出，常在此举行。由于每周都有演出，加之票价不贵，很受音乐爱好者的欢迎。

刘建国喜欢这座音乐厅，它挑高八米，上下两层，左右对称排布着十六根乳黄色浅浮雕原木立柱，看上去气派典雅。音乐厅上方，是三盏等距垂悬的枝形水晶吊灯，它们与两侧通道各七盏的小型吊灯，交相辉映。两侧狭窗垂吊的绛红色丝绒幕布，像是高挂的神衣。乐迷喜欢这座音乐厅，还因它不用扩音设备，利用建筑本身的结构特点，让声音自然回旋，给人带来纯美的音色享受。刘建国要是到得早，会驻足于进门处展览的两扇老会堂乳黄色木门前，一看再看。它们历经风雨，有着沧桑之美。刘建国相信，于大卫的母亲谢普莲娜，当年来犹太老会堂诵经时，一定触摸过这两扇门。刘建国丢了于大卫的孩子，直到谢普莲娜过世，她也未见到自己的孙子，所以刘建国看这两扇木门时，总是羞愧满怀。

橡木地板，胡桃木色的祈祷席风格的观众席，舞台中央上方圆窗镶嵌着的白色六芒星，以及黑色三角钢琴，这宗教与艺术符号的美妙结合，是都市夜晚的一杯酒。可刘建国享用它的时候，总脱不掉凄凉的心境，因为他是为寻人而来。像去其他剧场和音乐厅一样，舞台上的演员和观众席间，凡是出现符合他寻找的年龄段的男性，都是他盯着的对象。疑似目标如果是观众，他要等中场休息时趋前打探一番，有时劈头问人家年龄，会遭到白眼；而舞台上的疑似目标，要么是演奏员，要么是唱歌的，他要等到一曲终了，去后台以粉丝身份搭讪，他的开场白总是："你这么优秀，你父母一定也很优秀"，对方得到表扬，会温和地告诉他父母是做什么的，无论健在还是离去，他们都有生身父母，有确凿无疑的来处，这真令他沮丧。

那天的音乐会是一场大学声乐系在校生的演出，有个男生唱歌时忘了词，他自己不好意思，嗤嗤地笑，观众也笑。那场演出的百余座位，坐了不到三分之一，刘建国没有发现目标中人，兴味索然地退场。他刚一出门，就被黄娥堵住。老会堂音乐厅外墙的装饰灯在夜色中流光溢彩，黄娥撇了一下嘴，说一楼的窗户可真有意思啊，就像挂着一个个瓶起子。刘建国明白是窗子镶嵌的那圈灯珠造成的光影效果，赶紧说这不是酒馆，这是音乐厅。黄娥说管它是啥，一个刚当了爹的人，不该蹽杆子，跑到这里享清闲，她再次把杂拌儿推到他面前。那孩子晃晃荡荡的，哈欠连天，困得支持不住了。刘建国无奈，拉起孩子的手，说就近给他们母子找家旅馆住下再说。黄娥说你当了爸，不把孩子领家住，让他住外面像话吗？刘建国不明白自己怎么撞上了这么一个冤家，他甚至怀疑这女人的脑子有问题。

每当遇见难解决的事情，刘建国总会求助妹妹刘骄华，她是哈尔滨一所监狱的狱警，头脑机敏，行事凌厉，那年刚好退休。她接到哥哥电话后，立刻赶到老会堂音乐厅解围。她对黄娥说，我哥没孩子，天下谁人的孩子不是孩子呢，他当然可给你孩子当爸，不过我哥是吃"爱心护送"这碗饭的，起早贪黑难免的，你们母子不能住他那儿。刘骄华说婆家给她留下的道外区的一处老宅闲着，虽然破旧，但水电和暖气都通，装有卫星电视锅，能收看部分电视节目，就是没管道煤气，得换煤气罐。不过那是平房，换煤气罐方便，不如暂住那里，她不收房租，其他费用黄娥自付，她哥也可定期去看孩子。黄娥叹了口气，说当爸的不管孩子，当姑的管也行，同意先去刘骄华指定的地方安顿下来。他们离开前刘建国问黄娥，你怎么知道我来老会堂音乐厅？黄娥说她掐算出来的。但杂拌儿实在，他说他妈问了刘建国的邻居，那个找孩子的男人穿得那么立整，会去哪儿？邻居说一准是去听音乐会了。热心的邻居告诉他们，附近的音乐厅买卖街上有一个，粉色的楼，是老音乐厅；通江街上也有一个，是新开的。黄娥领着杂拌儿先去了老音乐厅，那晚那里没演出，她就到了通江街上，把刘建国逮住了。

黄娥和杂拌儿住在刘骄华提供的住屋，由暂住变成了长住，就像一棵树扎了根，不想挪窝了。刘骄华也没食言，这几年没收一分钱房租，黄娥只是负担水电费用，刘骄华还帮杂拌儿入学，让没城市户口的他，进了一所小学读书。

刚到哈尔滨那两年，黄娥一边打工赚钱养孩子，一边寻夫。她声称有天早晨醒来，她男人卢木头突然从七码头的家中失踪了。他留在枕头的印痕还在，枕畔的烟袋锅也在，但人却无影无踪了。

黄娥说出事的前一天晚上，她和丈夫大吵一架。起因是她私自驾着小汽艇，经拇指河去了椴树屯，去看在此安家的刘文生。她下午去的，天黑回来的。她告诉卢木头，自己并没跟刘文生睡，就是去看看他，可卢木头比听到她真的跟男人睡了还恼火，摔盘子扔杯子，地上满是碎瓷片和玻璃碴。黄娥说平素她是和卢木头睡一起的，可那晚因为吵架，各睡各屋。就是那天夜里，她梦见有人告诉她，你家卢木头不要你了，你快领着孩子，往南边的大城市去找他吧，结果梦醒之后，她发现卢木头果真不见了。黄娥说如果不出省，七码头南边最大的城市，不就是哈尔滨吗？所以她带着杂拌儿来了。

按照黄娥的说法，黑龙江上游有条美丽的支流，当地人叫它青黛河，七码头就在青黛河畔。公路铁路不发达的年代，一到青黛河通航时节，这条河就喧闹起来了，客船、货船、渔船往来穿梭。航行在青黛河上的客船，是艘蓝白色的钢木结构的老船，叫"龙跃"号。"龙跃"号最后一任舵手叫刘文生，是个海军退役军人，他有一双鹰眼，能目及常人所不及处。"龙跃"号在青黛河的起点是望云岭，终航站是熊滩。黄娥说人们嫌熊滩这名字不讨喜，就把它改为七码头，因为从望云岭到熊滩，一共七个码头。

青黛河在七码头处，像一棵树分了杈，又派生出两个极小的支流，鹿耳河和拇指河，它们连缀着一村一屯——月牙村和椴树屯。黄娥说这两个村屯有三四百号人，他们出行通常是在七码头中转的。通向那儿的土路坑坑洼洼，所以微型面包车、农用四轮车、马车牛车、摩托车甚至自行车，都是交通工具。七码头的站前广场，在"龙跃"号靠港的时刻，就像一锅被热火炒得乱蹦的豆子。摩托车突突叫，自行车铃铃响，牛哞哞吟哦，马咳咳嘶鸣，极为喧嚣。这一带的人在呼号的北风中，练就了大嗓门，他们在船站打招呼和招揽生意时，声音嘹亮，好像每个人的唇齿间，都隐藏着一部扩音器。牲畜们自然也沾染了主人的习性，叫起来不甘示弱，豪气冲天。有时船靠岸后，赶上阴雨天，去往月牙村和椴树屯的土路翻浆，车辆难行，中转客人便纷纷拥向码头旁的卢木头小馆。

卢木头小馆是卢木头夫妇开的小客栈，它在此时承担两种服务，一是为选择住下等候天晴的客人提供食宿；还有就是由小馆的女主人黄娥，驾着自行改装的小汽艇，连夜送客回家。黄娥说泥泞是最可爱的奸细，它在雨季常会出卖陆路交通工具，她才有生意做。她驾驶小汽艇，是走拇指河还是鹿耳河，这得取决于哪方滞留的客人多。但人数多也不是搭船的唯一标准，有时还取决于哪方客人回家有急事，比如久别归乡的，奔丧的，赶着给老人做寿的，或是送急救药的，哪怕一人，黄娥也乐意出趟船。当然，如果雨下得过大，鹿耳河与拇指河雨雾蒸腾，分不清哪儿是岸哪儿是河，黄娥是不出航的。这个时候站出来为她说话的就是卢木头了，一个满脸络腮胡子的矮个壮汉，他会打个响指，为老婆开脱："哎呀，今儿的雨邪性，河里八成有鬼，俺可不能让娥下河。"他叫黄娥总是单字"娥"，所以爱开玩笑的旅客就说："'鹅'去不了，让鸭去呀。"卢木头翻着眼珠，说："俺只娶了娥，鸭在哪里。"

人们便笑翻了，不想着赶路了，情愿和卢木头夫妇坐在一起，喝喝酒逗逗趣，反正小馆吃住便宜，他们消费得起。

刘建国多次听黄娥讲卢木头小馆的故事，有回他问为啥这个小馆不以她名命名？黄娥垂下头，带着哭腔说："俺对不起卢木头，小馆就得叫他的名字。再说了，他是户主，户口簿上写得清楚呢。"

黄娥自称和卢木头感情不错，但她谈起自己私生活的不堪，并不避讳。她和卢木头都只有初中文化，十六七岁就在社会上混，结识了各色人等。卢木头做买卖，但他运气差，做什么都赔，直到遇见黄娥，他们同在青黛河沿岸贩鱼，才开始盈利。两个人热络起来，感情升温，打算过一辈子。他们看中了七码头，于是在此安家。黄娥说他们的裂隙，始于小汽艇的运营。在通航时节，晴朗的日子里，即便有图风凉想搭小汽艇回村屯的旅客，他们也不动念，不抢陆路的生意，这是她和卢木头恪守的信条。只有路面有了麻烦，黄娥才出航。

黄娥说她本不是水性杨花的人，可是在风雨中航行，她格外渴望男人的怀抱。所以她出去送客时，卢木头早早就在家为她温好酒，铺好被窝。但黄娥并不总是渴望卢木头的怀抱，有时她在送客途中，会情不自禁地与人偷情。每当这样的事情发生了，黄娥回家就很羞愧，不敢碰卢木头备下的热酒热茶。她将从客人那儿赚来的钱（会比平素多），轻轻搁在卢木头的枕头上，然后换下衣服，丢进洗衣盆，吭哧吭哧地洗。卢木头这时会狠抽几袋烟，然后去灶上炒黄豆吃。黄豆半熟，他就嘎嘣嘎嘣地嚼，再把黄娥未碰的茶（那已是凉茶了）喝光，抖搂掉枕头上的钱，蒙头大睡。黄娥说卢木头一夜用响屁，声声谴责她。黄娥次日醒来，先是开窗透气，接着把地上的钱一一捡起，掖到自己裤兜，赶紧去灶房，给卢木头做能消食的萝卜条汤。卢木头喝过汤，再放几声响屁，该忙啥就忙啥去了。

黄娥说卢木头因此对相貌堂堂的男乘客，总是心怀抵触，视他们为危险分子。最让卢木头紧张的，是黄娥只载一个男人出行，卢木头这时就会吓唬客人，说河里有妖怪，会把小汽艇当飞鱼吞掉。这招不灵，他就躺倒装昏迷，黄娥走过去，一掀他的眼皮，看到他那双充满活力和斗志的眼睛，就"呸"他一口，吆喝客人出发，所以十之八九，他是阻挡不了的。

刘建国曾问黄娥，为啥卢木头不跟着一起出航呢？黄娥说他们开着小馆，不能两个人都不在，还有就是她贪恋独自驾驶小汽艇返回时，一个人走在拇指河和鹿耳河上，能和岸上垂下的树枝说说话，跟河里的鱼儿说说话，跟灰云中的飞鸟说说话，觉得美好。而跟它们说话，非得是独行时刻，才说得出口。刘建国再问她，既然在外做了丑事，为何还跟丈夫说呢？黄娥睁大眼睛，"哎呀"叫着说，刘建国你可真不厚道呀，你想让我欺骗卢木头？我可不能那么干，我是他老婆呀！再说了，那事咋能是丑事呢。刘建国说，不道德的美事，就是丑事。黄娥不吭气了，她叹息着说，兴许她这是一种病，因为她只在送客途中，在蒙蒙雨雾中，男女单独在一个小汽艇上,她才会忍不住。刘建国慨叹说,看来卢木头最喜欢过冬天了,你不用开小汽艇了。黄娥点点头,说还是男人最懂男人的心哪。

黄娥一再跟刘建国申明,引发她和卢木头那场争吵的刘文生,跟自己真没私情,哪怕她那次专程去椴树屯看他,他俩连手都没拉一下。刘文生退伍后结过婚,但因为他后来在航运公司做了舵手,通航季节有半年不怎么着家,他老婆常去夜市喝酒解闷,跟一个开烧烤店的小店主好上了,刘文生便离了婚。他们没有孩子,婚姻解体后再无联络。刘文生以往驾驶"龙跃"号时,会在终航站七码头住一夜,次日早晨载客返航。按理说他应该像其他"龙跃"号员工一样,宿在船上,但他从不,他会自掏腰包,来卢木头小馆住。只要不是阴雨天,黄娥不必开小汽艇,他就会让卢木头炒俩菜,和他们夫妻痛快喝顿酒。

黄娥说近年来通往七码头的公路,一再升级,由沙石路变成水泥路,直到如今的高速路,为了与陆路争客源,"龙跃"号把一等舱变成二等,还把底层驾驶舱后面的大统舱,改造成座席,降低票价,想吸纳短途客流,但终归抵不过高速公路的便捷,载客率越来越低的它,不得不退出历史舞台。青黛河没了客船,刘文生回到航运公司打杂。但据他说,不在水上航行,他觉得日子是死的,他提早退休,驾着一艘破旧的木船,带着全部家当,逆水而上,到椴树屯安了家。他还像以往一样,常在"龙跃"号靠港时分,来到七码头,在卢木头小馆喝顿酒,住上一宿。七码头的人和卢木头都觉得，刘文生恋着黄娥，才会在离她住地不远处安家，卢木头感到了真正的威胁。而黄娥迫于压力，一直没敢拜访刘文生。但那个初秋的午后，黄娥无所事事，万般空虚，很想去看刘文生。结果她去了椴树屯，发现刘文生正准备去月牙村，他说椴树屯有个姑娘嫁到月牙村，该回门了，所以姑娘的家长，让他去接姑娘姑爷。黄娥讨个没趣，傍晚就回来了。但卢木头不相信送上门的黄娥，刘文生会不闻不碰，所以发生争执，导致了卢木头的出走。

黄娥说她要找回卢木头，可是几年下来，她跟找人找了多年的刘建国一样，并没找到要找的。但找人，已然成为他们生活的重心，成为连接他们的纽带。

刘建国和黄娥在太阳露出整个头后，划船抵达了老江桥，桥墩下堆簇着冰块，但黄娥并未寻到预期的鱼。她不甘心，又朝新江桥划去，那儿的桥墩也有冰块在闪光。他们没找到鱼，却在靠近北岸的新江桥的桥墩下，发现了一顶古铜色带帽遮的布帽。它夹在一大一小两个冰凌间，就像一只受伤的鹰。黄娥惊叫一声，划到近前，身子越过船帮，用小钢叉将那顶帽子取到手中。

那帽子湿漉漉的，帽遮无损，但帽兜好像被老鼠嗑过，四处是黄豆粒般的窟窿眼，黄娥哆嗦着，想哭又哭不出来的模样，颤抖着手，将帽子放到鱼篓中。

刘建国不明白黄娥为什么捡这样一顶破帽子，难道她对所有旧物都爱？得了帽子，黄娥不再寻鱼，她将小船掉转方向。他们在晨光中离开江桥，很快抵达南岸。黄娥将船荡到原处，拴好缆绳，从鱼篓取出小钢叉，放到舱底，算是给船主的报酬。她也没和刘建国道别，背着鱼篓，沿松花江岸朝北走，刘建国呆立着，看着黄娥渐行渐远。

犹太人的安息日并不在礼拜天，而是周五太阳落山后，至次日黄昏的时段。于大卫的母亲谢普莲娜在世时，每到安息日，都会关掉屋子的灯，在厅堂点燃蜡烛，在烛光中打开留声机，放一张黑胶老唱片，双膝并拢，庄重地坐在硬木椅子上，欣赏她偏爱的古典音乐，之后诵读经文，喝茶吃硬饼干。周六上午，她会去犹太老会堂做礼拜。于大卫听说那时去那里的人，如果是冬季，都戴着黑毡帽，穿黑呢子外套。有人戴的帽子是直筒式的，看上去就像漆黑的轮胎，要碾压什么似的。而在夏季，犹太教徒去做礼拜，通常穿白衬衫，男人们喜欢配黑背心，头上戴着黑色圆顶的无边小帽，像倒扣着一只黑漆的茶碗。

哈尔滨东郊皇山的犹太公墓，对刘建国来说，已然成为他生活的重要场所。大多的时候，是于大卫约他同去，而他自己在开"爱心护送"车从外市县返回时，若是空驶，又恰好路过，一定会停下，所以墓园看守人无论换谁，都认得他们。近年拜谒公墓要做身份登记，但看守人见到刘建国，从不要他证件，尤其是他独来之时，总是怜悯地看他一眼，放他入园。所以刘建国的驾驶室，有个亚麻布的圆形口袋，装了各色小石子，这是他祭奠谢普莲娜用的，算是他的精神食粮吧。

犹太人喜欢用石子祭奠先人，石头是永恒的象征，据说耶稣的墓道是用巨石封堵的，而"耶路撒冷"在希伯来语里，是"石头城"的意思。刘建国每次进犹太公墓，总要摸出几颗石子，轻轻摆在谢普莲娜的墓前。黄娥知道这些石子的用途后，也常帮他捡些石子。刘建国喜欢圆润有花纹的石子，它们是岁月之河催生的花朵，而黄娥喜欢奇形怪状的，说这样的石子有个性，是激流的产物。

四月下旬的哈尔滨升温加速，鹅黄色的迎春和连翘次第开放。迎春和连翘乍看是一种花儿，其实不然。迎春六瓣，朝上开放，而连翘四瓣，很抹不开面子似的，倒垂着开，开了花儿才长叶子。春季难免有风沙，所以这两种花儿，也是染灰最多的。紧随迎春和连翘脚步的，是杏花、桃花和樱花。杏花越开越白，桃花和樱花却是从开到落都是鲜艳的。此时榆叶梅的花蕊像小爆竹似的，要炸裂的模样，等待吐露芳华。而哈尔滨的市花丁香，也打起了紫莹莹白灿灿的花苞。公园和街边的绿地，在四月初还是半青半黄的，像没染均匀的发丝，而到了下旬，草全部返青了，这碧绿的新毯，及时做了花儿的香冢，赐予它们清香而柔软的安息所。早开的花儿多半脆弱，花期短，一阵风，或是鸟儿的蹬踏，都能让其零落。

于大卫和刘建国同岁，以前是建筑师，如今是生意人，经营一家钟表店，两家灯饰店。尽管近年这三家店，都陷入不同程度的低迷，于大卫也没改弦更张，去做其他生意。他说时间和光明，是这世界最不可或缺的。

刘建国弄丢了于大卫和谢楚薇的孩子后，谢楚薇总觉孤独，惧怕安静之所，虽说他们在安发桥的住所，已很喧闹，她仍觉寂静。这样于大卫就在友谊路松花江畔的一幢高层公寓，人流最稠密之处，买下一套三居室，让谢楚薇透过窗子，能看到江畔斯大林公园络绎不绝的行人，以及茫茫江水。

于大卫不缺钱用，但他在生活上极为节俭。他开的车都是在二手车市场买的，始终从乡下买旱烟来抽。他衣着洁净，受母亲影响，钟爱黑白色的服饰，从不讲究牌子。他吃饭、剃头、洗澡，进的是寻常小店，只要干净就好，是街边小吃摊的常客。但爱好音乐和摄影的他，在音响和摄影器材的配置上，和他为妻子买房子一样，舍得一掷千金。

于大卫接上刘建国，在四月底的一个周六凌晨，去皇山犹太公墓，这也是犹太人的安息日。其实每逢这样的日子，刘建国即使没去犹太公墓，心底也满是哀悼之情。

日出前路上车辆不多，他们运气又好，几乎每到一个路口都逢绿灯，十分顺畅地出了城。车子在高速路上行驶时，能看到路边一闪一闪的花树。以往他们去犹太公墓，于大卫一路无言。但今天他却有点特别，他先是慨叹市区的桃花落得差不多了，郊外的却还在盛开，接着抱怨那些剜蒲公英和荠荠菜吃的人，让市民少看了两种野花。刘建国说是的，他跟于大卫一样，也钟爱金黄的蒲公英花，草地有它点缀，就是铺展在地上的星星。

于大卫中等个，年轻时很帅。他偏瘦，肤色白皙，有一张棱角分明的脸，深陷的眼窝，灰蓝的眼珠，高而直的鼻梁。那头五线谱似的浪漫卷发，早已由黑转灰，与他脸颊深深的皱纹，互为映照着岁月的沧桑。

像于大卫这样的混血儿，在哈尔滨并不少见。

于大卫家庭背景复杂，他的母亲谢普莲娜来自波兰，父亲于民生则是中国人。而谢普莲娜在此之前，还有过一段婚姻，她的前夫是来自俄国的伊格纳维奇。中东铁路开筑后，伊格纳维奇作为一名工程机械师来到哈尔滨。中东铁路贯通后，他作为护路队的技术人员，又留在此地。因为这条铁路，上世纪初的哈尔滨，成了远东地区的国际大码头，领事馆林立，各国的生意人纷至沓来，侨民激增。谢普莲娜的父母都是犹太人，自幼丧母的她，就在那个年代随经商的父亲来到这里，那年她只有十五岁，而比她年长十岁的伊格纳维奇，已在哈尔滨安家立业。

当年谢普莲娜的父亲在哈尔滨经营两家制粉厂，一家卷烟厂，还有一家糖厂，设备都是从波兰进口的，生意很好。谢普莲娜在波兰受过良好的教育，爱好艺术，会跳芭蕾，而那时哈尔滨不止一家芭蕾舞学校，让她自幼的爱好得以延续。于大卫说母亲一生都保持端正的坐姿，与她年轻时跳芭蕾有关。富裕的家境，让谢普莲娜衣食无忧，她进了犹太中学，学会了中文和俄文，还到一所音乐学校，学拉小提琴，融入并喜欢上了哈尔滨这座城市。谢普莲娜晚年时常回忆的是，老哈尔滨的各类演出和所放映的老电影，哪家俱乐部曾有哪个著名芭蕾舞演员演出，哪所影院放过爱情片，她都记得。她说那时最惬意的就是安息日时，吃过早饭，跟父亲去会堂做礼拜。他们乘坐两轮马车，从现在南岗区红军街的私人别墅一路下行，到那时的埠头区，也就是现在的道里，沿街可看到拎着手杖穿着考究的阔商，也能看到衣衫褴褛的落魄酒鬼，以及报童和卖艺人。做完礼拜，他们常步行到松花江畔，若是夏天，能看到支起帐篷在沙滩野餐的外侨，而在冬天，能看到在松花江滑冰的人。

于大卫说母亲相遇她生命中第一个男人伊格纳维奇，是她二十二岁的时候，候鸟南迁的时节。他们在中东铁路俱乐部听一场音乐会，中场休息时，谢普莲娜看到一个高个子、戴黑礼帽、留着一撇小胡子的男人，搀着一个大肚子女士，去买咖啡。那位女士穿黑色平底软皮鞋，宽松的灰色薄呢大衣，戴一顶锅盔形灰色呢子帽，面带微笑，小心翼翼地看着脚下。谢普莲娜很是羡慕这位被温存呵护着的孕妇，所以多看了伊格纳维奇两眼。当他发现一个年轻姑娘看他，礼貌地微微点头一笑，算是打招呼了。于大卫听母亲说，这之后他们又在另外的剧场遇见一次，那是冬天，伊格纳维奇搀扶的女士，行动越来越不便，怕是要生产了。而再遇见他，谢普莲娜说是在敖连特电影院，也就是后来的和平电影院门口，伊格纳维奇独自一人，他很消瘦，容颜憔悴，一身黑衣，好像刚从葬礼归来。谢普莲娜跟他点头，他漠然扫了一眼，毫无反应。谢普莲娜注意到，电影开映没多久，坐在她左前方的伊格纳维奇就揉着眼睛走了。而他们在中东铁路俱乐部再度相逢，是转年的三月，那是一场交响乐团的演出，中场休息时，谢普莲娜看见伊格纳维奇神色阴郁，在角落里孤独地吸烟。她大胆走过去，自报家门，问他所搀扶的那位美丽的妇人呢？伊格纳维奇瞬时泪目，十分委屈地说，妻子撇下了他，带着他们的孩子，去了天堂了。谢普莲娜得以知道，伊格纳维奇的妻子在铁路医院难产，母子都没保住。

从那以后，谢普莲娜格外留意哈尔滨的各类演出，她每周至少一两天奔向剧场和电影院，为的是能遇见伊格纳维奇。当谢普莲娜满怀热情地追逐爱情时，日本入侵了东北。

一九三四年春天，谢普莲娜如愿和伊格纳维奇结婚。伊格纳维奇是东正教徒，谢普莲娜是犹太教徒，而那个年代的哈尔滨，各教派并存，街市上既有天主堂和基督教堂，也有犹太会堂和清真寺，以及道观、佛寺。伊格纳维奇和谢普莲娜没有选择教堂婚礼，只是在马迭尔旅馆设宴，邀请好友见证了人生中那个重要时刻。当谢普莲娜的父亲把女儿交给伊格纳维奇时，老泪纵横，他并不赞成这桩婚姻，一是伊格纳维奇比女儿大十岁，有过婚史；二是伊格纳维奇的前妻难产而死，尽管谢普莲娜的父亲是个虔诚的教徒，也同情伊格纳维奇的遭遇，但他怕伊格纳维奇的命被上了诅咒，不愿女儿嫁他。而谢普莲娜对父亲表示，从她第一眼看见伊格纳维奇的那刻起，就渴望成为他深情揽着的对象，既然命运给了她这个机会，她不能错过爱。

于大卫说外公真是这世上最神奇的预言家，谢普莲娜的命运，真的被他给言中了。一九三七年谢普莲娜怀有身孕时，伊格纳维奇接到了父亲病危的消息，紧急赶往莫斯科。而那时苏联迫于形势，已把中东铁路经营权卖给日本，日本人越来越多，很多苏联侨民开始移民，但伊格纳维奇留在了哈尔滨。而选择留在哈尔滨的苏联人，他们在回到自己熟悉的土地时，往往被视为有问题的人，审讯与逮捕，以至永远失去音讯的事件频发，所以谢普莲娜很不愿意丈夫回去。丈夫该去尽孝，但她担忧他的安危，所以提出同去。但伊格纳维奇没让谢普莲娜随行，一是她怀有身孕行动不便，二是谢普莲娜的父亲威胁过他，如果女儿用生命跟伊格纳维奇去冒险，作为父亲的他失去谢普莲娜，就会自杀。

伊格纳维奇离开哈尔滨时，谢普莲娜帮他收拾了手提箱，箱子装有衬衫、马甲、睡袍、背心短裤和袜子等换洗衣物，此外还有剃须刀、药品、太阳镜、钢笔、香水、多功能刀具、肥皂等用品。当然手提箱的夹层中，她不忘放上一册《圣经》，一张他们的结婚照，一个她从极乐寺求来的护身符，以及一张夏里亚宾演唱的《伏尔加船夫曲》的黑胶唱片，那是夏里亚宾在东京录制的。谢普莲娜和伊格纳维奇都迷恋夏里亚宾的歌声，他那浑厚低沉的男低音，是美丽的哀愁，倾倒无数人。夏里亚宾来哈尔滨演出时，谢普莲娜得知他住在马迭尔旅馆，她还特别请侍者在他享用早餐时，递过一张印花小笺，求了个签名。

伊格纳维奇是夏天回去的，谢普莲娜收到了他回国后发来的唯一一封信，说他抵达的前一天父亲过世了，虽然没赶上送父亲最后一程，但他的葬礼没有错过，也算安慰。他陪伴母亲几日，会尽快返回。他在信尾附了一句祈祷文："求主垂怜我们，赐予我们平安"，谢普莲娜读到这儿，心底一沉。她日日盼信，盼着伊格纳维奇能够拎着她熟悉的棕色手提箱，推门而入。秋天到了，草枯叶落，谢普莲娜依然没有丈夫的音信，她心急如焚，拖着笨重的身子，出入与上帝、神祇有关的教堂和庙门，为伊格纳维奇祈福，直到雪快来的时候，她终于收到一封伊格纳维奇弟弟写来的信。他说哥哥因为从哈尔滨归来，一到家乡，就被特务盯上，父亲葬礼结束的第五天，他被抓走了，押解到高尔基市监狱。这封信让谢普莲娜悲伤欲绝，欲哭无泪，小腹绞痛，当夜胎儿就流产了。于大卫说外祖父简直就是巫师，伊格纳维奇的孩子似乎真是被上了诅咒，两任妻子的孩子都没保住。

在伊格纳维奇被捕的最初岁月，谢普莲娜还能通过丈夫的弟弟，获得一点音讯。伊格纳维奇被指控叛国罪，说他勾结日本人，出卖国家利益。这是因为当局掌握到他娶了一位波兰商人的女儿，而这个波兰商人，与日本人往来甚密。伊格纳维奇弟弟的那封信，看似陈述细节，实则在谴责谢普莲娜，假使没有她那与日本人勾结的父亲，哥哥仍是平安的。而谢普莲娜在晚年时常跟于大卫说，实际父亲是迫不得已与日本人做生意的，因为日本侵占东北后，在各个领域都伸手，谢普莲娜父亲的生意，也遭到盘剥，不得已有了合作。在这期间，谢普莲娜背着父亲，几次去苏联领事馆申请签证，想要寻夫，均被拒签。每到一月天主教的主显节时，教徒们会聚集在松花江上，无论风雪，凿开冰面，用冰冷的江水洗面，净化身心。谢普莲娜在伊格纳维奇离开的岁月，每到这个日子，都会加入到这个行列。她站在刺骨的寒风中，觉得身下那黑森森的水，都是丈夫的泪。

　　一九四一年春天，谢普莲娜收到了伊格纳维奇弟弟寄来的一个包裹，里面附有一封短信，告诉她伊格纳维奇已被处决，他去监狱领回了哥哥的遗物，一只棕色手提箱。他将里面认为有纪念意义的遗物寄给她，请她珍重。包裹里有一件磨破了的衬衫，一顶黑礼帽，一双米色拖鞋，还有谢普莲娜当时塞到丈夫手提箱夹层的夏里亚宾的唱片，以及几张画在香烟盒上的铅笔素描。伊格纳维奇勾勒的，是他们相识和婚后常去的一些地方：中东铁路俱乐部、圣·索菲亚教堂、犹太老会堂和新会堂、敖连特电影院、莫斯科商场、米尼阿久尔餐厅等等。在这些建筑前，总是三个人的剪影，一男一女牵手一个孩子，能深切感受到伊格纳维奇是多么牵念他们已不在了的孩子！最令谢普莲娜伤心欲绝的是，她放进丈夫手提箱的夏里亚宾的唱片，虽然硬壳的包装纸盒已被剪开，但唱片完好无损，把它放入唱机，它的心脏依然勃勃跳动，呈现着完美的音色，听起来如此悲怆，令人热泪奔涌。

谢普莲娜和伊格纳维奇结婚后，随丈夫住在中东铁路职员住宅楼，伊格纳维奇被处决后，她搬回父亲那里居住。接下来的几年对谢普莲娜来说，是灰暗的岁月，她忘不掉伊格纳维奇，直到日本人开始逃难，苏联红军进驻哈尔滨，东北光复，她相遇了于民生，伊格纳维奇在她心底激起的波澜，才渐渐平复。

谢普莲娜是去一家琴行修小提琴的时候，认识的于民生，一个在埠头区修琴的中国人。于民生比谢普莲娜小十四岁，矮个子，枯瘦，细长的眼睛老是睁不开的模样，其貌不扬，也不富庶，但他精通器乐，各类琴就像他创造的一样，皆能修得。他衣着格外洁净，还做得一手好菜。于民生对谢普莲娜，如同当年谢普莲娜对伊格纳维奇一样，是一见钟情。于民生故意把她的小提琴往坏里修，这样谢普莲娜不得不一次次上门，逐渐被于民生所吸引。他们一起看电影，一起喝茶，一起溜冰。一九四六年春天，于民生如愿娶了谢普莲娜，此时谢普莲娜的父亲经营的生意走向末路，身体也每况愈下，心肺衰竭，谢普莲娜嫁给一个比她小旬余岁的中国人，也加重了他的病情，他同样不看好这个女婿。谢普莲娜和于民生婚后不久，她的父亲在一个阳光灿烂的日子，平静地吐出最后一口气。他生前早做了后事安排，处理了生意上所有麻烦事，尽管已无积蓄，但保住了他和女儿同住的带花园的三层小楼，算是给女儿的遗产。

谢普莲娜和于民生的感情，曾因父亲留下的房子而紧张过一段。于民生的琴行地理位置不错，步行一刻钟，就是铺就漂亮花岗石的中国大街。他的房子砖瓦结构，中式风格，总共三间，两间是铺面，一间是居所，虽然不大，但很实用，于民生觉得谢普莲娜嫁给他，理应到男方家安家，可谢普莲娜认为父亲留下的房子宽敞漂亮，他们该搬到那里生活，这样还能将居所改造成门市，扩大琴行的规模，但于民生执拗，坚持住在原处。谢普莲娜无奈，只能听从。

苏联红军进驻哈尔滨时，各兵种都开进了，骑兵、炮兵和步兵等，营房吃紧，所以很多日本占领期间的机关用房，都被征用，这还不够，他们还征用了个别民宅。谢普莲娜父亲留下的房子，在繁华街区，白天无人进出，夜里也不亮灯，苏军的一个步兵少尉盯上它，找到房主谢普莲娜，说要临时征用。尽管在他们入驻前，按照征用条例，对居室物品做了登记，保证原房主物品的安全，但一年后他们撤离时，房子面目皆非，门廊和窗棂那些小天使和云纹图案的浅浮雕，大都脱落，木质楼梯伤痕累累。据邻居说，苏军士兵在这里时常彻夜饮酒狂欢，他们醉了，情绪躁动，就用枪托去捣毁房屋的装饰，邻居家的雕花木栅栏也未能幸免，被醉酒归来的士兵，给拔除了大半。其实苏军对违犯军纪的人，并不是坐视不管。他们的巡逻车夜巡时，常把醉倒在酒馆门前的士兵拉去关禁闭，但这类事还是难以杜绝。最令谢普莲娜痛心的是，当时登记的物品清单，有三样贵重物品遗失：一只龙泉窑梅瓶，一只粉彩兰花纹碗，还有一幅谢普莲娜父亲钟爱的枣木镶嵌的金笺扇面山水图。物品对不上当时开具的清单，征用者只说士兵不慎碰倒摔了，给了象征性赔偿。但知情者告诉谢普莲娜，一些物品要么被他们据为己有，要么变卖了。谢普莲娜对这说法将信将疑。但多年以后，谢普莲娜在道外刚兴起的古玩市场，发现一家铺面的墙壁上，挂着她熟悉的那幅金笺扇面山水图，镶嵌它的画框也是枣木的，而且让谢普莲娜感慨的是，枣木画框右下角，有个半圆形木节子，这是她家那个画框的"胎记"，依然清晰如昨。店主说这画是他从别人手里收来的，真实来历他不肯说。谢普莲娜高价买回这幅父亲珍爱的扇面画，如今它传到于大卫手中，挂在他松花江畔房子的墙上，正对着窗外的松花江。

当年谢普莲娜因父亲留下的房子遭到破坏和洗劫，而怪罪于民生，如果他们住进房子，它就不会被征用了。谢普莲娜请人修好房子后，时不时回去住一段。但只要她一周不回琴行，于民生就有点慌，他会择一个黄昏，提着酒菜来看她，和谢普莲娜吃个晚饭，陪她睡前半夜，后半夜再回到琴行。他们这种若即若离的日子过了两年，谢普莲娜怀孕了。于民生来看谢普莲娜的次数多了，但依然只是住前半夜，后半夜溜掉，直到于大卫出生，才把谢普莲娜和丈夫紧紧拴在一起。

从听到于大卫降临人世的第一声啼哭开始，于民生说原来婴儿发出的声音，胜过这世上最美的琴音啊。他说哪怕他在教堂听到的与上帝有关的圣乐，都不及这样的声音。于大卫对于民生这个不信教的父亲来说，就像一段有血有肉的经文，令他醍醐灌顶——原来生命如此庄严和美好！于大卫还像一瓶香槟，于民生以爱的血脉砰的一声开启了他，这快乐的泡沫便洒到于民生身上，注入他心田，他对谢普莲娜母子充满感恩之情。其后的岁月，于民生把全部精力和注意力，都转移到于大卫身上。于大卫两三岁时，他就让他触摸各种琴。尽管其后他的琴行另有归属，而谢普莲娜父亲留下的房产，在五十年代初也有其他住户迁入，于民生依然没有怨言，因为于大卫六岁时，会拉小提琴了。一个会拉琴的儿子，对他来说就是万丈阳光。

一九五七年于民生突发心脏病去世，那时他已是国营琴行的职工了，他离开时正当盛年。谢普莲娜对丈夫的死，一直心怀愧疚，所以自此不嫁。

一九五五年夏天，突然有个苏联人找上门来，他就是当年将伊格纳维奇的遗物寄给谢普莲娜的人——伊格纳维奇的弟弟，他是作为援建吉林化学工业公司的苏联专家，去吉林市而路过哈尔滨的。谢普莲娜见到他的一刻，泪水盈眶，浑身战栗，以为伊格纳维奇复活了。伊格纳维奇生前始终没跟她说，他与弟弟是双胞胎，伊格纳维奇比弟弟早出生三分钟。

伊格纳维奇的弟弟带给谢普莲娜一件礼物，伊格纳维奇的平反证，政府终于为哥哥洗去了不白之冤。他觉得哥哥的平反，也意味着当年对谢普莲娜家庭的怀疑是不公的，他们并没有拉伊格纳维奇下水，伙同日本人出卖苏联利益。

本来谢普莲娜平静无忧地生活着，从天而降的伊格纳维奇的弟弟和那个平反证，让她心潮难平。她将平反证放到枕畔，入睡前总要看一眼。两年之后，谢普莲娜张罗着去吉林探望伊格纳维奇的弟弟。于民生表面大度应允，还帮她买了火车票，但神色却是阴郁的。就在谢普莲娜动身的那天，她从街上买香肠回家，发现正在修扬琴的于民生，脸色煞白，嘴唇青紫，她刚要问他哪里不舒服，只听嘭的一声，于民生的头颅重重地磕在扬琴上，一串杂乱的琴音随之而起。谢普莲娜将他紧急送医，也没能挽留住他的生命，医生说于民生死于心肌梗死。那时于大卫刚上小学，谢普莲娜让他在丈夫的葬礼上，拉了一段莫扎特的《安魂曲》，参加葬礼的人无不泪流。

于民生去世后，国营琴行的领导为照顾职工遗孀，多方协调，给谢普莲娜安排了一份工作，让她在南岗区一所中学做图书管理员。有稳定的收入，有儿子的陪伴，在学校图书馆每天见到的又是孩子们求知的天真脸庞，谢普莲娜很感恩，觉得哈尔滨这座城市待自己不薄，所以一九五八年位于城区的犹太公墓，迁往郊区皇山，她随迁葬的人，将父亲安葬在新公墓后，早早就给还在上小学的儿子留下遗书，她死后也要葬在犹太公墓。如今她和父亲团聚在一座墓园，只不过谢普莲娜高寿，她谢世之时，健在的哈尔滨犹太后裔寥寥无几，犹太公墓的六百多座墓已成规模，她没能和父亲相挨着。但他们能在同一座园子，感受北国春天的飞花，感受夏的清凉和秋之绚烂，能在漫天飞雪中共同听不死的树生长的声音，想必谢普莲娜在人世纵有遗憾，也有所安慰吧。

刘建国和于大卫心里清楚，谢普莲娜走得并不安然，因为她最渴望见到孙子——那个在刘建国手中丢失的孩子，但直到她生命的最后时刻，谢普莲娜也没能如愿。

刘建国对谢普莲娜太熟悉了，因为他和于大卫是同班同学，常到他家去玩。谢普莲娜父亲遗留给女儿的花园小楼，那个时期被分配给三户人家。谢普莲娜拥有楼上两间和一间地下室，楼下客厅被改造成公共厨房，三户同用。不通煤气的年代，人们做饭和取暖，还得依赖煤炉，所以门前花园的丁香和蔷薇树下，堆满了各户储存的煤饼。煤饼在春季就像漆黑的碟子，接纳落花，所以烧煤的时候，连带着烧了花瓣，那样的煤饼仿佛有了香气。刘建国和于大卫常在地下室一起写作业，一起玩耍，有时于大卫还拿出小提琴，拉上一曲，刘建国最早的音乐熏陶，就来自那个地下室。谢普莲娜待刘建国很好，教他喝茶，教他识谱，礼拜日往往留他吃晚饭。

刘建国和于大卫亲如兄弟，两个人一起读小学，一起读中学，又一起当了知青，只不过刘建国去了黑龙江北部林区，于大卫去了东部一个生产建设兵团。在知青开始陆续返城时，于大卫却在兵团和杭州知青谢楚薇结婚。

刘建国一九七七年深秋从插队的地方回哈尔滨探亲时，突然想起快两年没见于大卫了，于是中途改道至佳木斯，去兵团看望他。此时恢复高考的通知刚发布，于大卫和谢楚薇都要报考，正抓紧复习，照应不过来还在襁褓中的儿子，正想抽空把这个乳名铜锤的小家伙，送回哈尔滨的母亲那里照管。刘建国的到来，让于大卫直呼上帝显灵了，他将孩子托付给最好的朋友，让他顺道带回哈尔滨，送到谢普莲娜身边。

可是看不见的魔鬼跟着刘建国一起上了车，他在列车抵达哈尔滨站的时候，丢了孩子。

刘建国觉得对不起于大卫和谢楚薇，更对不起谢普莲娜，因为她还未见过孙儿。尽管他们都没过分谴责和埋怨他，但刘建国总感觉无数巴掌在抽他，他的生活自此发生了改变。别的知青回城要么喜气洋洋上大学，要么意气风发地参加工作，只有他回城是为了守着哈尔滨这座城，试图找回孩子。

于大卫比较理性，他忍着失去孩子的巨痛，还是在那年十二月参加了高考，如愿考上了哈尔滨一所著名的工科大学，进了土木建筑系。于大卫长大后，对建筑家的崇拜，不亚于他对音乐家的喜欢，哈尔滨遗留的各类风格的老建筑，在他眼里是露天博物馆的经典作品，百看不厌。而谢楚薇放弃了当年的高考，终日以泪洗面，满脑子都是孩子的影子。她成了这座城市最早起的人之一，风雨无阻，天不亮就去哈尔滨火车站了。她固执地认为，孩子在哪儿丢的，在哪儿就能找回。于大卫毕业的前一年，谢楚薇找孩子找得绝望了，才在家人的劝说下备考，最终上了哈尔滨一所普通大学，经济学专业。而刘建国返城后，母亲把退休安排子女就业的唯一指标给了他，虽然那时刘光复也没工作，但母亲说刘建国丢了人家的孩子，未来日子不好过，必须有个稳定工作，不然都找不到媳妇。这样刘建国进了一家化工厂，当工会干事。后来因为找铜锤他经常旷工，再加上化工厂在市场经济的大潮中逐渐走下坡路，所以在下岗的第一拨职工中，刘建国位列其中。别人下岗无比沮丧，刘建国却有获得解放的感觉，这样他可以把生活的重心，完全转移到寻找铜锤上。

刘建国下岗后选择的都是流动性大、广泛接触人的活儿。他做过三轮车夫、送水工、管道工、送报员。夏天做过铺路工，冬天干过取冰的活儿，用吊车把切割好的大型冰块，从松花江吊起，运到公园或是江北的冰雪大世界，作为冰雕的坯子。要问他这些年来最费的是什么？那就是鞋子。他走烂了多少双鞋，已经记不清了。

谢普莲娜在世时，刘建国常在安息日去看望她。谢普莲娜像从前一样招待他，准备茶点。有时她打开老式唱机，放上一段音乐，不是勃拉姆斯的《德意志安魂曲》，就是柏辽兹的《安魂弥撒》，再不就是马勒的《亡儿悼歌》，刘建国觉得每个音符都像钢针，扎在他心头。刘建国离开时，谢普莲娜总要嘱咐一句："看着点路啊。"她知道他因为寻找铜锤，走路总是东张西望，担忧他的安全。谢普莲娜在上世纪八十年代初辞世，至死没有埋怨过刘建国一句话。

上世纪九十年代初，于大卫外公遗留下的带花园的房子，已被列入市政府重点保护建筑，一家商户将其租下，做了婚纱影楼。先前住在里面的三户人家陆续迁出，于大卫在南岗安发桥下一个新开发的楼盘，分得一套小三居的南北通透的房子。安发桥是连接南岗区与道里区的交通枢纽，车流昼夜不息。长长的桥两侧，有了各类商服，迪厅、烧烤店、旅社、饺子馆、幼儿园、鞋铺、诊所、宠物店渐次出现，于大卫常立于自家阳台，望着桥上甲壳虫一样爬行的车辆，和桥下往来的行人。世界如此喧闹，可他的心底如此死寂。刘建国丢了他的骨肉，于大卫跟母亲谢普莲娜一样，把悲伤埋在心底，并未责备过刘建国。只有一次俩人在一个微雨的傍晚喝酒，于大卫喝多了些，说："建国，只要你不是因为铜锤有犹太血统而嫌弃他，故意把他弄丢，未来找不找到孩子，我都能接受。"刘建国惊愕良久，牙齿打颤地对于大卫说："你怎能把我想象成纳粹呢——"刘建国委屈极了，他噙着泪离开餐馆，去了道外一家小澡堂，在温水池中泡到夜半。最后澡堂要关门了，店主发现他还在池子里，说你是鱼变的不成，咋进了池子就不出来了？刘建国说："我浑身冷啊。"

于大卫驾车接上刘建国去犹太公墓看望谢普莲娜，通常也是他思念铜锤最甚的时刻。犹太公墓的六芒星的纪念牌、欧式围栏、大门楼、长廊和甬道旁的松柏，都识他们的脸了。于大卫总是先到外公墓前鞠个躬，再到母亲这儿。此时刘建国已在谢普莲娜墓前摆上小石子，默默和她说过话了。谢普莲娜的墓碑是黑色大理石的，其形态像个小小的门楼，这是谢普莲娜仿造她和于民生当年经营的琴行的门楼，而在生前设计好的墓碑。它的雕刻与众不同，顶部是六芒星，左侧是云纹，右侧是水纹，底部则是橄榄枝。而墓碑上的名字，也是谢普莲娜创造的，那串陌生的字母，俄文、波兰文、汉语拼音皆有，外人无法读懂，于大卫说这里面有母亲家族姓氏的波兰文字母，有伊格纳维奇名字的俄文缩写，当然，还能看出汉语拼音的"YU"。而于民生的墓地不在哈尔滨，他去世后，于民生在木兰的哥哥，将弟弟的骨灰带回木兰的祖坟安葬。于大卫说大伯本就反对父母在一起，他把弟弟的骨灰带回故乡，是怕有一天谢普莲娜死了，于大卫会按照中国的传统风俗，将父母合葬。大伯没能阻挡于民生和谢普莲娜这一世的相守，就让他们来世分离。于大卫说大伯带着父亲的骨灰去汽车站时，没有悲痛，脸上洋溢着得胜的表情，他至今记得。

谢普莲娜在世时，常说天上一寸光，地上万丈光，此话不假。太阳仅仅微微露了下头，公墓的墓碑不同程度地领受光明，于肃穆中呈现了勃勃生机。有的墓碑宛如游动着一群金鱼，还有的墓碑像挂着片片秋叶。于大卫走到谢普莲娜墓前，惯常地鞠了一躬，对母亲说："我今天把建国带到这儿来，是想对妈妈说，我们不能让他再寻找铜锤了，建国寻了好几十年了，把自己都找成老头了。我们的铜锤，为什么不能是别人的孩子呢？"

刘建国抬头看了看于大卫，发现他眼里泪光点点，而这泪光泛着晨曦的颜色。刘建国对突然而至的宽恕颇感不适，因为铜锤至今下落不明，这道负罪的枷锁已深入骨髓，把他牢牢捆绑，不是一句话能解脱的。

他们走出犹太公墓时，于大卫对刘建国说："光复哥的癌细胞扩散了，恐怕挺不了多久了，你抽空多陪陪他吧。"

刘建国点了点头，说："我大嫂把墓地和寿衣都给我哥备下了。我半个月前去看大哥，他问我松花江解冻后咋样，说还想在离开这世界前，游上一回呢。唉，也不知江水啥时暖和起来，更不知他游不游得动。"

于大卫说："江水会暖的，他有这意念，魂灵就不会那么快散。到时找条船跟着，他能游几米算几米，人间最后一游，应该满足他。"

第四章

　　自打黄娥母子住进榆樱院，刘骄华不止一次接到邻居们打来的投诉电话了。

　　榆樱院是哈尔滨道外区中华巴洛克建筑群的一处待开发的院落，在南勋街纵向的一条小街里，由三幢砖木结构的小楼合围而起，"Ⅱ"形组合，有点类似老哈尔滨人说的"圈楼"。从大门洞进去，看到的坐北向南三层小楼为主楼，东西走向的两座二层小楼为厢房，它们左右对称地与主楼衔接。三幢楼有百年历史了，外置的木楼梯多已朽烂，但主体砖墙依然稳固，因而院落一直有人居住。它之所以被住户称为"榆樱院"，是因院中有三棵大榆树和一棵樱花树。其中两棵榆树生长在中庭，另一棵长在右厢房的山墙边，也就是刘骄华家的房子。而樱花树长在主楼正门前，它迎风开花时，华丽毕现，一副正宫娘娘的派头。

　　楼和人一样，会一路老下去、矮下去，而树则不一样，只要它活着，就会拔高。右厢房旁生长的榆树侵略性极强，它的根系已拓展到住户室内，而它粗壮的枝条，有两簇探向屋顶，狂风暴雨时，枝丫剧烈抖动，鼓槌似的敲打屋顶，将瓦楞打烂许多，造成刘骄华家二楼经常漏雨，屋顶隔两年就得修葺。

榆樱院的建筑特点，与道外区被保护起来的中华巴洛克建筑一样，风格属于半中半西、半土半洋的。它的姿态很像一个内穿旗袍、外披斗篷的女郎，不脱贤淑典雅的韵味，却又难掩华丽叛逆的气质，别具魅力。

要说这种风格建筑的成因，还得追溯到上世纪初中东铁路的兴起。那时埠头区和新城区是以俄侨为主的外侨生活领地，各种风格的建筑遍地开花，洋风十足。而道外则是中国人的聚集区，旧时叫傅家甸，打鱼的，种地的，赶车的，卖柴的，开客栈、货栈和钱庄的，经营烧锅、火磨和茶庄的，应有尽有。傅家甸早期居民的房子多为土坯房，商业发达之后，土坯房逐渐被砖瓦木石的房子取代。商户再建"前店后院"的房子时，就像一个旧时代裹足的女子，到了新时代要放脚一样，在建筑上呈现出松绑后的浪漫气质，别一番风貌。

大体来说，傅家甸这一时期建筑的平面布局，还是中国传统的合院式，而主体轮廓和立面造型，却吸纳了西洋建筑的特点。房屋通常采用三段式结构，两侧多为柱式风格的装饰，浮雕和彩绘在挑高的柱子、拱式窗楣和门楣上，为房屋勾勒魂魄、增添气韵。也许屋主顾忌西洋风太盛会冲破屋顶，所以没有采取西洋建筑的穹顶和尖顶，最终给这类建筑"盖帽"的，还是中国风的亭楼式屋顶。稍微越轨的笔致，不过是在这顶上，竖立一些矮矮的装饰柱，像是给屋顶别了小巧的发夹。这谨慎的收笔，像盛宴后的一杯清茶，把时髦和洋风掩埋于身下。这朴拙的顶，也似乎在告诫自己和提醒世人：我是谁。

榆樱院的三幢楼青砖灰瓦，白灰勾缝。它的圆形门柱和四角形窗间柱，雕刻着兰草和莲花图案，拱形窗上方，则是葡萄蝙蝠图案的木浮雕。屋顶出挑，檐口是一圈松枝仙鹤图的砖雕。这里共有六户人家，两家一幢楼。黄娥住进来时，主楼和左厢房有人居住，其余的处于锁闭状态。

据说主楼最早是中国人开的戏园，后来成为俄国一个马戏团的住所，再后来被一个日本商人看上，做了日货专卖店，院中那棵枝干遒劲的樱花树，是主楼的日本商人，在战败前夕栽下的。榆樱院的左厢房过去是茶庄，这点倒是可以证明的，因为屋主从地窖，发现了几罐茶叶。有罐密封的茶叶，居然没有霉烂，还散发着浓郁的茶香。而右厢房刘骄华婆家留下的房产，旧时做过绸缎庄和画店，是当年的明媚华丽之处，这里曾留下多少女人的脚步啊。刘骄华听婆婆说过，那时当红的妓女，冬夏的绸缎衣裳，至少得二三十套，所以光顾这里的红唇黑眼圈妓女，不在少数。传说有个绰号五月柳的妓女，身姿婀娜，蛾眉杏眼，粉面桃花，甚爱绸缎。傅家甸的绸缎庄，只要进了新料子，有了新花色，她知道后都要奔去。五月柳从良时，穿着一套粗布衣裳，在妓院门口烧了几十套绸缎衣服，说是它们化成灰，她才能在灰烬中新生，所以刘骄华每次到榆樱院的房子，想到这曾是妓女热衷之地，有股说不出的别扭。但一想到它后来还做过画店，有多少吉祥图出自于此，又觉得这是福地。

刘骄华退休后，因为和爱人生活陷入困局，曾计划修缮一下这处住屋，独自搬来，与丈夫像过去一样保持着美好的距离，让乏味的生活焕发生机，爱情得以保鲜，谁料二哥刘建国遇到了这么一对不可理喻的母子，生生被缠住，她只好把它先让与黄娥母子。刘骄华也不是没有私心，二哥为了寻找丢失的孩子，葬送了大好青春，至今未娶，他晚年孤苦多病时怎么办呢？刘骄华想无论是黄娥还是杂拌儿，若能跟二哥产生感情，或者黄娥成为二哥年轻的妻子（虽说他们在年龄上有代沟），或者杂拌儿成为二哥的养子（虽说杂拌儿可做刘建国的孙儿了），刘骄华都觉得是上天眷顾二哥了。所以黄娥母子入住后，很多生活物品，都是刘骄华帮助购置的。

榆樱院相较于道外区其他受保护的院落，因一直有人居住，没有颓败之气。但院子东南角和西北角，因那矮矮的石灰色小仓房，有点煞风景，这是住户私自搭建放杂物的。仓房装不下的东西，比如朽烂的木板、铁皮烟囱、瘸腿椅子、花盆等等，就堆放在仓房墙下了。站在院中抬眼望去，可见新起的各色高楼，伫立榆樱院周遭，使这个老院看上去像是时光的弃儿。

榆樱院主楼东侧住着个老头，姓郭，是锅炉厂的退休职工，他的老伴儿去世了，一儿一女已成家立业，不常回来。而左厢房住的都是租客，跟黄娥一样不是哈尔滨人。其中一对中年男女是出街边摊儿的，专做煎饼馃子生意。他们有个带棚的三轮车停在院子，那是他们流动的灶房，装有煤气灶和煎饼鏊子。蓝色水波纹防火板的操作台上，油条、鸡蛋、面糊以及葱花、香菜等主料和配料，错落摆开。因为油条是自己炸的，鸡蛋和油都新鲜，他们的生意不错。这对夫妻早出晚归，每天只睡四五个钟头。另一租户是一对来自东部边境的父子，老刘五十多岁，又矮又黑又瘦，是个农民；小刘二十多岁，中等个，微胖，方头大耳，白白净净，当过民办教师，后来他嫌这工作待遇不好，瞄上火爆的二人转市场，凭着一副唱戏的好嗓子，跟县城一个唱二人转的民间艺人学了两年，在当地小有名气了，想进一步提高唱功和表演能力，于是来到哈尔滨拜师学艺，寻求登台机会。

刘骄华接到的第一个来自榆樱院的投诉电话，是老郭头打来的。他一天只吃两顿饭，自己做的时候极少，大都是去街边小店，吃完了和人下下棋，或去茶馆喝喝茶，把时间消磨掉。他回到榆樱院就是打盹，春夏秋天气好时，他坐在门前的矮凳上，一边晒太阳一边打盹，冬天则坐在屋子的窗前，边听收音机边打盹。据说他打盹时，常能看见死去的老伴。他打电话，是因为儿子多年前在中庭的两棵榆树间，系了一条铁丝，这样他能晒个衣服被褥。可是黄娥住进来后，用钳子掐断铁丝，说这树又没犯罪，为啥给人家绑起来，老树得多难受啊。老郭头很是生气，对刘骄华说你招来的房客脑子进水了。刘骄华无奈,给老郭头买了个移动晒衣架,可放院子，又可在下雨阴天和冬天时移至室内，他的火气才消了，老树也获得解放。第二个投诉电话来自老刘小刘的屋主，说客人告诉他，杂拌儿有事没事时，老是踏着半朽的木楼梯，到左厢房的二楼玩耍。二楼是屋主放杂物的地方，门锁着，杂拌儿进不去，就拆下一块窗棂前的木雕。老刘听屋主说，这房子算是文物了，它身上的物件都是宝贝，万一有损得赔偿，吓得赶紧报与屋主。屋主来找黄娥时，她不以为然，说杂拌儿不过看到二楼窗棂的一块木雕歪斜了，顺手摘下而已。在黄娥眼里，儿子做的还是善事呢，不然风大时将其吹落，它就成了伤人的匕首。那块木雕是葡萄蝙蝠的图案，屋主忌讳它被弄掉，见黄娥不服气，他把电话打给刘骄华，说杂拌儿拆了这块木雕，他家还如何"多子多福"？刘骄华赔着不是，赶紧到榆樱院，给黄娥讲这房子身上的东西，别看破烂，但它们跟道里中央大街两侧的建筑一样，是受政府保护的，哪怕个小小的门把手都很金贵，千万不能让杂拌儿碰。黄娥说一块破木雕能值几个钱？我赔就是了。但自此以后，她不让杂拌儿去左厢房楼上了，虽说那时她因讨厌小刘，觉得杂拌儿在上面闹腾，也算帮老刘整治小刘了。

黄娥不像现在，她刚住过来时，对小刘没好印象。老刘给小刘请了个唱二人转的老师，他每周去老师家学三个半天，其他时间不是在公园吊嗓子翻跟斗，就是去有二人转演出的剧场听戏。小刘开销大，老刘手头紧，便蹬三轮车运货赚钱。刘建国来榆樱院看黄娥时，知道了小刘的事情，听他一开嗓，唱得还不错，便想起了在香坊开东北菜馆的一个朋友，他正有意给餐馆找个唱二人转的，招揽生意。餐馆老板让小刘每晚六点到八点去唱两小时，每天给他一百元，免费提供他们父子晚餐。老刘喜不自禁，可小刘一听嗤之以鼻，说他从事的是艺术，只上舞台，不进餐馆给喝酒的人助兴，把老刘气得直晕。老刘在榆樱院待到转年冰消雪融，没钱再维持小刘开销，也得种地了，要带小刘回乡。可小刘说只要他留在哈尔滨，总有发展机会，老刘无奈，把房租给小刘续到年底，狠下心说饭钱你自己去挣，如果再过半年还混不出名堂，那就认命，赶紧回乡，能干点啥就干点啥。到了年底小刘一事无成，人也瘦了下来，白净的脸变得青黄，因为常常吃了上顿没下顿。老刘年底来哈尔滨领他回家时，他声言再过两年，一定杀回哈尔滨，让大舞台下的观众为他迷狂。小刘之后再来的房客，是个无论冬夏都戴着墨镜的中年男人，他每天起大早，蹬着三轮车去收酒瓶，收回后简单清洗一下，再分批运走。黄娥觉得这男人很怪，他又不瞎，为何终日戴着墨镜？后来她终于发现，这人运回的酒瓶，都是进口葡萄酒瓶，而他的三轮车经常出入的，也是高档楼盘和小区。这些居民家门前的垃圾桶，往往有空葡萄酒瓶。黄娥是偶然看电视新闻，知道有人专门收购进口葡萄酒瓶，灌上廉价葡萄酒，包装后拿到一些饭店去卖，从而明白那个戴墨镜的家伙，干的就是制假售假的勾当。她去公安部门报案，墨镜男人和他背后的利益团伙，被一窝端了。租客流失让房主很不高兴，他跟刘骄华抱怨说，以后让黄娥少管别家的闲事。而刘骄华在此事上是支持黄娥的，觉得她是个有良心的女子，反而高看她一眼。

这次的投诉电话，又是主楼的老郭头打来的。他说黄娥收养的两只流浪猫品行不端，老是溜到他家，偷吃他灶上的荤腥。刘骄华说您不是不开伙吗，老郭头说他腿脚不如从前利落了，所以今年开始在家自己鼓捣点吃的，流浪猫闻到香味，挡都挡不住，没等他享用呢，刚做好的酱牛肉和炸带鱼，全进这两个害人精的肚子了。老郭头说你要是再不管好黄娥，我认识黑道的人，把她卖到农村去，给光棍儿当老婆，反正她闲着也是闲着！这番话把刘骄华逗笑了，她说流浪猫犯下的错，您就是杀了猫，也不能报复主人啊，再说了您要是真知道有人拐卖妇女，知情不报的话，还涉嫌犯罪呢。老郭头咆哮道，你敢举报我，我就敢把榆樱院点着了，我死在大火中也值了，算是把自己火葬了，还给儿女省下发送的钱了，可你的房产一夜间就烧成灰啦！

刘骄华只好赔不是，说她抽空一定去榆樱院，让黄娥看管好流浪猫。

老郭头接着控告，说黄娥还养了一只鹰，这鹰拉屎是喷射状的，像开火炮，轰炸过他的头和他晾晒在院子的衣服，这鹰是个肮脏的侵略者，必须赶走！

刘骄华笑了，说："鹰的事儿，您老还真别冤枉黄娥。我听说它是我二哥捡来的，谁也放飞不了它，它恋着榆樱院有啥法？一个长翅膀的家伙，啥时从空中拉屎，往哪儿拉，谁都管不了。"

老头骂道："一丘之貉！"

未等刘骄华回话，老郭头接着以榆樱院主子的口气，说如果不是他当年在锅炉厂上班，管着十几号人，榆樱院也不可能在他退休前接上暖气。他说你打听一下这样的老院，哪个冬天采暖不是自己烧炉子？我没收这院里住户的钱，干了件让大家都沾光的事，你们却恩将仇报，还算人吗？老郭头说完，气咻咻挂断电话。

老郭头夸耀的这点倒是事实，他当年以工作的便利，为榆樱院接入了暖气管线。但他一再跟榆樱院住户表功，也令大家反感，因为当时接入暖气，住户并非像他说的没有交暖气入户的费用，只是住户没给他钱而已。而现在看来，接入暖气还带来了麻烦，榆樱院不符合停热条件，所以这儿的住户，冬季不过来住的，还得白白交暖气费，有两户常年不住的，因此申请拆除暖气设施，至今没得到肯定的答复。

刘骄华最近本来心情就不好，大哥刘光复病危，已不能出门；儿子好不容易处了个女友，交往两个月却被踹了；丈夫近来脾气暴躁，他们八年前卖掉香坊的房子，到马家沟河畔的一个楼盘买了套二手的小三居，这里处于南岗闹市区，房屋流动性大，楼上楼下总有装修的，家里不得安宁，晚上本想图个清静，可跳广场舞的大妈，占据着楼下河畔市政改造中修建的两个半月形广场，穿着整齐划一的衣服，放着高分贝的音乐，无日不舞，噪音扰得老李头昏脑涨，所写的专著受到影响，下笔艰涩。老李声言要到寺庙求清静，刘骄华抢白道，城里的寺庙哪有清静之地，除非你自己去深山老林建座庙。

刘光复是企业干部，三十年来先后任职两家工厂，而这两家厂子的命运迥然不同，前一家破产了，后一家合并重组后，靠着海外融资和技术改造，焕发生机。刘光复的大半生是在工厂度过的，他最喜欢机器轰鸣的声音，而他的日子过得并不愉快。他任职的后一家工厂，因为企业效益好，他的社会知名度提高，前一个工厂的下岗职工再就业遇到障碍，或是生活不如意的，有人会把气撒在他身上，多年来找他讨要说法，要养老金，要报销医疗费等等。刘光复同情他们，因为当年工厂效益好的时候，每个厂子都是个小社会，有自己的住宅楼、托儿所、学校、医院甚至派出所。刘光复为了摆脱他们，秘密搬了两次家，所以他的老婆孩子，很不喜欢刘光复的职业，因为家里缺乏安宁，半夜敲门和打电话的，威胁要撞死在他家门前的，都出现过。

刘光复有两个孩子，老大是女儿，老二是儿子，他们相差八岁。女儿读的中师，在幼儿园当幼教，儿子大学毕业后，说留在本地发展没有前途，去了广东。他在那儿进了一家世界五百强企业，成为中层骨干，收入不错，而且结婚生子，可谓顺风顺水。然而天有不测风云，刘光复的孙子四岁时，感染登革热夭折，这对刘光复的儿子打击很大。别人家过年，都是子女不辞劳苦回乡奔老人，刘光复恰好相反，失去孙子后，他几乎每年春节，都要携妻奔赴广东，看望儿子儿媳，直到他们又有了儿子。刘光复不用去广东了，但他身边失去了关心和照顾他的人。因为第二个孙子出生后，儿子儿媳抹不去第一个孩子死于登革热的心理阴影，对蚊子恐惧到极点，家里所有的门窗安装纱窗，所有的床上都有蚊帐，每个角落都放置驱蚊器，婴儿出门打个预防针之类，也要给他涂上驱蚊水，再外罩一层纱巾，以防蚊虫叮咬。他们因此不让保姆把孩子带到户外，他们回家时，也要在门口仔细检查身体，是否携带了蚊子。刘光复的妻子觉得儿子一家精神不健康了，只好撇下丈夫，去广东陪伴他们。妻子不在身边，女儿又忙，适逢退休，习惯了工作的刘光复很不适应，于是就找点他认为有价值的事情做。他觉得应该做一部东北工业发展历史的纪录片，从近现代东北工业开始梳理，直到当代，通过一个个故事的讲述，记录它的起步、跋涉、跨越、衰落和振兴的历程。他倾其所有，请了两位有志之士一同整理资料，写脚本，购置摄像器材，带着一个五人摄制团队，辗转于东北历史上的那些重工业城市，齐齐哈尔、北安、长春、沈阳、鞍山、本溪、大连、抚顺等地，深入民间，采访健在的亲历者和这些工业人的后代，听他们讲与工厂相关的故事。这些年下来，总计采访了五百多人。刘光复发病前，自认做了一件伟大的事情，他请专业人士剪辑出五十分钟的节目小样，通过朋友，带着它四处跑电视台，希冀有人看中它，能够在人力和财力上，帮他完成后期制作，因为他已无钱支撑了。可是十家电视台有九家说，要筹拍作品得先立项，以他们剪辑的小样来看，主题不突出，结构零乱，调子偏暗，再说同类题材的作品已出现过，他的纪录片播出的可能性微乎其微，但作为历史资料，它还是有价值的。正当刘光复心灰意冷时，医生诊断他胰腺癌晚期，他觉得这个癌症来得及时，是给他救驾的。

刘光复的爱人蔡辉，是体校的一名出纳员，因为第二个孙儿被父母武装到牙齿的"呵护"，年幼的他患了孤独症，蔡辉一直在广东照顾孙儿，这本已令她头疼，谁知雪上加霜，丈夫又得了绝症。是孙儿要紧还是刘光复要紧，蔡辉想来想去，觉得还是孙儿重要。因为刘光复已到尽头，而孙儿余生漫漫。蔡辉在刘光复第一次手术时飞回哈尔滨，陪伴了一段时日，之后又回到广东。刘光复并不在意妻子能否陪伴自己最后一程，因为他的婚姻，属于最平淡的那类。

刘光复年轻时爱上一位姑娘，两个人相处了一段，谈婚论嫁时，女方给他开了个嫁妆清单，这令刘光复很反感，毅然解除婚约。能和蔡辉认识，是因他常去体校游泳，总能看见她。蔡辉相貌平平，性情温和，是个不会燃烧自己也无法点燃别人的女人。刘光复约她看过两场电影后，蔡辉最火热的回报，不过是他从泳池出来时，送来凉白开给他喝。刘光复和蔡辉的结合，是男女到了婚嫁年龄段一个近乎公式化的结合。所以蔡辉得知刘光复的病没有救治价值，她很理性地买下墓地，然后坦诚地跟刘光复说，他们毕竟有个女儿在哈尔滨，没必要两个人都耗在他身上，儿子一家精神状态都不好，从长远看得以他们为主。刘光复明白这个冷静的女人，不会为自己的离世而过于难过，他倒可以了无牵挂地死，这不能不说是一种幸福，因为这世上闭不上眼的死者不少，他们大抵是因牵系过多，难以解脱，所以死得不痛快。刘光复想蔡辉没有白和数字打了一辈子交道，关于人生，她是算得明白的女人了。

蔡辉在广东也不是不惦念丈夫，她每周至少给刘光复打两个电话，问他咋样，刘光复的回答总是：这不还能说话吗。蔡辉有次提出视频一下，看看刘光复目前的模样，刘光复苦笑一声，说："一个快成鬼的人，和一个不是天仙的人，有啥互看的？"蔡辉从此不再要求视频了。

刘光复自知时日不多，他不愿做无谓的治疗，出院回家。女儿每周过来一次探望他，每来总要哭一场，刘光复嫌她哭他太早，不愿她来。刘光复请了一位厨艺好的保姆，帮助打理日常生活，每天点菜请保姆做。他喜欢浓油赤酱的菜肴，以前为了保健而不敢经常食用，现在他可以随心所欲地吃了，虽说他没什么胃口。他还坚持在享用菜肴的时候，喝上一盅美酒，想着这是给自己人生最后的甘霖了。他本已戒烟多年，但现在又把烟捡起，每天吸上五六支。他有条不紊地处理后事，因为把钱投在了纪录片上，他没可留给后人的积蓄了，最大的遗产就是他居住的这套三居室，是在他和蔡辉名下，他想自己死了，蔡辉是留给自己养老，还是卖了它，跟随儿女生活，那是她的事情了。

刘光复对妻儿不是没有牵挂，但他相信他们离开他，一样能过得不错。妹妹刘骄华也令他放心，她属于智慧型女人，强势，稳健，虽说她的儿子也令她操心，但重要的是刘骄华和丈夫的感情，始终维系得不错。最让他放心不下的是弟弟刘建国，至今还是孤身一人。

刘建国为了寻找弄丢的孩子，半生过去了，刘光复想只有于大卫和谢楚薇真正原谅弟弟，让他放弃寻找，弟弟才会彻底解脱，有个相对安宁的晚年，为此他让保姆准备了好酒好菜，把于大卫请到家中，求他放过弟弟。他们喝了很多酒，说了很多掏心窝子的话，最终于大卫答应了一个将死之人的乞求。

其实刘光复最初并不看好妹妹的婚姻。刘骄华在警校毕业后当了狱警，是个飒爽英姿的女孩，追求她的大有人在，但刘骄华对那些工作相对稳定的俊男并不感冒，偏偏选择了媒人介绍的工作艰苦的老李。老李高高瘦瘦的，方脸，面色黧黑，狭长的眼睛，戴一副宽边黑框近视镜，唇角总是抿着，显得很矜持，看上去比实际年龄成熟。他是哈尔滨人，在天津读的大学，学的考古专业，毕业回到黑龙江，先到文物考古研究所工作，后来进了一所大学，担任两项省级重点考古项目的负责人。他每年有三分之二的时间是在考古一线，回到哈尔滨后，也是待在单位的时间多，住在教师公寓。刘光复当年既不满意老李的工作，也不喜欢他的气质。他说一个常年在外的男人，怎么可能对家负责任呢？还有老李爱抿嘴角，刘光复觉得这通常是男人自负的表现。但刘骄华恰好喜欢老李的职业，因为她是狱警，跟医生一样常值夜班，不可能总是陪伴爱人。还有她喜欢老李的气质，说他儒雅，爱抿嘴角说明他是一个矜持的人。最重要的是，刘骄华在监狱接触的女囚犯，多是因婚姻家庭矛盾而走上犯罪道路的，刘骄华总结了这些不幸的根源，得出的结论是，女人在经济上一定要独立，男人一定要有事业心，这样夫妻关系才会维系好；还有一点也很重要，夫妻不能整天腻歪在一起，久而久之彼此厌倦。

刘骄华和老李结婚后，工资各自掌握着，赡养老人和家庭开销各出一半，但他们都舍得给对方买礼物。没有手机的年代，老李从考古现场回家，也许正赶上妻子值夜班，错过是常有的事情，但他们都不会太过沮丧，因为他们的礼物，会留下相聚的痕迹。刘骄华家的睡床上，总是摆着两个枕头，她值夜班的时候，怕错过丈夫，给他买的礼物就搁在丈夫的枕头上，也许是件衬衫，也许是双胶鞋，也许是顶蚊帽，也许是止血的绷带和药品，也许是一支钢笔或是一个式样别致的手电筒，总之都是抗放、丈夫在外又能用得着的。老李呢，他给刘骄华带的大都是在考古现场地所买的土特产，吃的居多：煎饼、油豆角、腐乳、咸鸭蛋、蜂蜜等等，放在餐桌上，偶尔也会在她生日前后买一束花，用花瓶栽上，放到床头柜。他们从不给对方留令人肉麻的信笺，只是礼物的交流，却胜过甜言蜜语。

刘骄华的闺蜜提醒过她，说老李常年在外，一个考古团队中，肯定不乏可爱的女孩，他会不会在外偷腥？刘骄华平静地说，凡是咬钩的鱼，哪个会活蹦乱跳呢？按照她的理论，即便老李瞬时偷腥了，死亡的终归还是那鱼，倒霉的是女孩。只要丈夫还是她的，偶尔偷一次腥，她也不是不能原谅，虽说她也知道，身为女性的她，不该说出此话。刘骄华和老李都忙，儿子自幼就被放在爷爷奶奶家，刘骄华一般是周末或是休假时把他接回来，儿子长大后说自他懂事起，就担心爸爸妈妈有一天会离婚，这也是刘骄华觉得最亏欠儿子的地方，在他成长的历程中，对他关心太少。

刘骄华的公公婆婆有两套房产，他们在世时，就把他们所住的位于南岗教化电子城旁边的住宅，过户到孙子名下，而把榆樱院的房子留给儿子儿媳。所以刘骄华的公婆去世后，儿子住在爷爷奶奶留下的房子，很少到父母这儿，就是电话都少。

刘骄华的儿子在一家文化公司上班，工作自由度大。他中等个，瘦削，面色寡黄，戴近视镜，龇着两颗大板牙，自幼爱趴着写作业吧，腰有点直不起来，像一棵被狂风吹弯的树。都说孩子是自己的好，可刘骄华有时看儿子，也会觉得他五官不济，气质萎靡。一般给他介绍对象，女孩见他面后，不出十分钟，会找借口溜掉，他也因此成了大龄未婚青年。

刘骄华的住所离儿子不远，她退休后还是惦记他，总爱在儿子附近溜达。有次上午九点多了，她见儿子趿拉着拖鞋，在公司街一家打烊的早点摊前和人吵架，他说贵族的早晨是从九、十点钟开始的，你们不该这么早收摊，摊主揶揄他，说俺们是为普通百姓服务的，你这贵族最好去五星级酒店吃早餐。还有一天晚上，她看见儿子挽着个剃着光头的黑裙少女，晃晃悠悠地从马家沟河畔的一家酒吧出来，这样的情景都令她难过。有时刘骄华会在报纸的豆腐块文章中，发现儿子的名字，他喜欢点评新上映的电影和刚出版的书籍，刘骄华还曾为此暗暗自豪过。但有一次她看到他推荐的书籍而有了阅读兴趣，去书店没买到后，特意打电话问他能否把书借她一阅？谁料儿子用嘲讽的语气说，老妈，我要是每本书都看，哪有时间呀？我是看内容简介写的，书我都当废品卖了！这让刘骄华吃惊不小，说你这不成了江湖骗子了吗？刘骄华对儿子失望之极，把这事说给丈夫，希望他能找他谈谈，谁知老李说这辈子不管下一辈的事情。刘骄华想她在监狱，教育好了那么多犯人，她就不信管教不好儿子。她几次登门找他谈心，但儿子根本听不进去，声言他这儿不是监狱，他也不是囚犯，她这个已经不是狱警的人，别妄想在他这儿重操旧业，把刘骄华气得倒仰。

刘骄华对儿子束手无策，而与丈夫也不如从前融洽。丈夫退休后极少去考古现场了，他的教工宿舍也无权使用了，彻底搬回了家，开始写一部关于渤海国考古发现的书籍。

刘骄华和老李似乎都很不习惯晚年的厮守。他们睡在一张床上，刘骄华受不了老李的梦呓，他总是在睡梦中说着一些奇怪的话，好像他是另一世界的人；还有他以前常年在考古一线，条件艰苦难以洗澡，可现在家中有淋浴器，二十四小时热水候着，但他哪怕盛夏臭汗淋漓，一周至多洗一回澡，这让刘骄华无法容忍，觉得老李灰白的头发像团破抹布，散发着一股馊味。而老李对刘骄华也有种种的不适应，刘骄华年轻时睡觉就不老实，睡梦中常把胳膊搁在他脖子上，或是把腿搭在他肚子上，那时他觉得这是甜蜜的爱抚，浪漫的侵略；而现在的老李，却觉得这是粗俗的越轨，野蛮的践踏。甚至刘骄华放个屁他都反感，好像女人天生是不该放屁的，尤其是床上。他们不再互致礼物，慢慢开始分房睡了。刘骄华觉得应该到榆樱院住上一段，谁想半路杀出个黄娥呢。但刘骄华是聪明的，她觉得每天出去找事做，也能跟老李拉开距离。她在监狱干了一辈子，朋友中有不少是刑满释放人员。他们中在社会重新立足、事业做得好的凤毛麟角，大多的出狱者再就业时，还是遇到了种种阻碍和歧视。刘骄华把精力转移到这类人身上，动用一切关系，帮他们找工作、解决矛盾和纠纷，她也因此获得了很多出狱者的信任和喜欢。

刘骄华上午接到榆樱院老郭头打来的投诉电话时，正领着一个刑满释放者办理健康证，有了它，他才可以去餐馆打工。在办理过程中，刘骄华发现它的申领有猫腻，有资质的医院，把它转包到一家民营医院，民营医院只是开单收费，不做检查就开具健康证，这令刘骄华愤怒。她午间在大排档吃了一碗面条，犹豫片刻，下午还是把那两家医院给举报了。做完这一切，她轻松不少，驾着私家车到了不远处的兆麟公园，停好车后入园，给黄娥打了个电话，想约她见个面，但电话一通，她先听到一阵哭声，不用说，黄娥是跟二哥出车了，而患者应该是死在中途了，一问果然如此，他们正在去德都的路上。刘骄华说看来你们今晚赶不回来了，杂拌儿晚上一个人住行吗，用不用我去陪？黄娥说："放心吧，他谢娘会接他。"

黄娥见着比自己大的女性，一律让杂拌儿唤她们为"娘"，比如杂拌儿管刘骄华就叫"刘娘"。刘骄华知道黄娥说的"谢娘"，是于大卫的妻子谢楚薇。最近这个因失去孩子变得冷傲古怪的女人，对杂拌儿超乎寻常地关心，这让刘骄华心里不是滋味，她更渴望的，是杂拌儿依恋上刘建国，可二哥对待杂拌儿，似乎也没有想做他父亲的愿望，总保持着距离。

刘骄华知道二哥开"爱心护送"车，从来不会像干这行的其他人似的，因被送对象死在中途而坐地加价，否则不送亡者到目的地。二哥的雇主因此挪揄刘建国，说这是帮他积阴德呢。黄娥随刘建国跑车后，遭遇这类事情，比刘建国还体恤人，她会央求刘建国少收人家一半的钱，说是每个死者闭上眼睛的时候，会睁开另一双别人看不见的眼睛，扫视人间，万不能赚死者的钱。所以刘骄华知道，二哥和黄娥这趟去德都，等于白跑了。

黄娥电话中问刘骄华找她啥事，刘骄华长话短说，叮嘱她以后管好流浪猫，别让它们偷吃老郭头灶上的东西。黄娥压低声说："别听他胡说，老东西偷人不成，就诬赖猫偷吃。"

刘骄华没想到榆樱院会有这等事情发生，老郭头八十多了吧？她挂断电话后苦笑两声，仰头望了一下天。从天空都看得出来，哈尔滨的春天正在高潮，天是那种极为温柔的蓝色，云也变得妖娆了，想必它们知道公园的珍珠梅和芍药开了，不甘其后，也在天空打造花园。云彩忽而堆积忽而四散，千姿百态。刘骄华看着看着，发现一条狭长的云，忽然起了心事似的，簇生出几十个鹅蛋形的云，看上去像一条油光光的长辫子，她想难不成那儿也有梳辫子的主儿？在云的花海里，最忠实的赏花者无疑是鸟儿，它们恣意地在云间翻飞、歌唱。

刘骄华想着大哥没有多少日子了，心情陡然沉重。要是大哥走了，她仰望天空，会看见他的脸庞吗？刘骄华收回目光。

无论哪一座城市的公园，园中主角都是老人，兆麟公园也是如此。刘骄华看见有的老人坐在长椅上打盹，有的在花间拍照，还有的拄着拐，艰难地跨越石桥。池塘边有几个摄影爱好者在拍摄鸳鸯，有几对鸳鸯年年春天飞回这里，令市民喜爱。刘骄华缓缓走到孔雀笼前，发现孔雀无精打采的，它们是不是觉得此时的园子太绚丽了，自己那五彩的羽毛，已吸引不了游人的目光而黯然神伤？看着孔雀被金属笼子关着，刘骄华想疾病就像这笼子一样，会将蓬勃的生命，囚禁得黯淡无华，她此刻迫切想去探望大哥，尽管刘光复说过，他现在的模样自己都不愿面对，不愿弟弟妹妹看他。

刘骄华出了公园，驾车奔向大哥位于红博广场附近的家。

保姆给刘骄华打开门时，她首先闻到的是厨房飘出的肉香，等她走向客厅，扑鼻而来的却又是百合花的香气。刘光复微笑着从阳台摇摇晃晃走过来，说他望见一辆黑颜色的车，进了小区也不减速，开得又快又稳，就知道她来了。刘光复瘦得脱相了，但精神状态似乎不错。刘骄华坐下后，他说你们两口子真有意思，老李前脚走，你后脚就来。刘骄华很是吃惊：老李居然来看望哥哥？刘光复身上弥漫着酒气，他说老李和他吃着酱肘子，美美地喝了一顿，老李酒量不错，喝了半斤。刘光复指着沙发桌上那瓶蓬勃的粉色百合花，说："哝，他个大男人，还知道送花，都是你教育得好。"

刘骄华说："他退休后都不给我送花了。"

刘光复说老李真是令他刮目相看，对生死看得比哲学家还要透彻！他说老李以他一生的考古经验告诉他，人类的文明史，是从对死亡的发掘开始的，死是绚烂的。考古就是膜拜人类遗址，拾取文明的珍珠。没有永恒的生，但有永恒的死。老李慨叹由于文明的殡葬方式，人人化作灰烬，墓穴没有随葬品，再过千万年，后人想了解我们这个时代的生存状况，除了从文献获取，从实物角度来讲，只能依赖房屋等其他遗址，传统的墓穴发掘所呈现给我们的灿烂文化，就此消失。刘光复说他为了让像老李这样致力于考古的人，在后世依然有饭吃，他准备选择几件能体现黑龙江地域特点的工艺品，和他一起入土，比如黑陶、根雕、烫画、亚麻绣品等。他还准备放置几件他收集的小件工具和零件，这样几千年后，人家掘开他的墓，不仅能看到文化史，还能看到工业史。他这样就不是去死了，而是带着使命活在地下，等待被发掘的时刻，那样灵魂就真的见了天光了。

刘骄华觉得老李为了安慰哥哥，说什么话她都能理解。而大哥相信这些话，她更能理解，病入膏肓的人，对死后的绚烂多半是憧憬的。她不愿败坏哥哥的兴致，只是淡淡地说："现在的墓穴，小得只能放个骨灰盒。即便能放下你说的这些物件，你也得跟嫂子说一下，看她愿不愿意。"

"我死后活在地下，她活在地上，与她何干？"刘光复激动地说。

"那我就告诉你吧大哥，嫂子原来不让我说的，她给你买的墓是双人墓，合葬墓，她说你活着时没好好陪你，等她两眼一闭了，就不管后代的事情了，一心一意陪你。"

刘光复的眼睛顷刻蒙上泪水，但他嘴上说的却是："这娘们真会算计，到死都不放过我！合葬墓肯定比两个单人墓便宜，当我不明白呢。"

刘骄华轻轻抚了一下大哥的肩膀，撒娇地说："我也要吃酱肘子，喝上一盅，今晚就不回去了，让我在这住一宿吧。"

刘光复犹豫了一下，还是点了点头。为了让刘骄华高兴，那晚他努力地吃，努力地笑，努力地说有趣的话。刘光复说他们父母最大的功德，就是对子女品德的教育，他们兄妹三个，尽管有这样那样的缺点，但没一个是见利忘义的人。刘骄华说还真是啊，咱仨不但不是见利忘义的人，还都算半个理想主义者呢。比如说大哥您，为了拍东北工业纪录片四处奔波，把家底都折腾空了，你的朋友背地都说你是神经病；二哥为了找铜锤，差不多把黑龙江每一个地方都走到了，到现在还没个老婆；而她自己碰到生活中不公平的事，哪怕与己无关，也不会像社会的大多数人一样装聋作哑。她调侃说心底的正义小火苗，也许是父母给埋下的吧，一到那时就噌噌上蹿，非得烧烧那些邪恶的东西不可。刘光复咬着牙抬起胳膊，怜爱地抚弄了一下妹妹的头发，说："还真是啊，不过以后在帮别人的时候，也多心疼自己啊。"刘骄华点点头，叹息一声，说：“可惜咱们的下一代，没有咱兄妹的情怀了，咱们没把孩子教育好。”

刘光复安慰说：“别那么灰心，他们的人生还长着呢。”

刘光复说自己最近老想着死后能不能见着父亲，如果被疯子打死的父亲转世了，他在另一世寻找父亲，岂不是跟弟弟寻找铜锤一样的艰难？因为活着的人，没有死去的人多，死去的时空，想必更为纷纷扰扰吧。没等刘骄华回答，刘光复忽然恶心起来，她连忙扶着大哥去洗手间，刘光复蹲在马桶边，颤抖着呕吐的间隙，为了安慰妹妹，气喘吁吁地跟刘骄华调侃自己的胃是个穷鬼，无福消受珍馐美味。刘骄华忍着泪，但等哥哥吐完，她把他搀回卧室后，在客房蒙着被子，咬着牙痛哭了一场，她恨人间的生离死别！

这一夜刘骄华睡睡醒醒，天没亮时她去卫生间，发现大哥已起来了，他坐在阳台的一把藤椅里，旁边放着拐杖。拐杖头缠着黑胶布，看来他怕拐杖声惊扰邻居，而特意做了减音处理。刘光复低头捂着肚子，发出阵阵呻吟。刘骄华悄悄走到阳台，从他背后抱住哥哥。

刘光复轻轻对妹妹说：“这段哈尔滨的太阳，都认识你大哥了，我成了迎它最早的那拨人了。太阳月亮了不起，你说人家的身上，也不是不长斑点，也不是没有阴影，可人家照样鲜活，照样光芒万丈。要是人的身上长了斑点、有了阴影，大都不是好兆头，所以我现在终于明白，自己是人，太阳月亮是神啊。”

哈尔滨的春天来得晚，可它入夏的脚步却快。市花丁香才谢，人们就得穿短袖衫了。这里的夏天典型的标志，你不用去看植物园的牡丹和太阳岛的荷花是否开了，也不用辨听城市上空多了几种鸟鸣，你从饭馆酒肆门前摆出的移动餐桌，支起的太阳伞，以及入夜开始弥漫的烧烤气味，就知道夏天到了。

松花江畔的斯大林公园，是女孩们展览夏装的天然 T 台。似乎是因为漫长的冬天剥夺了她们展示好身材好皮肤的权利，被禁锢太久的缘故，一旦阳光解放了她们，女孩们便迫不及待地换上夏装，吊带衫，露脐裤，超短裙，深 V 蕾丝休闲礼服，各色凉鞋和凉帽，以及花红柳绿的手袋，成了夏天在江畔游玩的女孩的主宰。她们走过江畔，就像花蝴蝶翻飞。哈尔滨女孩敢穿，皆因夏天不可多得。江畔卖冷饮和烤肠的，经营游船和过江缆车的，生意好得就像此时江面的波光，被充足的日照，映得金闪闪的。

这时节的斯大林公园，除了是时装长廊，还是音乐长廊，从早到晚轰鸣着乐声，吹口琴、笛子和萨克斯的，拉二胡和手风琴的，弹电子琴和吉他的，悉数登场。他们占据不同的地段，把斯大林公园当成一排悠长的琴键，每个乐者在不同的音区，错落奏响哈尔滨之夏市民的交响曲。在这样的乐声中，当然也夹杂着便携式录音机播放的各类舞曲。民族风类音乐前聚拢的，是戴着白手套跳广场舞的大妈；听着禅乐伸拳踢腿的，是穿着中式绸衣打太极拳的。唱歌的更是不在少数，他们有的伴着卡拉OK合唱，有的独自清唱。唱的曲种也丰富，有京剧、评剧、二人转，歌曲中则有美声、民族和流行唱法，只要你漫步其中，会与多种风格的歌声不期而遇。而这些带来乐声的人，中老年居多。

斯大林公园有没有孩子带来的音乐呢？当然有了，双休日的时候，从游人中疾驰而过的溜旱冰和玩滑板的孩子，他们的随身听鸣响着的，就是劲爆的迪斯科和最新流行歌曲。

谢楚薇在这个夏日的周末，把杂拌儿接到自己家，让他住一夜。黄娥对儿子去谢楚薇家住，半是鼓励半是阻拦，她先是说"谢娘家里能看见松花江，你去开开眼吧"，杂拌儿不以为然地说，他在七码头的山上，又不是没望见过水，城市的楼就像一座座假山，在假山看水，哪有在真山看水好？黄娥又说"你都有俩礼拜没洗澡了，别再把谢娘家的被子弄脏了，要不就别去了"，杂拌儿说他前天放学时，去松花江洗澡了，身上并不埋汰。黄娥吃惊地叫道："你咋不跟大人说，就下江游泳呢。你以为这是七码头的河，都认得你屁股上的胎记，这儿的水对你可眼生呢。万一水下有妖怪，扯了你的腿，有个闪失，我咋跟你爸交代呢。"说完红了眼圈。

黄娥和刘建国护送患者去外县市时，万一当天赶不回哈尔滨，她会拜托榆樱院做煎饼馃子的男女——大秦和小米，代为照看一下杂拌儿。杂拌儿在山里长大，胆子大，不怕一个人睡，而大秦小米出摊儿回来也晚，他们进院时，杂拌儿已在梦乡了，所以晚上用不着管他。大秦小米会在第二天早晨喊醒杂拌儿，送上两份热乎乎香喷喷的煎饼馃子。

黄娥一直以为大秦小米是一家人，直到今年春末的一个傍晚，一个记者造访榆樱院，要采访大秦小米，她才知道他们并非夫妇。小米合法的丈夫是外县的农民，他们新婚不久，丈夫骑摩托进城参加小学同学喜宴，回程酒驾，撞上一头耕牛，被甩出十几米，成了植物人，躺了十来年了。头几年小米一直尽心伺候丈夫，期待奇迹发生，可是她的期待落空了，丈夫躺在床上像块海绵，只有给他体内注入营养液，才让人觉得他是个活物。小米的婆婆中年丧夫，视子如命，极其惧怕儿媳离开，对她严加管束，不许她出门，不许她跟上门的男人说话。即便这样，同村的一个男人，还是看上了小米，他就是大秦。小米的婆婆说，只要她儿子活着，她就不会让小米离婚。但她儿子这个状况，对小米来说是不公平的，大秦跟小米的婆婆提出要帮小米共同担负这个家，照料她丈夫，也好好赡养她。婆婆思来想去，想着儿子不能养家，反倒成了累赘，接受了这个建议。但婆婆提出，不能眼睁睁看着他们在儿子身边住在一起，让他们到外地谋生，把钱定期汇寄到她的银行卡上，她请专人伺候儿子。除了这个，还有个条件，就是儿子只要有一口气，他们不能要孩子。小米明白，万一有一天丈夫苏醒，婆婆还是渴望有个亲孙。所以从法律来讲，大秦小米属于非法同居。小米受婆婆操控，每月定期往婆婆账户打钱，而这数目是逐月增长的。她怀了大秦的孩子，也只得做掉。黄娥入住榆樱院的次年春天，有天在院子赏樱，听见左厢房传来小米的哭声。黄娥见他们出摊儿的车子没在院里，知道大秦不在，便敲了敲门，小米凄然说她流产了，三天没出摊儿了，黄娥还劝她再怀孕时要以休养为主，这样就不会发生意外了，她那时并不知道小米流产的真相。

小米后来告诉黄娥，丈夫无知无觉的最初几年，凡和他交往不错的朋友，她悉数请到家中，好烟好茶招待，请他们和丈夫说他感兴趣的话，希望丈夫意识觉醒。而她自己为了唤醒他，更是用尽了办法。表达对他的爱意他不予理会，小米就吓唬他，说她要和别的男人远走天涯，把他抛弃，可他不为所动。小米说大秦新婚不久死了老婆，与丈夫相熟，他受邀前来唤醒丈夫，每回方式都不同。比如大秦端来一碗红烧肉和一瓶酒，当着他的面吃喝，说你再不起来一起享用，我就把它们都消灭了，她男人却是连眼皮也不翻一下。还有一次，他拿来一个算盘，用算盘珠子挠他脚心，吓唬他说现在重新划归成分了，说凭你家这三间大瓦房，还有两头牛一匹马，你得被划成地主，挨批斗那是跑不了的，你赶快爬起来逃吧，不然就给你绑走了。小米说她男人依然沉沉睡他的。最让小米难忘的一次，是大秦突然抱住她，对她男人说，我告诉你吧，我死了老婆后，一直暗恋你的女人，你要是不醒来，我可要睡她啦！小米说想必丈夫在他的世界有天仙陪伴，唇角连个嘲讽的笑都没有。小米说就是这次，她感受到大秦的体温和爱，怦然心动。

黄娥对小米说，你咋那么傻，婆婆不让你们生孩子，你就做掉，你不心疼啊？小米嘤嘤哭泣着，说即便生下来，她和大秦不是正路夫妻，孩子无法上户口，未来怎么受教育？小米说以丈夫目前的情况，除非她收养跟自己没血缘关系的孩子，婆婆或许能应允。

小米说了这样的话后，黄娥就不愿让他们照看杂拌儿了。她和刘建国再外出时，就把杂拌儿交给谢楚薇。但杂拌儿不愿去她家，仍在榆樱院，也不让谢楚薇陪他住，说他爸爸卢木头说过，男人不能单独留女人在家，会惹麻烦。再说门外有陪伴他的，流浪猫啊，鹰啊，它们个个是警察，坏人绝不敢欺负他。

杂拌儿答应去谢楚薇家过个周末，也是因为谢楚薇说按照他的脚型和尺码，给他定制的一双旱冰鞋已经到手，他可以像别的孩子一样，去斯大林公园溜旱冰。

谢楚薇这两年因为杂拌儿的出现，神色比以前明朗了，这点于大卫看得最清楚。

而于大卫接触到杂拌儿，是黄娥母子来哈尔滨的那年深秋。

刘建国平素是不怎么联系他的，但有个礼拜天，他突然给于大卫打电话，求他一起带个男孩，去澡堂泡澡。于大卫说你又不是带女孩泡澡，干吗这么忌讳，还得我陪绑？刘建国说他不习惯带学龄前儿童洗澡，怕有闪失。于大卫便问孩子的父亲怎么不带他去，刘建国说这孩子的父亲不见了，他妈妈带着他来哈尔滨找爸，听说刘建国的故事后，认定他是好人，想当然地让他给这孩子当爸，刘骄华见他难以脱身，便帮这对母子安顿下来。刘建国说他以为有了住的地方，这女人会放过他，谁知她隔三岔五打电话，不是说孩子发烧了，让他带他去医院，就是说孩子想要个弹弓，不知哈尔滨哪里有卖的，让他带他去买一个，刘建国同情他们，也就答应了。但洗澡不一样，他从未带过这么小的男孩进池子，所以于大卫得跟着。

如果细数哈尔滨永不落潮的生意，洗浴中心和澡堂子肯定位于潮头。哈尔滨人请贵客吃饭，洗澡就像饭后的一壶热茶，成为首选。所以你走在哈尔滨街头，随处可见"松骨""汗蒸"一类的灯箱牌匾。这里还流传着一个笑话，说是一个外来游客，见哈尔滨高频出现"松骨"这个词，以为是特色地方菜，客人要离开哈尔滨时，进餐馆点名要吃"松骨"，乐翻众人。

这座城洗澡的地方和经营蔬菜的一样，是生活的必需，遍布城区，尽管大多数家庭，具备居家洗澡的条件，但人们还是喜欢走出家门洗澡。能够满足洗澡愿望的地方档次不一，那些豪华的洗浴中心和浴馆，名字多冠以"水汇""汤泉"之类，装修得富丽堂皇，夜晚的灯饰也华丽，看上去像一座座水晶宫。这样的地方有迎宾员，有客房和餐饮服务，汗蒸、SPA、按摩、红酒浴、精油浴、火山泥浴、牛奶浴、玫瑰浴应有尽有，电子游戏厅、麻将馆、卡拉 OK 包房，是常见的娱乐设施，它针对的是高端消费者，光顾这里的是少数人。能为哈尔滨市民提供日常洗浴的，是各大楼盘和老旧小区的普通浴池，它们的冠名也很家常——大众、百姓、民生之类，而它的消费也低，二三十元即可满足一冲、二泡、三蒸、四搓的洗澡流程。普通百姓消费得起的奶浴、盐浴和醋浴，甚至为都市女性喜好的据传有排毒美颜功效的汗蒸和火龙浴，也不缺乏。这类浴池出来的浴客，通常没有车接，他们没有一个不是面色红润、表情松弛的。尤其是冬天，浴客热气腾腾地从里面出来时，面对着冷空气，就是一支支魔法画笔，那湿漉漉的睫毛和刘海，顷刻间濡上霜雪，把他们扮成仙人。水不是酒，但人在温水中经过长时间的浸泡和洗浴，也会呈现醉态，你从他们逍遥的步态看得出来。

刘建国和于大卫带杂拌儿进的浴池，是他们常去的几家浴池中的一个，它在道外清真寺附近的一条深巷里，虽然规模不大，但卫生状况不错，收费合理，极为亲民，所以生意四季都好。这家浴池的男池一大一小，大的方形，水温在四十五度；小的椭圆形，水温在五十五度。刘建国和于大卫喜欢进的是小池子，稍高的水温，会让他们的毛细血管兴奋，促进血液循环。而且他们坐在水温高的池子浸泡时，有回到青春时代的感觉。他们进浴池时，都会自带茶杯，把它放在池边的大理石台子上，边泡边饮，所谓"里外泡"。由于时令不同，于大卫杯中的茶也随之转换，按照他的喜好，春天是黄茶和普洱，夏天是绿茶和白茶，秋天是乌龙茶和黑茶，冬季则是红茶和花茶。而刘建国没那么讲究，他受父亲刘鼎初的影响，杯中物总是红茶，不过因时令不同，春天时他会在红茶中加少许糖，夏天切几片柠檬，秋天丢上十几粒枸杞，冬季则像俄罗斯人一样，习惯兑上一些伏特加（当然他出车的时候，茶中是不兑酒的，只是喝单纯的红茶）。他们带杂拌儿到了这里，杂拌儿先是不好意思在更衣室扒光自己，说他在七码头脱衣下水时，偷看他的是山、是树、是花和鸟，它们不像人爱传闲话，所以不在乎，而在人前脱衣却不一样了。刘建国说你又不是童星，谁会编排你呢，他让于大卫帮他脱。杂拌儿嘟囔着脱掉上衣，裤子则是于大卫给硬扒下来的，杂拌儿盯着于大卫灰蓝的眼睛，说外国人欺负中国小孩了！把刘建国逗笑了。当杂拌儿被扯进浴室，站在莲蓬头下的时候，他又在四散的水流中用双手捂着下体，战战兢兢的，像受惊的鸟儿。而他转入汤池时，脚一触着水，就"嗷嗷——"地叫，仿佛被放在屠宰台上挨宰的猪，他说这水烫得要给我蜕皮了，要是河里的水也这么热，这世上就没鱼吃啦！杂拌儿不住地嚷嚷，但他并未拔脚离开池子，而是龇牙咧嘴适应泡澡。他渴得厉害，先喝了一口于大卫带的茶，叫了声"苦——"，勉强咽下，再去喝刘建国的茶，喝出丝丝缕缕的甜味，咧嘴笑笑，一口气饮了大半杯。一场澡洗下来，于大卫喜欢上了杂拌儿。

刘建国弄丢铜锤，于大卫和谢楚薇也不是不想再要一个孩子。可是不管他们怎样努力，谢楚薇都没有怀孕的迹象。没了铜锤，他们的性生活再无甜蜜可言，成了苦役。一年过去了，五年过去了，七年过去了，谢楚薇的肚子没有隆起反而凹下去了，她枯瘦如柴，天不亮就去火车站找孩子，失望而归后，早餐她连个鸡蛋都吃不下。于大卫那时还没辞职，在一家设计院上班，每天他都是单位上班最早而下班最晚的人，他怕回到缺乏温暖的家。谢楚薇大学毕业后从事外经贸工作，也怕回家，她工作极为敬业，很快从科员升至副处、正处。她在单位尽量掩饰内心的痛苦，穿着古板的职业装，妆容精致。

于大卫说没了孩子后，家中最恐怖的画面，就是他起夜时，看见穿着职业装的谢楚薇，端端正正坐在化妆镜前，一心一意地描眉或是涂唇。哪怕打扫卫生和下厨房，她也不换下职业装，随时准备去工作的样子。谢普莲娜在世时，谢楚薇还没这么病态，为了安慰儿媳，她常做些点心送来，跟谢楚薇说孩子是上帝的花朵，每个花朵都会得到上帝珍爱。于大卫说谢楚薇很不喜欢听这话，婆婆走后，她总是嘀咕，我的花朵难道是野地里的，谁想折就折？

谢普莲娜去世四年后，谢楚薇查出子宫癌早期，做了子宫摘除术，她和于大卫想再生一个孩子的梦想彻底破灭了。他们有落入深渊的感觉，更加寄希望于刘建国能够找到铜锤。

于大卫成为生意人后，也会和圈中一两好友吃饭喝酒。其中有个做钢材生意的直肠子，他对于大卫说，难道你就没怀疑过丢了的孩子，不是自己的？于大卫说他如果那样想的话，是亵渎妻子，谢楚薇跟他时还是处女。朋友又说，那为啥你以前撒的种子能发芽，以后的都成了哑巴豆？于大卫说上帝也许知道他们后来做这事，只是为了要个孩子，索取果实，因而惩罚他们，不让谢楚薇受孕。但时间久了，尤其是谢楚薇丧失生育能力后，于大卫在噩梦中惊醒，面对沉沉暗夜，也不是没怀疑过：刘建国丢的孩子，果真是自己的骨肉吗？当年跟他一样爱慕谢楚薇的一个人，是于大卫此刻最爱咀嚼的一枚苦橄榄。他姓郑，是兵团医生，跟谢楚薇同为杭州知青，他们常常结伴探亲，直到谢楚薇和于大卫结婚，郑医生才算死了心。他们丢失孩子的消息传到兵团后，郑医生还提着几瓶水果罐头，特意来家探望。铜锤丢失的次年秋天，一个农场正在收割的麦田起火，郑医生奉命前往事故现场救治伤员，中途因救护车开得过猛，在急转弯处翻车，郑医生因公殉职，永远留在了插队之处。于大卫还记得听到郑医生的死讯后，谢楚薇正要把一双洗好的袜子晾出去，听闻噩耗，她又重新洗袜子，洗了足足半个小时，最后一手提着一只湿漉漉的袜子，像提着两只被枪打死的鸟，走到窗前，呆立许久，凄凉地说："今天洗好的袜子，也不知明日能不能穿得上。"

郑医生死了，于大卫也就无从判断，他对谢楚薇的用情究竟有多深。但他至少回忆起，他们结婚前后，谢楚薇因为头疼脑热，没少去兵团医院，也就是说，他们是有接触机会的。万一结婚后谢楚薇迫于周围知青的议论，不愿给他生个混血儿，私下怀了郑医生的孩子，也不是没有可能。

于大卫是犹太后裔，聪明，帅气，爱好广泛，十分招女知青喜欢。但谢楚薇真的和于大卫谈恋爱后，确实有人在谢楚薇耳边嘀咕，说你将来生的孩子万一也是灰眼珠和卷毛，不怕孩子自小受歧视？谢楚薇觉得这说法很滑稽，她说混血的孩子是生命的奇迹，她只会为孩子的长相而骄傲。结果铜锤生下来后，来下奶的女知青们，就像鉴定某个器物归属哪个年代似的，盯着婴儿的五官看个不休，说他眼珠不灰，头发也没那么卷，总之跟中国婴儿没啥区别，为此还都为她庆幸呢。于大卫当时被说得有点不好意思，调侃自己的基因不够强大。但也有人说，血缘是奇妙的河流，它在婴儿出生时也许个性不明显，但它流着流着，血缘特征就会凸显出来，没准铜锤的眼珠和头发会变色呢。但命运没有给于大卫欣赏血缘之河颜色变幻的机会，铜锤早早从他们生命的天空中消失，留给他们的是风雨如晦的日子。

于大卫和谢楚薇早已在公安部门留下血样，各大寻亲网站找到相似的孩子后，会与他们联系，进行 DNA 比对。这些年有三次符合基本条件的进行过比对，结果都令人失望。

每当于大卫想铜锤可能不是自己的孩子时，就会理性分析，假使他不是自己的，那么谢楚薇不会在孩子丢失后，那么积极让他去公安机关留下血样。如果铜锤不是他的，血样就是一颗定时炸弹，万一有一天某个人的血样，只跟谢楚薇比对成功，那么她就会背上不忠的罪名。如果那样，谢楚薇可能并不真心想找到孩子。不能见光的爱情果实，似乎隐藏在生命的暗流中，对她来说才是安全的。于大卫这么多年观察谢楚薇，感觉不像。

于大卫每每怀疑铜锤的身世时，也怀疑过自己是否有生育能力。如果没有，说明铜锤非他所生，他也能放下。有两个办法都能鉴定这点，一是去医院看男科，二是和其他育龄女性发生不正当关系，看她们能否受孕。可于大卫没有这么做，他怕自己的种子万一被鉴定为空壳，该如何正视自己，该怎样面对谢楚薇。即便他开着灯饰城和钟表店，他未来的时间将是虚空的，光明也是虚妄的了。所以他生意场一些朋友泡姐的嗜好，在于大卫这里是没有的。他的洁身自好，被人理解为受母亲的影响，是犹太教的教义所约束，所以不做对妻子不忠的事。

于大卫怀疑自己的时候，会从谢楚薇对他的态度中，分析自己应该是健全的人，重塑自信。因为谢楚薇丧失生育能力后，曾提出离婚、让他另娶，生个自己的孩子。于大卫没有同意后，谢楚薇又认真跟他谈过几次，说既然他不想解散家庭，那么可以在外有私生子，只要那个女人不介意，她也会当亲生的看待，她还说可付给人家钱。于大卫说那绝无可能，这违背他做人的信条，他不能对两个女人都不负责任。最后他们商定，如果找不到铜锤，又迫切想要个孩子的话，就领养一个。

杂拌儿出现在谢楚薇视线中，是在于大卫开的位于道外靖宇大街的灯饰店中。谢楚薇退休后，虽然头发花白了，但她依然习惯着正装，穿高跟鞋，像上班时一样。一个秋日黄昏，她穿一套板板正正的灰色套裙，黑色鳄鱼皮的高跟鞋，现身店中。于大卫雇用了店员，平素不怎么来店里，谢楚薇就更不用说了，每个店员都知道她的故事，但没人见过她。她那天进来，女店员以为她是顾客，热情地趋前问她，想选择什么样的灯饰，是客厅的、卧室的、玄关的，还是卫生间的？谢楚薇不答，像领导检阅似的，踩着高跟鞋咯噔咯噔缓缓走过，冷眼看着那些高高低低的灯。女店员又问她房屋装修是什么风格的，说水晶灯无论中式还是欧式风格的装修，都可搭配，还说家中悬挂水晶灯，可以招财。谢楚薇瞟了一眼女店员，"哼"了一声。女店员看她的装束和态度，直觉这是一位领导，但看她的头发和脸上的皱纹，又不像在岗干部，那么她应该是退休后进了企业的人。女店员想她推荐家用灯饰，也许方向不对，赶紧道歉，说这位老板是给单位选灯吧，您是喜欢气派典雅的，还是简洁时尚的？谢楚薇依然不答。这时在玉石灯的展区，突然传来一个瓮声瓮气的男孩的声音，他对女店员说："阿姨，你跟哑巴不能说话，你得比画。"谢楚薇绕过水晶灯区，发现一个八九岁光景的虎头虎脑的男孩，穿一套海蓝色带白杠的校服，正坐在一个卡通图案的黄椅子上，对着一张方桌，一边写作业一边吃肉包子。他的嘴巴油乎乎的，作业本也油乎乎的。谢楚薇斥责女店员，说你不好好看店，竟敢把孩子带这儿来，于大卫真是瞎了眼，怎么选中了你这种人！没等女店员解释，杂拌儿瞪大眼珠，说："原来你不是哑巴呀！"

　　谢楚薇由此知道了杂拌儿的身世，知道了于大卫同情这对母子，给杂拌儿在店里备下桌椅，说只要他乐意，可随时来这儿写作业，他想吃什么，店员可帮他叫外卖。反正灯饰店关得晚，灯火通明的，那光不用也是浪费了。杂拌儿有时放学就来这里，灯饰店离榆樱院也不远。

谢楚薇记得当时自己回给杂拌儿的话是：“不说话的人就是哑巴吗？”

杂拌儿把剩下的半个包子吞掉，站起来对谢楚薇说，他们家在七码头也有个店，叫卢木头小馆，他爸和他妈跟进门的客人打招呼时，只要不是哑巴，人家都会搭腔，杂拌儿说就是跟牲畜说句话，牛马或是猫狗，都会叫唤几声呢，人总应比他们懂礼吧？一番话把谢楚薇抢白得无言以对。

从此后谢楚薇时常到灯饰店，有时碰不到杂拌儿，她还很失落呢。杂拌儿和她熟了以后，有次问她要是把于大卫的头发剃光，他新长出的头发，会不会就是直溜的了？把谢楚薇逗笑了。还有一次他看了一场电影，在银幕上见到殡仪馆的人穿得很严肃，他就跟谢楚薇说，谢娘快别穿这样的衣服了，我见电影里抬死人的人，才穿成这样。谢楚薇从此不再穿正装，也换下了高跟鞋。

谢楚薇有时会带杂拌儿出去，领他看博物馆或是吃冰激凌。无论做什么，杂拌儿总会和他老家的事物做对比，比如他说博物馆橱窗陈列的碗盘，相当于他们家的碗架子，说冰激凌不如他老家的冰镇西瓜好吃，他们那儿的人，把西瓜放在河里一拔，那西瓜吃起来“拔凉拔凉”的，特别的爽。谢楚薇觉得这个缺乏父爱的孩子，未失天真明媚，十分难得，有一次她小心翼翼地问，你爸卢木头还没找到，你不着急吗？杂拌儿先是瞪了一眼谢楚薇，然后低下头，委屈地说：“我能不着急吗？可我是男子汉，不能让我妈看出来，她带我来哈尔滨找爸，都好几年了，我爸也不知咋了，就是不见影儿。我妈找不到他，有时晚上趁我睡了，一个人偷着喝酒，醉了就说卢木头哇卢木头，你为啥不要俺们娘俩啦，把我弄醒好几回了，我还得装睡，不让她知道我知道她那样。我在哪儿都习惯看人，万一碰见我爸呢，同学说我东看西看的样子像个小偷。"谢楚薇听后，更加心疼杂拌儿。在她内心深处，既希望杂拌儿早点找到爸爸，又怕他爸爸出现，那样杂拌儿就会从她的生命中消失了。

谢楚薇因为杂拌儿而染黑了头发，她还鼓足勇气进美容院，做了面部除皱微型整容，使自己看上去年轻些。因为她有时接杂拌儿放学，有家长会问她，您也来接孙子啊？而她带杂拌儿出去，有路人会羡慕地对她说："你孙子长得虎头虎脑的，真是招人稀罕啊。"谢楚薇心里泛起的是母爱之情，可不想做他奶奶。

谢楚薇把杂拌儿带到家中的这个夜晚，心绪不宁，几乎无眠，因为杂拌儿入睡前跟她说了个秘密，她妈前几天喂鹰，用的是一顶古铜色的带帽遮的布帽，而那是他爸戴过的。因为他爸在七码头时，喜欢拿谷物呀骨头呀等吃的东西，搁到帽兜去喂各路鸟。布帽当容器的时间长了，鸟儿就把帽兜啄破了，露出窟窿眼。但他爸喜欢那顶帽子，总是戴着，说是风凉。爸爸失踪后，这顶帽子也不见了，想来是爸爸给戴走了。杂拌儿说妈妈找到了爸爸的帽子，说明爸爸离回家的日子不远了。谢楚薇问你为啥不问一下你妈，这帽子是哪儿来的？杂拌儿一本正经地对谢楚薇说，他爸跟他说过，男子汉要学会少问话，尤其是跟女人，凡是人家不想说给你的，最好闭嘴。

自从搬到松花江畔，谢楚薇和于大卫通常各居一室，极少睡在一张床上。一直闲着的客房，突然间有了一个孩子的鼾声，这生命的讯号在房间回荡，像涌来的春潮，令谢楚薇喜悦，也令她惆怅，因为这声音随时可能消失。怕杂拌儿夜半醒来发现不是在榆樱院而害怕，谢楚薇将客房的夜灯打开了。

当谢楚薇夜里轻轻推开客房半掩的门，悄悄蹲在床边，看着熟睡中杂拌儿那张美好的脸庞时，她是多么想亲亲他的额头啊，但她又知道这个山头并不属于她。杂拌儿的额头圆鼓鼓的，每个毛孔都散发着热气。

哈尔滨的夏天是光明的代名词，天亮得早，黑得又晚。谢楚薇三点多走向厨房时，天微亮了，她没有想到于大卫已在厨房煮咖啡了。

于大卫说："早啊。"

谢楚薇说："早啊。"

于大卫说："也不知杂拌儿早餐爱吃什么，要不带他出去吃豆腐脑和油条？"

谢楚薇说："不管他爱吃什么，早餐中的牛奶、鸡蛋、核桃仁、面包和新鲜蔬菜，是小孩子必需的，我昨天都备好了。"

于大卫说："他还不知几点起来呢。"

谢楚薇说："小孩子觉多，他几点起来，咱们就几点做饭。"

于大卫煮好咖啡，夫妻俩端着热气腾腾的咖啡，不约而同走向阳台时，于大卫望着波光粼粼的松花江，忍不住说了一句："多美的早晨啊。"

谢楚薇轻轻啜饮着咖啡，微微叹息一声，说："是啊。"

他们已多年没有一起欣赏哈尔滨的早晨了。在失去铜锤的岁月，似乎所有的早晨都是苍白的。他们不知太阳在背后如何升起的，但他们从江水变幻的颜色上，能感受到它照拂人间时，那份虔诚和执着。江心先是有了一条柠檬色的光带，接着这光带颜色加深，变成了淡淡的胭脂红，然后面积变大，向岸边扩展。等到太阳完全升起来，半面江水流光溢彩的，好像太阳在水中的悉心耕种，获得了大丰收。

谢楚薇没有想到五点钟刚过，杂拌儿就起来了，她问他不用上学，为何不睡个懒觉？杂拌儿说自己在老家，能在真正的冰上滑冰，但滑旱冰他还是头一回，他想早点出去，这时江边人少，他掌握不好时撞不着人，还有万一他栽跟头，看到的人也不会多，也少遭人笑话。

吃过早餐，谢楚薇带杂拌儿下楼时，无意间发现马路对面的丁香丛中，有个戴口罩包头巾的女人，向他们这座楼眺望，见着他们，这人像被马蜂蜇了，抖了一下，转过身去。谢楚薇想看她往哪儿去了，恰好马路上有两辆搬家车辆驶过，遮挡了视线。等车过去，谢楚薇再望时，那身影不见了。尽管谢楚薇没有看清她的脸庞，但她确信这个乔装打扮的人是黄娥，她一定是放心不下在外过夜的儿子，悄悄过来打探。

第六章

　　刘建国记得很清楚，他将鹰带到榆樱院的那个晚上，黄娥看到它的第一眼，仿佛遇见魔鬼，倒吸一口冷气，说你打哪儿弄来这小鹞子？刘建国告诉她这是送翁子安出院时，在阳明滩大桥栏杆上发现的时候，黄娥低声嘟囔一句："这讨债鬼。"

　　刘建国把鹰带到黄娥这里，一是因为榆樱院有院有树，适宜养鹰；二是黄娥来自山里，说过她丈夫喂养过各种鸟，懂得它们的习性；三是杂拌儿缺乏玩伴儿，有只鹰陪伴，他会少些孤单，还能培养他的爱心。

　　黄娥告诉刘建国这种鹰是雀鹰，在鹰中属于小体量的，七码头人叫它"小鹞子"。从它的体貌看是只雄鹰，夏候鸟，冬去春回。刘建国说难怪它趴在桥栏杆上呢，看来它在迁徙途中体力不支，落单后迷路了，所以在那儿等候人类救援。黄娥仔细检查过，发现它的一只翅膀有擦伤旧痕，分析它往年随候鸟群迁徙时，辨不清城市的玻璃幕墙，不小心撞伤过，这导致它体力下降，跟不上候鸟群北归的步伐，但还不至于迷路。它选择在哈尔滨停留，没有继续北上，看来是进城找人的。刘建国当时还被她逗笑了，说鹰跟人又没恩怨，它找人做什么。

雀鹰一开始并没在榆樱院筑巢，黄娥说只要它不坐窝，就没有长留的打算。最初的一周，黄娥买来各类生肉喂它，可它不闻不碰。它站在黄娥母子所住的右厢房屋顶，面朝北方屹立着，常常一待就是两三个小时，就是飞起来也不走远，绕着榆樱院转圈，像一架小型侦察机，随时观察着身下动态。黄娥用尽办法放飞它，终归徒劳。它不吃喂给的食物，但黄娥发现它并没瘦下来，它在空中盘旋的姿态也是舒展的，翅膀拍动有力，正常遗矢，说明它及时补充了食物。黄娥仔细观察，发现它比太阳起得还早，天不亮出去一两个小时，等榆樱院的人起床，它已归来，看来是去觅食了。榆樱院离松花江近，黄娥想只要它运气好，对岸的太阳岛和新兴的群力松江湿地，那些植被好的地方，不乏鼠类和小鸟，是它的天然粮仓。

黄娥一开始对它满怀抵触，她跟刘建国说房顶站着这么个家伙，感觉像幽灵，她到哈尔滨后本来睡眠就差，这下更睡不踏实了。刘建国说那还不简单，把它捉了，再跑长途时带上，放了它就是。黄娥说小鹞子很难逮，就是逮住，它们的脑子里有一幅我们看不见的地图，还会回到想来的地方。刘建国说那你就别把它当成讨债鬼，你当它是你和杂拌儿的守护神，就会喜欢它了。黄娥睁大眼睛，说你说得对呀，我咋没往好处想它呢！平素他们一起出车，抬个病人啥的，黄娥都避免着与刘建国有肢体碰触，但这次她忘情地抓住他的手说，它兴许不是来讨债的，而是卢木头见我们孤儿寡母的可怜，派来跟我们做伴儿的呢。

雀鹰留在榆樱院后，逐渐体现出守护神的特征。黄娥跑长途回家晚了，一进榆樱院，像卫兵一样立于屋檐下的它，会对着她叫一声，像是说你回来了。而听见妈妈的脚步声，从屋里迎出的杂拌儿，会给她讲小鹞子如何厉害，它居然衔来一支红蓝铅笔，丢在门前，而那正是他需要的。它还给两只流浪猫捉了老鼠，放在榆树下，看来有了小鹞子，以后都不用买猫粮了。而黄娥发现小鹞子似乎听得懂人话，老郭头无端挑剔黄娥母子时，它不是往他晾晒的衣服拉屎，就是趁他在樱花树下打盹时，突然俯冲下来，给他一个惊吓。老郭头曾跟黄娥暗示，只要她从了他，未来他的房子可归杂拌儿名下，黄娥说她丈夫在时，她确实算不得忠诚，但她从不吃不想吃的食。老郭头"呸"了一声，说："你以为自己是香饽饽，我是馊饭？"

趁着杨花还没飞尽，雀鹰在右厢房的大榆树上安营扎寨了。榆樱院的三棵榆树，虽然还枝繁叶茂，但毕竟是老树，就像人老了会有白发，它们也有枯枝了。雀鹰像敬业的园丁，把枯枝悉数清理了，没用的啄到墙角堆起来，可用的用来筑巢。它把巢穴搭在树干中央，与屋檐比肩，上有遮风挡雨的冠盖，下有密实的枝条作为防护网。除了大榆树的枯枝，它还衔来片状小石子、草和湿泥。雀鹰是出色的泥瓦匠，它用枝条搭建好巢穴的雏形后，再用石片、草与湿泥的混合物，作为枝条的填缝剂。这还不算，街巷的杨花落地后在道边积聚，好像铺着一条条雪白的哈达，顽皮的小孩子常用打火机点燃杨花，看它们火龙似的燃烧。雀鹰取来杨花，像女人到了冬天用棉花做冬衣一样，将杨花絮进窝里，使其更加稳固和舒适。它的窝从下向上望去，像一只朝天的泥碗，朴素温暖。它早出晚归的，俨然成为榆樱院一员。

刘建国来榆樱院的次数不多，但这里的人都认识他。因为他一来，黄娥迎出来时会说"当爸的来了"，让刘建国很不自在。大秦和小米一开始还真以为他是杂拌儿的爸爸呢，后来熟了，知道黄娥是来寻夫的，他们同情她，朝她要了两张寻人启事，随身带着，说他们整日在街上，接触的人多，可帮她留意着。大秦小米稍有空闲，就会展开"寻人启事"，看卢木头的照片。这个矮个子、塌鼻子、厚嘴唇、大胡子，总是笑眯眯的卢木头，他们牢记在心。小米问过黄娥，杂拌儿有爸，为啥还说刘建国是他爸？黄娥说杂拌儿现在丢了爸，而刘建国缺孩子，他就得给杂拌儿当爸。小米跟刘建国一样，不明白这叫什么逻辑。

刘建国走进榆樱院时，太阳刚升起来。大秦小米出摊儿了，老郭头站在樱花树下练拳，他见着刘建国"哼"了一声，像好斗的公鸡，故意使劲甩甩胳膊踢踢腿，然后撇着嘴背过身去。雀鹰认得刘建国，它在巢穴上扑扇了一下翅膀，像是打招呼。

杂拌儿在周末的早晨沉沉睡着，屋子回荡着他香甜的鼾声。黄娥起早包了西葫芦虾米馅的包子，自己吃过了，又在锅中给杂拌儿和刘建国各留一份，还是热的。刘建国虽已在早点摊吃了烧饼和羊杂碎汤，但一听说包子是新蒸的，便掀开锅盖吃了一个，赞叹真鲜亮。黄娥说他们开的卢木头小馆，包子是招牌吃食，客人都喜欢。卢木头食量大，一顿能吃五六个。他不喜欢素馅的，最爱牛肉野山葱馅和羊肉萝卜馅的。如果蒸了包子，她都不用给他做下酒菜了。黄娥提起卢木头，语气总是伤感的。

黄娥和杂拌儿所住的一楼，进门是中厅，左右两间卧房，一间大，一间小。厨房在中厅里面，挨着小间的卧室，洗手间则在进门的左侧，靠近大卧室。中厅通往厨房的隔断墙上，有一扇长方形窗，上面镶嵌的两块彩绘玻璃是拼起来的，人人见了称奇，因为它们是两块风格完全不同的彩绘玻璃。

其中一块彩绘玻璃是圣母玛利亚怀抱耶稣的图景，以红蓝黄绿为基调，圣母玛利亚戴着银粉与橙黄混色的头巾，穿着深蓝的衣袍，头戴闪光的黄色珠冠，神态安详地垂头看着圣婴。她怀抱的耶稣肌肤明媚，一派天真，目光如湖水般澄澈，头顶也有闪光的珠冠。而另一块彩绘玻璃，呈现的却是另外的故事了。那块玻璃乳黄的背景，它所描画的两个对脸的人，是中国传统的门神，一个是神荼，一个是郁垒，据说他们是兄弟，专捉恶鬼拿去喂虎，所以中国民间的百姓很是喜欢他们，过年时常把他们的画像贴在门的一左一右，以求平安。这块彩绘玻璃上的神荼郁垒，一个蓝脸，一个黑脸。他们披红蓝粉青的铠甲，戴银色头盔，一个头盔上镶嵌着红珠子，一个是绿珠子。神荼手持长剑，郁垒手持大斧，他们身形魁梧，目光如炬，长髯如烟，朝天眉飞扬，说不出的威武。而他们脚畔，是两只比猫大不了多少的小老虎，一黑一白，它们无疑是恶鬼的渊薮。太阳升起来，屋子有了光，这彩绘玻璃上的肖像就栩栩如生了。有时月光透进来，两块彩绘玻璃上的神，被映衬得仿佛在月下漫游。而厨房蒸煮食物时，它会弥漫着水蒸气，众神感染了人间雨露，仿佛喜极而泣。

　　刘骄华的公公婆婆把榆樱院的房子，留给儿子儿媳时，嘱咐他们一定保护好这两块彩绘玻璃，说这里有他们家族的往事。原来刘骄华公公的二哥，也就是他们的二伯父，是当年哈尔滨一个有名的画师。那时洋人多，哈尔滨建起各种风格的教堂，二伯父曾跟着一个西洋画师，给教堂画过彩绘玻璃。至于哪一所教堂，刘骄华的公公婆婆说法不一，有说是老道外已不存在的天主堂，有说是南岗大直街上的基督堂。作为画师的二伯父并不富裕，但刘骄华的公公说，他大哥当年是哈尔滨赫赫有名的盐商，所以帮二弟买下绸缎庄，改造成画店和住宅。二伯父除了爱画画，也爱演戏，东北光复前夕，他跟一个电影摄制组，拍摄一部古装片，在剧中饰演一个专为大户人家画屏风的画师。大户人家的小姐擅诗懂画，貌美如花，由父母做主，许配给一位门当户对的公子，但小姐爱上画师，为此抗婚，要下嫁画师。这本是个配角，但二伯父沉浸其中不能自拔，一看到饰演小姐的女演员，就想自己是带她脱离苦海的救世主。以至抗战胜利，电影最后停拍，演员们各自散去，二伯父还过不来这个劲，每日穿着戏服，继续着他的剧情。他神思恍惚，抑郁而终。他终身未娶，在生命的最后时刻，把房子给了三弟，也就是刘骄华的公公。

窗子隔断的彩绘玻璃，为何不是一种风格？据说是二伯父画的这块圣母怀抱耶稣的彩绘玻璃，督建教堂的人嫌他对玛利亚头巾配色处理得不够好，略显俗气，所以弃之不用，二伯父觉得可惜，带回家中，镶嵌起来。但它的尺幅只够半面窗的，所以他又画了另半块玻璃镶上，也就是中国传统门神的彩绘。二伯父为什么没有沿袭教堂彩绘玻璃画的风格，再画半面圣经故事，让那面窗气韵贯通，至今是谜。圣母玛利亚、耶稣、神荼、郁垒出现在同一空间，使得这扇窗就像这座房子，半中半西的，耐人寻味。

刘骄华当初把黄娥带到榆樱院，对他们母子唯一的嘱咐就是，千万别碰坏这两块彩绘玻璃。黄娥看了一眼圣母玛利亚和耶稣，说这个当妈的真粗心，自己捂得那么严实，却让孩子光着屁股，露着肚脐，给他戴个肚兜也好呀，这番话把刘骄华逗乐了。黄娥对门神不陌生，她说她家的卢木头小馆，也贴过门神像，不过不是神荼郁垒，而是关老爷。

刘建国今晨过来，是为了给大哥拍这两块彩绘玻璃，刘光复早就听妹妹说起过，可惜没来看过。刘建国和刘骄华都觉得大哥的人生离终点越来越近了，所以他才对天国和神界的人物与传说，格外感兴趣。刘建国多角度地拍了几张彩绘玻璃，用微信传送过去。

刘建国跟刘骄华一样，既想在大哥在时，多看他几眼，又怕去多了惹他难过。有时出车回来已是夜半，他会先到大哥家楼下，仰着脖子数到十层，悄悄看看他卧室的灯光。刘建国发现大哥睡得很晚，有时凌晨一点，灯还亮着，想必是在读书，因为大哥有次故作轻松地跟他说，生病之后才知道知识是有重量的，他晚上疼得睡不着时，会读读书，可是他力气小到举本书，胳膊都酸，每翻动一下书页，就跟做苦力一样。刘建国听后忍着泪，说大哥你想看哪本书告诉我，我给它一页页拆下来，按照页码顺序摞在一起，这样你看时拿着纸片，看一页丢一页，就不会那么累了。刘光复说拆散页的书，再装订就麻烦了，这世上有两样东西最不能糟蹋，一个是粮食，一个是书。他死后看不了的书，别人还能看呢，可要是散页了，任谁也无法看了。虽说如此，刘光复还是感动地说："有个弟弟多好啊。"

刘建国以前看这城市的灯火，并无特别感受，只是因为他近来常躲在楼下眺望病危中的大哥的卧室，才觉得每个窗口的灯火，都是尘世的花朵，值得珍惜。想着有一天这样的灯火，将永久从一个窗口消失，刘建国再看大哥卧室的灯火时，感觉它们湿漉漉的，好像浸着泪痕。

刘光复一再跟弟弟妹妹说，他过了七十不能算短寿了，人生早晚要散伙儿，无论夫妻还是兄妹，哪有长相厮守的。而且中国已经步入老龄化社会了，他的早去可为社会减负，实在不是坏事。最让刘建国想不通的是，大哥无论多忙，平素坚持游泳，为了做纪录片，他每到一座东北的老工业城市，只要时令允许，总要下水游泳，这些年不知游了多少河流。就是一条松花江，它在东北的江段，也大都游过，谁料他却这么早就中了死亡的埋伏。

刘光复收到彩绘玻璃图片后，给他回复了一条八字短信：基督的血，门神的泪。刘建国有点糊涂，因为彩绘玻璃描绘的，是耶稣祥和的诞生和门神超拔的神勇之态啊，何来的血泪？

因为今天没活儿，按照之前的约定，刘建国拍完彩绘玻璃发给大哥后，随黄娥去旧货市场逛逛。

黄娥穿一件长袖方领白衬衫，一条雪青色灯笼裤，一双天蓝色塑料凉鞋，提着一个葫芦形的彩色玻璃丝编织的手袋。凉鞋和手袋，都是她从旧货市场淘来的，她说那里卖的瓶瓶罐罐都贵，但这些生活用品，便宜美观又实用，她很喜欢。

黄娥是个有超强记忆力的人，她走过的路，只要一次，就能记得。很多游客到了哈尔滨的道外会迷路，因为这儿的街巷不很规整，如一盘乱棋。黄娥刚到榆樱院时，刘建国送了她两样东西，一个是城市应急电话号码簿，一个是哈尔滨地图。黄娥说应急电话号码簿她用得着，但买地图的钱白花了，她说自己在七码头时，开着小汽艇在鹿耳河和拇指河上走，从没迷过路。

黄娥打的第一份工，是在道外南极城一家干果店做营业员。南极城主营副食品，可批发可零售，因为进货渠道广，食品相对便宜和新鲜，所以非常受市民的欢迎，店门前送货的平板车络绎不绝。南极城的一楼是卖米面粮油的，有点像粮栈；二、三楼是全国各地的名优特产食品。而四楼的十几家店铺，全是卖干果的。麻脸的核桃，光头的榛子，狐狸脸似的松子，黑衣的西瓜子，白袍的南瓜子，翡翠色的葡萄干，橘红色的枸杞，黑紫的蓝莓干，乳黄的香蕉干，金黄的杏干，琥珀色的蜜枣，这些芬芳而鲜艳的果干摆在摊位前，就像一块大的调色板搁在那儿，真是要什么色儿有什么色儿，黄娥喜欢在这儿干活。她从榆樱院到南极城，从来不坐公交车，总是步行过来，每次走的路线又不一样，东绕西绕的，为的是多看看城市的风景。不过她这份工作做了半冬，就被店家给辞退了，因为她习惯给客人高点秤。店主说给个平秤，不亏欠顾客就好，要是每个顾客你都给那么高的秤儿，我一年得亏多少啊。可黄娥认为，称东西时给客人高点秤，天经地义，依然我行我素。店主拗不过她，结了她当月工钱，让她走人。黄娥不出一周，又在南极城隔壁的冷鲜城，找了份卖水产的活儿，她依然是做了半冬，就不干了。这次不是店主炒她，而是她受不了那味道，因为每天回到榆樱院，杂拌儿都说她一身的腥气。那两只一黑一白的流浪猫，就是那时出现在榆樱院的，杂拌儿说都是妈妈身上的腥气，把它们招来的。黄娥收留了猫，把活儿辞掉。其后她又在南岗西大桥的窗帘城、大世界的小百货商场，先后卖过货或是运过货，所以黄娥慨叹过，要说在城市没活儿干，我可不信，只要肯吃苦，饿不着人的。

黄娥在跟刘建国跑车之前，最为钟情的活儿，就是哈尔滨啤酒节时，去太阳岛卖啤酒，她说卢木头喜欢喝酒，兴许在那儿能找到他。啤酒节场地在松花江公路大桥北岸，冬天这里是"冰雪大世界"，矗立起冰雪的琼楼玉阁，引来国内外赏冰踏雪的游客；

夏天这个童话世界涣然冰释，就搭建起啤酒的乐园。那五颜六色的啤酒大棚，那世界各地的名牌啤酒，那花样繁多的佐酒小菜，那不乏国外院团加盟的劲爆文艺演出，吸引着八方来客。哈尔滨的市民夏天若没去趟啤酒节，喝顿洋溢着热情泡沫的啤酒，会觉得这个暑天就是泡沫，白白过了。

黄娥在啤酒节期间，去的总是同一家店。主人是经营黑猪生意的，他听说黄娥为了找丈夫，特意来人多的场所，很是怜惜这个模样不错的女人，所以他也不要求她像其他服务员一样，穿得露和透，只要她给客人上啤酒时热情就好。黄娥很是感激，但她是聪明的，她来啤酒节穿的，是一条裸色丝绸连衣长裙，乍看像没穿衣服似的，似乎比穿吊带衫的小姑娘都大胆，可仔细一瞧，那高领、长袖、曳地的长裙，把黄娥捂得严严实实，只能说这亲近皮肤的颜色，像若有若无的微风，专为烘托女性曲线而生的。啤酒节的半个月，黄娥能赚到她平素两三个月才能挣到的钱，她直言哈尔滨要是一年四季都是夏天就好了，这样她就能给儿子攒下家底了。店家夜半打烊时，会赏她两扎啤酒。黄娥吃着花生米喝啤酒时，总说要是卢木头在该多好啊。她对啤酒节唯一不满的是，那临时搭建的厕所，人多要排队不说，臊味也大，得掩着鼻子去。有时她想多喝一杯，但怕上厕所会反胃，所以忍着少喝。

黄娥观察力极强，她来哈尔滨的次年秋天，几乎把城区转遍了，她用彩笔绘制了自己的哈尔滨地图。这个地图所标注的地方，都是和杂拌儿息息相关的，它主要包括:学校、文具店、医院、餐馆、澡堂、游乐场、图书馆、体育馆、宠物医院、公交站点等。她在用色上以黄蓝绿为主，蓝色在她的地图中是最高等级，价廉物美的餐馆、优秀中学、收费合理的体育馆、儿科比较好的医院以及离家近的澡堂，都被她标注了蓝色。比蓝色次一个等级的是绿色，再次之则是黄色。刘建国不解的是，她在地图上标注了两家宠物医院，问她为啥，黄娥说杂拌儿和那两只流浪猫有了感情，猫也有猫的寿命，哪天它们快不行了，这两家宠物医院可以帮助主人，让猫安乐死，杂拌儿可减少点痛苦。不过黄娥绘制的地图，因为城市变化的脚步太快，得不停地删改。就拿黄娥熟悉的道外区来说吧，前年还在地图上的一家澡堂，因为拆迁改造而消失了，去年还在的一家公交站点，因客流量不够大，那站被甩掉了，黄娥就得更新地图。她也因此抱怨，为何有些在她眼里好的东西，突然就给变没影了。

　　黄娥看了哈尔滨那些受保护的老建筑后，跟刘建国慨叹，她终于明白他们镇长为啥被抓了。镇长在城镇改造中给建筑物"穿衣戴帽"，好好的房顶上，不是弄个洋葱头的绿顶或红顶，就是帐篷式的金顶或银顶。有的顶是铸铁的，奇重无比，有座三层老楼不堪重负，给压塌了一角，虽然只是伤了两个人，但此事影响恶劣。没过多久，镇长被查了，他在城镇改造项目中巧立名目，跟施工方勾结，贪污工程款。黄娥说一准是镇长老来哈尔滨，觉得这些老建筑上的洋玩意既然珍贵，效仿它是没错的，没想到他搞的洋玩意像手榴弹一样，轰炸了他。看来那样的"顶"，对某些人来说是宫殿，对某些人来说则是坟墓。

刘建国在地图上并没找到七码头，他和刘骄华也怀疑过黄娥的真实身份。刘骄华查验过黄娥身份证，没有造假，身份证上的住址也确有其地。也就是说，七码头只是当地人的叫法，并非虚构。刘骄华还了解到，黄娥的丈夫确实叫卢木头，她来哈尔滨寻夫前，在当地派出所报过案，所以卢木头已在失踪人口之列。刘骄华很清楚，未成年人失踪，还有找到的希望；一个智力健全的成年男性失踪好几年了，在一个通讯如此发达的时代，应是凶多吉少了。如果按照黄娥跟刘建国所说，卢木头是负气出走，他不可能不留下蛛丝马迹。还有，他如果真是对黄娥绝望，打定主意在某个地方隐居，永不理她，但按常理推论，卢木头不可能不挂念儿子，总该看看孩子吧？但他没有。刘骄华对黄娥说，卢木头失踪早就过两年了，她可去公安机关，申请失踪人死亡，但黄娥不同意，她说卢木头就是死了，魂还在呢。刘骄华骨子里不希望卢木头现身，因为这样黄娥还会在二哥的车上。只要在二哥的车上，刘建国就不会太孤单。

刘建国跟着黄娥去旧货市场的路上，还纠结于大哥对那两块彩绘玻璃的评价，他问黄娥"基督的血，门神的泪"啥意思？黄娥睁大了那只双眼皮的眼睛，说："这还不明白啊，大哥说的是颜色啊。基督的血，说的是红色；门神的泪，说的是白色，大哥是在说人间不过红白两色。你看我们办婚礼是红事，办葬礼是白事。大哥是提醒你，他什么色儿都看过了，等你们给他办白事时，不要太难过。"黄娥知道刘光复有个心愿，想在死前去松花江游上一回，刘建国和刘骄华怕他一入水就会窒息，始终没敢答应。黄娥趁此对刘建国说，一个快没的人，为啥你们不满足他的心愿？江水也暖了，就是不把他弄到江上，你和你妹提桶松花江水回去，让他洗洗脸和手脚，他也会高兴啊。

刘建国愣怔一下，说这是个好主意。

黄娥所喜欢的道外的几处地方，长春街的花市和靠近靖宇街的旧货市场，都在其列。黄娥不养花，但她喜欢看花。她说城里的花儿可怜，活在盆中，不像七码头的花儿，树林、草甸子、山崖上都能生长，自由自在。

黄娥住到榆樱院后，在一家地下印刷厂，印了几百张有丈夫头像的寻人启事。以前城市的电线杆、建筑物和公交站牌下的宣传栏，是这类寻人启事的栖息点，但现在乱贴东西不允许了，黄娥就在工闲之余，把它们派发到个人手中。接收到她寻人启事的，都是酒馆和花店的人。刘建国问这是何故？黄娥说丈夫喜欢酒和花，他要是来哈尔滨，去这些地方的几率大。

长春街花市的店主，有很多认识黄娥了，他们见着她会热心地问，还没你男人的消息？黄娥总是落寞地摇摇头。店主们为了安慰她，不是端起一盆鲜红的仙鹤来，就是拎起一盆橘黄的四季海棠，再不就奉上一盆雪白的茉莉花，说是白送给她。黄娥总是摆手，说等找着卢木头再来搬，他更爱花。如果她是带着杂拌儿一起逛花市，她会跟店主们说，他叫杂拌儿，以后他一个人来这儿，你们都是好心人，帮我照顾着点啊，小东西现在找不到爸，万一哪一天妈也没了，你们就都是孩子的爸妈！几乎每个店主都笑吟吟地回道，放心吧黄娥，他要真是爸妈都没了，俺们白捡着个孩子，还不得抢疯啊。花市一些人家的店面前，还养着宠物狗，狗们最喜欢在太阳下打盹了，黄娥见着眯缝着眼的狗，会上前拍醒它，说这是杂拌儿，你快认个脸，以后他一个人过来，可不许咬他哇。大多的狗性情温顺，俯首帖耳地哼哼两声，算是答应；但也有狗脾气坏，被扰了好梦后冲她汪汪叫，黄娥赶紧护住杂拌儿，嘱咐他以后绕着这家店走。

　　黄娥很少带杂拌儿逛旧货市场，因为这个市场只在双休日对外开放，杂拌儿上学后功课多，双休日是难得睡懒觉的时间。黄娥听说一些旧物，有的是坟里挖出来的，有的是旧时土匪抢来变卖的，还有的是落魄的大户人家放进当铺的东西。旧货市场游荡着多少鬼魂呀。黄娥觉得应增强孩子驱鬼魅的能力，这样他在人间才兴旺，所以她特意从旧货市场，给杂拌儿买了饭碗、汤匙和皮腰带，让他来用。

　　从榆樱院到旧货市场，步行一刻钟就到了。太阳出来了，摊主们在楼群中一处青砖铺就的小广场以及那一纵一横的长街上，摆出旧货。他们摆货品，图个喜气吧，大都铺一块红丝绒布。但也有别出心裁的，铺的是格子床单、塑料布、白毡子、地板革或是黑丝绒布。旧货市场通常下午散摊儿，夏日太阳毒，所以有的摊主，早早就支起了太阳伞。小广场有十几棵四散的山杨，如果摊主运气好，把摊儿摆在它下面，就省得带太阳伞了。摊主无论男女，这时令的装束少不了短裤、草帽、太阳镜和凉鞋。他们坐在马扎或是矮板凳上，跟凑近摊前的顾客搭讪，天花乱坠地推销旧货，而迤逦摊开的货摊儿，就像一条时光隧道，跨越了不同的年代。烟笸箩、酱油瓶、醋坛、茶壶、米桶、糖罐、酒壶和花瓶，不知在什么人家，伴着主人过了什么日子，空着心的它们，还是一副渴望着走进谁家、与人共度苦辣酸甜日子的表情。

老式箱子上摆着的马灯，不知曾照亮过谁家的长夜？羊皮袄、棉帽子、棉鞋和棉手套，不知帮谁抵御过冬天的寒流？那漆黑的砚台不知来自哪个书香门第，它研磨的墨，又写就了怎样的文字？那白珠子的算盘，是谁人的手拨拉过，它的主人是盈还是亏？那笛子又被谁忘情地吹过，吹出的是喜乐还是哀乐？那把雕花的铜锁，曾锁过谁家的院落？那杆秤是否短斤少两过？那面菱形镜子，照过谁人的脸？那副铁马镫，是好汉的脚还是汉奸的脚踏过？那口生了锈的大铁锅，曾在谁家的灶房被火舔舐？那个莲花形烛台，又曾照亮过谁家啊！

每个旧物背后，都有无穷的问号。

黄娥指着一个半人高的紫檀色炕琴对刘建国说，你看那上面的彩绘玻璃多漂亮啊，要搁从前，我就买了捎回七码头，用它装被子褥子。可现在家里人不全了，买了也没人用了，说完一声叹息。炕琴上的四幅彩绘玻璃，是春夏秋冬的图景。画中的湖是同一个，只不过因时令不同，色调迥异。春卷是一池碧水和一双鸳鸯，夏卷是满湖荷花和嬉戏的蜻蜓，秋卷是满湖落叶和南飞的大雁，冬卷则是凝结成一块璞玉似的冰湖和枯树上的红脑门山雀。刘建国说妹妹的二伯父，当年在哈尔滨做画师，没准儿这炕琴上的彩绘玻璃，出自他手呢。黄娥说肯定不是他画的，他爱画神，人家画的是草木花鸟。

刘建国一个个摊子逛下来，啥也没买，黄娥买了一双草鞋和一把扇子。旧货市场还是飘拂着一股说不出的霉味，即便阳光是天然的清洁剂，也无法彻底祛除它们身上的异味。刘建国见有一个摊子的主人，居然一大早就啃炸鸡喝啤酒，觉得有趣，就凑上前去。那人穿红短裤，花衬衫，戴一顶紫色草帽，手腕上挂了多串珠子，紫白红黄都有，打扮怪异。他见刘建国和黄娥一起过来，口无遮拦地对刘建国说："大哥艳福不浅呐，这妹子是我见过的哈尔滨最性感的女人！她老来这儿，我一跟她打招呼，她就给我白眼，敢情是有主儿的人啊。"刘建国俯身去看他卖的旧货，不过是旧书旧报，加上荣誉军人证、烈属证、五好家庭的牌匾等，几乎无人驻足。摊主慨叹从古至今，书籍都是受冷落的，所以他不如吃炸鸡喝啤酒，就当是在太阳岛度假了。刘建国将那一册册旧书翻下来，有了惊人发现，那里竟有一本父亲多年前翻译的《二十世纪俄苏短篇小说选》，用的是笔名，这是父亲的最后一部译著，家里仅存一本。母亲去世后，它被大哥拿去做纪念。现在大哥病重，想把书传给弟弟妹妹。刘建国说那就给妹妹吧，她儿子从事文化事业，可能用得着。现在这部父亲翻译的书，夹杂在一堆面目模糊的旧书中，刘建国有如见着久别的亲人，又是欣喜又是难过，他颤抖着把那书捧在手中，问多少钱？摊主猛喝了一口啤酒，唇角洋溢着雪白的泡沫，说我还没开张呢，随你给，十块二十块我不嫌少，够我买一斤老鼎丰的五仁月饼就是。要是你给我五十、六十，我今儿就是遇见贵人了，散摊儿我就去张包铺要俩小菜，吃顿包子，再喝二两小烧；要不就去范记永吃盘辣椒炒腰花，要碗打卤面！旧书还没交易呢，他却把道外两家老字号的饭馆，给惦记上了。

刘建国从兜里掏出两百元给摊主，说："兄弟，够吗？"

摊主放下啤酒瓶，甩了甩那两张百元钞票，在阳光下看了下水印，又仔细揉搓几下，鉴定是真币，手舞足蹈地说："太够了！带着美妞出来逛的大哥，气派就是不一样嘛！"他龇牙笑着谢过刘建国，又谢黄娥，然后指着一摞旧报纸说，你这么够意思，我免费赠你一张哈尔滨旧报吧，《远东报》、《国际协报》、《大北新报》和《文化报》，你随便选一张！

摊主见刘建国不语，以为他嫌赠一张太少，说相遇是缘，可送他两张旧报，他先抽出一张《国际协报》，说这报纸珍贵，1937年它被日本关东军封掉了；再抽出一张《文化报》，说你看当年报纸印的报社电话号码4884，还是四位数的，现今都八位数了！从四位数到八位数，变化多大呀。他把两份泛黄的报纸卷在一起，递给刘建国，嘻嘻笑着说："大哥是退休干部吧？放心拿去，这两张报纸都是进步报纸。"

刘建国谢过摊主，接过报纸，刚要问他父亲的那本译著，是从哪里得来的，他的手机响了，是大哥打来的，他问他是否出车了？刘建国说今儿没活儿，给他发过彩绘玻璃照片后，他跟黄娥逛旧货市场来了，刚好买到一本父亲最后那本译著。刘光复说那你开上"爱心护送"车过来，我感觉不好，估计挺不过这两天了。我想好了，不能死在家里，将来你嫂子住着再忌讳，而且死在家里，开死亡证明麻烦，要是耽搁火化，天也热了，别再成了臭鱼。

　　刘建国赶紧告别黄娥，跑出旧货市场，打车取"爱心护送"车。刘光复预感很准，入院当夜便走了。那时蔡辉和儿子乘坐的航班因为延误，还没落地，刘光复的女儿一直攥着父亲的手，哭着说爸爸你再等等，妈妈和弟弟就快到哈尔滨了。刘光复大约不想给他们见最后一面的机会了，他留给亲人们的最后一句话是："晚点真好"，清醒而平静地告别这个世界。刘建国和刘骄华亲自给刘光复净身、穿寿衣，他们用的是黄娥从松花江取来的一桶水。因为没有经过净化处理，它看上去不很清澈。所以送刘光复最后一程的，还有黄娥。只不过她是外人，守着那桶水，候在抢救室外。黄娥很细心，她怕冰凉的江水，再激着刘光复，一直用温热的双手焐着桶壁。

第
七
章

安葬了大哥，刘建国的心有被抽空的感觉。父母不在了，大哥也不在了，人生原来就是不断失去亲人的过程啊。大嫂料理完丧事，头七都没烧，就跟儿子回广东了。刘建国明知大哥家的房子没人住了，还是忍不住去望了一下，万一大哥的魂儿回家了，夜里掌灯读书呢？可他望见大哥家上下左右的窗口，都透着温柔的光和隐约的人影，只有他时常遥望的那个窗口，是黑沉沉的了。

大哥的骨灰刚从焚化炉出来时，还有温热之气。有一块骨头没烧透，殡仪馆的师傅拿来一个黑色橡皮锤，让家人把那块骨头砸碎，再装骨灰盒。刘光复的一双儿女不敢近前，刘建国就接过橡皮锤，敲打那块骨头。他发现那是腿骨部分，被焚烧后现出细密的圆孔，仿佛成了蜂巢，不过它透出的可不是蜜一样的气息。刘建国研碎那块骨头后，拈起一小片藏在兜里，在一个落日熔金的时刻，带着那片腿骨到了松花江畔，租了条船，划到江心，将它葬在水中。那片腿骨一入水，便被湍急的水流给激得跳了一下，像是高扬起一面生命的旗帜。

刘建国这个时刻特别不愿闲着，因为他会想起大哥。所以多年来他是第一次主动给雇主打电话，求他近期多给他派点活儿，尤其是长途的，因为在哈尔滨，他会想起与大哥在一起的童年往事，心里难受。刘建国接的活儿，一部分是顾客直接找到他的，一部分则是雇主派的。雇主手下的几台"爱心护送"车，从运营成本看，刘建国这台消费最少，他很善于保养车，而且驾车稳当，几乎零肇事。而从收入状况看，他这台车也说得过去，因为他少要顾客钱时，就会主动削减自己那月的工钱。

刘建国这次载的去往黑河的患者，是位五十多岁的男人，他大病康复，所以那一路，他们难得听到了患者的笑声，也难得见到了随行家属的笑脸。每到一处休息区，这男人的老婆上完厕所，总要在加油站旁的小卖部，买些时令水果提上来，分给刘建国和黄娥。这站是沙果，尝着酸涩，下站就买香槟苹果，咬一口觉得还是酸，再下站就拎上一兜白皮的香瓜。这瓜甘甜无比，吃得满辆车都是香气。患者的老婆在休息区跟黄娥聊天，说她男人得的是肺栓塞，一度昏迷，紧急送往哈尔滨抢救，真是老天保佑，她爱人起死回生，十天就康复了。本来他们可以乘坐旅游号列车回家，那样省钱，但她被吓着了，生怕沿途发生点紧急情况，不好处置，所以才雇用了这辆车，起码车上配备氧气。这女人跟黄娥说，她那时非常担心男人撒手不要她了，寡妇的日子难熬啊。她说哪怕丈夫是个废人，只要有口气在炕上躺着，她都有主心骨。黄娥夸她命好，说不是所有女人，都这么好运气的。

刘建国和黄娥把这对夫妇送到黑河，是午后一点多。他们结算费用时，女主人因为高兴，多付了一百元，说就当请他们吃盘江鱼了。到了黑河不吃江鱼，等于白跑一趟。

刘建国来黑河多次了，黄娥这是第二次，他们到一家并不起眼的江畔小馆吃饭。刘建国喜欢这家的酱焖杂鱼，价廉物美。这道菜选用的都是拇指粗的鱼，花翅子、白鱼、柳根、细鳞等，将其炖在一起，用黄酱慢火炖煮，滋味鲜香醇厚，很是下饭。

刘建国和黄娥吃完饭，快三点了，刘建国问她，咱是往回返呢，还是趁着这大好天气，逛逛黑河码头？没等黄娥作答，刘建国接到雇主电话，让他们立刻去孙吴，那儿有个老头昏迷，家人要把他转院到哈尔滨。雇主说从黑河到孙吴顺路，一个多钟头就到了，算是白捡一单生意。

黄娥问刘建国这么连轴转地开车，受得了吗？刘建国说吃了饭就有力气了。黄娥失落地"唉——"了一声，幽幽地说："杂拌儿可不能再失去亲人了。"刘建国说放心吧，他不会拿生命开玩笑的。

按照雇主提供的信息，他们赶到孙吴那家医院时，是晚炊时分了。患者是个七十多岁的老人，突发脑溢血，虽然命保住了，但一直昏迷。老人的老伴去世了，有两个儿子，他们一胖一瘦，面露焦灼，见刘建国的车子驶入医院，赶紧让护工把父亲从抢救室抬上车。

车子还没驶出医院，两个儿子你一嘴我一嘴地先告诫刘建国，老人的病不能颠簸，路上要格外小心。但在保证安全的前提下，尽量快开，这样父亲能早点得到救治。如果因为他驾车不当，造成父亲中途死亡，他要承担全部责任。

见这两个儿子面目不善，出言不逊，刘建国说凡是出车，都会有意想不到的事情发生，比如别人违章还会撞你呢，所以他不能保证绝对的安全，请他们另换一辆车。

其中那个瘦儿子，语气缓和了一些，说这也就是提示你开车留神，我爸绝不能半道死去。

刘建国想如果把老人移走，恐怕耽误救治，于患者无益，也就小心翼翼地驾车上路了。谁知怕什么来什么，行驶了五十多公里，后面过来一辆狂奔的越野车，它在超车时剐蹭到"爱心护送"车侧翼，车子急速偏向高速路护栏，若不是刘建国刹车及时，就撞上了。但这个紧急处置，让车子瞬间成了被拍起的皮球，剧烈弹跳，而那辆越野车毫不在意，一溜烟跑掉了。刘建国叫了一声"坏了"，以为老人这一颠簸会休克了，但他听到的却是救护舱传来的一阵惊喜的呼唤，原来这意外，倒让老人苏醒了。老人的儿子欣喜若狂，让刘建国就近下高速路，找个安静地方停下，他们不去哈尔滨了。

刘建国就在前方一个乡的出口，下了高速，把车停在一大片麦田旁。太阳快落下了，麦田沐浴着落日余晖，仿佛黄熟了，只待收割。刘建国听得两兄弟在追问父亲，房证和母亲留下的金条放哪儿了，还有银行存单，怎么一张也找不到。老人刚苏醒，说话口齿不清，两兄弟急得冒火，一个威胁说你再不说的话，你到了阴间，我妈不给你饭吃；一个则乞求说，爸你都这岁数了，早就该把家产，给儿子们交代好，要不你走了，不明财产万一充公，你不是白忙了一辈子，在另一世能安生吗？

刘建国听了这话，才明白他们抢救父亲，原来是问他财产的下落。老人苏醒本是好事，只是他活过来后，面对这样的儿子，又有什么乐趣？

两兄弟的追问，得到老人最清晰的一句回答是："孩子啊孩子，回家再说。"

刘建国按照吩咐，掉转车头回孙吴。他们把老人送到家，结算费用时，两兄弟说按里程结算，最多付二百元。一直皱着眉不吭声的黄娥火了，她说雇主给他们的活儿，是从孙吴到哈尔滨的，是你们中途违约，耽误了我们接其他的活儿，理应赔偿。还有这车发生剐蹭，肇事车主逃逸，修车也要费用。更重要的是，这个事故把你家老爷子给颠醒了，我们相当于妙手回春的医生，你们省了多少医疗费呀。黄娥开价一千，两兄弟讨价还价，最后六百成交，他们各出一半。

刘建国和黄娥离开那户人家，已是晚上九点多了。他们开这类车，遇见的匪夷所思的事情多了，但像这对兄弟这样的，实属罕见。黄娥说今儿真是晦气，路上有鬼，咱不能连夜往回赶了，找个地方住下，洗个澡，吃碗面，睡几个点儿，明儿起早再回吧。刘建国说这样最好。

刘建国开车找住地的时候，黄娥赶紧给杂拌儿打电话，问他晚上吃的啥，作业写完了吗？杂拌儿说谢娘接他放的学，带他吃了石锅鱿鱼拌饭，还给他买了一个冰激凌。两只猫他喂过了，小鹨子可能知道她夜里回不来，此刻没在窝里，守卫在屋顶呢。黄娥嘱咐他夜里闩好门，谁叫也不能开。杂拌儿答应着，又告诉黄娥，大秦叔叔和小米阿姨回老家了，他回榆樱院时，碰见他俩拎着旅行包，在门洞打出租车去火车站。黄娥很是吃惊，问他们没说啥时回来？杂拌儿说他爸说过，小孩不问大人的事情。

从孙吴回来后，黄娥跟刘建国说，她暂时不跟他跑车了，叫他赶紧物色人。刘建国想这次车子的事故，让黄娥后怕了。他说随你的意，我临时找个人替着，啥时你想回就回。刘建国说完，心头竟泛起一股难言的酸楚和不舍。

也就是从孙吴回来的当夜，刘建国接到翁子安电话，让他第二天接他出院。以前他都选择大医院，但这次却住进了道外一家小医院。

夏日凌晨四点的哈尔滨，太阳升起来了。这时节西大桥窗帘城的生意特别好，因为住户的浅色窗帘，是阳光的播撒器，老早就把人照醒了，你只得换深色窗帘。所以厚窗帘和遮光布，跟空调和啤酒一样，是这座城夏日受宠的商品。

刘建国每次起早驾车，无论去哪个区，无论穿越多少条街巷，最常见的就是停泊的汽车。每个小区的楼前，每条街道，大大小小的停车场，挤挤挨挨的都是轿车。它们一个咬着一个，像一群瓢虫。黑白两色的车最为普遍，若是冬季天色蒙昧，这黑白色的车交错出现，肃穆得就像黑纱白花，好像它们在哀悼着什么。黎明前的城市，也就像车的停尸场。待到上班的早高峰到来时，这些车就活了，慢慢蠕动，载着谋生的主人，开始了一天的奔波。

翁子安穿军绿色 T 恤，黑色牛仔裤，一双黑色软底皮鞋，依然是背着惯常背的黑白色双肩包。他面色灰白，目光忧郁，胡子拉碴的，眼睛泛着血丝，见着刘建国点了点头，熟练地打开救护舱门跳上车。

这次同以往不同，翁子安一上车就给刘建国指明了方向，说："去犹太公墓。"

刘建国心里咯噔一下，但他没问他去那儿祭奠谁。

自从于大卫告诉他不必找铜锤之后，刘建国确实没再来过犹太公墓，以致他把车停在墓园外，看守人见刘建国是和一个陌生人来此，觉得奇怪，不像往常似的见着刘建国和于大卫立即放行，而是朝翁子安要身份证，做个登记。刘建国得以觑见翁子安的二代身份证信息，上面标注他一九七七年二月生人，地址是鹤岗市下辖的一个县。

翁子安进了公墓后，问谢普莲娜的墓是哪一座，说自从刘建国跟他讲这位善良的犹太老人，从来没有因他丢了她亲孙而埋怨过他，他就想来给她鞠个躬，刘建国感动地"哦"了一声，带他走向谢普莲娜的墓。

夏日的犹太公墓被绿树环绕着，被阳光照耀着，那些墓碑仿佛感染了生机，如绿海上的片片风帆。刘建国走在前面，翁子安在后，他们的影子在墓地甬道，投下两条长长的影子。因为影子在前，感觉有两个隐形人在引着他们走。到了谢普莲娜墓前，刘建国掏出两块石子，一块摆在谢普莲娜墓前，一块给了翁子安。翁子安接过石子，轻吻一下，将它摆在谢普莲娜墓前，然后对刘建国说，他想单独待一会儿，请他去车上等他。

刘建国这一等，就是一个小时。

翁子安从犹太公墓出来时，眼睛亮了，气色也好看了。他告诉刘建国，祭奠完谢普莲娜，他又拜谒了一座犹太建筑师的墓。

刘建国说："那你跟于大卫一样，他也喜欢建筑。"

翁子安从刘建国的讲述中知道于大卫，他说："他那么喜欢建筑？"

刘建国说："你可能不记得了，我跟你说过的，他大学的专业就是建筑。你知道吗，当年哈尔滨大剧院设计方案对外竞标时，他还设计了一款呢。知道冰溜子吧？于大卫设计的大剧院，就是一排冰溜子，一共五根，中间那根最粗，是做主厅的，左右两根稍细，高度各有不同。这些冰溜子底大，螺旋似上升，顶部是尖的。说真的，这款设计我觉得不错，可他说浪费空间和材料，最终没把设计方案拿出来。"

翁子安说他小时候舔过屋檐下的冰溜儿吃呢，他还用妈妈的织衣针，敲打冰溜儿。冰溜儿发出的声音特别悦耳，他妈爱听，说冰溜儿是收音机。如果哈尔滨大剧院真是一排晶莹剔透的冰溜儿造型，既体现了这儿的气候特征，又有诗意。不说别的，给它们挂上装饰灯，晚上就是五杆燃烧的蜡烛。听得出来，翁子安对于大卫的设计是赞赏的。

翁子安上了车，告诉刘建国下一站去海林。

他们到达海林市的一个林场客栈时，已是中午。显然翁子安与客栈老板相熟，事先打过招呼。又胖又高的红脸老板，说他已把野餐要带的食物备好了，都是他亲自下厨做的，酱牛肉，卤猪蹄，酥炸鲫鱼，油焖河虾，还配有黄瓜、大葱、生菜和干豆腐皮等蘸酱菜。酒也备好了，是自酿的高粱小烧，味道绝对醇厚。还有他老婆用黑麦粉、蜜腌的野生玫瑰花苞和松子，做成的发糕。它松软可口，甜而不腻，这个夏天来他家的游客，没有不爱它的。

翁子安给刘建国预订了房间，告诉他今晚就住这儿了。他让刘建国先去洗个脸，之后下来，由客栈老板开车，带他们去野餐。刘建国开"爱心护送"车多年，没一个患者邀他野餐过，他在下楼时心里不免嘀咕，翁子安究竟要做什么呢？

客栈老板驾车把他们送到二十里外的一个无游人打扰的山下草滩，选好野餐点（在两棵榛子树下），铺上一块蓝格子布单，将吃食摆好，驾车回返。翁子安跟客栈老板说，他们想回去时，会给他电话。客栈老板哈哈一笑，说这个地方手机信号时有时无，他会掌握时间，差不多时就来接他们。

那座山低矮平缓，海拔也就是三四百米的样子，山上植被丰厚，山下草地野花开得繁盛，翁子安说客栈老板家的养蜂场就在这里。

刘建国饿得肚子咕咕叫了，先吃了一块玫瑰蜂蜜松子糕，之后才和翁子安喝酒。酒过三巡，翁子安问他捡到的鹰如今怎样？刘建国说它在道外的榆樱院坐了窝，每天早起晚归的，好像适应了都市生活。翁子安笑笑，说也不知它秋天时会不会迁徙？刘建国说咱这不长翅膀的，可没法预料长翅膀的家伙，接下来想干啥。翁子安再问他为啥满面忧伤的？刘建国低下头来，说我大哥走了。他把刘光复的故事说给他，翁子安听完，问他拍的纪录片资料在哪儿，说你把联系人电话给我，我认识两家上星的卫视负责人，可以碰碰运气。刘建国说那太好了，资料都在我大哥的摄制团队的人手中，我一回去就联系他们。

刘建国醉眼蒙眬时，觉得天上地下都是花，自己被花朵簇拥了。天上的花儿是白云，虽然一个颜色，但它们变幻万千，姿态妖娆；地上的花儿紫白红黄都有，它们在微风中摇曳着，送来阵阵花香。

翁子安在这个美好时刻，突然问起刘建国当年是怎么丢了那孩子的。这是刘建国心中痛点，平素亲人都不敢提及，他自己也不愿回忆那个清冷的早晨，怎么就把铜锤给丢了呢？

但此刻刘建国在大自然温暖的怀抱中，有美酒抚慰，身心舒展，面对着他信赖的翁子安，他愿意倾诉。这倾诉既是给翁子安的，也是说给天和地的。

刘建国说他四十多年前在黑龙江北部林区插队，在一个林场开运材车，每天从山上把工人采伐的木材，拉到山下的楞场。因为开运材车的配有助手，装卸木材又有工人帮忙，所以他当年干的算是俏活儿了。刘建国说他当知青的第二年，已经过了长个头年龄的他，居然从一米七四猛蹿到一米七八。工段的窝窝头管够吃，他一顿能吃六个。那时的玉米面真好啊，掰开一角窝窝头，香味就出来了。不过因为那里冬季漫长，蔬菜短缺，夏季能补充新鲜蔬菜，冬季常吃的菜，就是易于储藏的土豆、萝卜、大白菜、黄豆和海带了，很是单调。

刘建国说和他同林场的知青，一共九人，只他来自哈尔滨。他最忘不了的是杭州知青张依婷，她是林场小学的音乐老师，生得小巧玲珑，小鼻子小眼小嘴的，肤色白皙，像个胶皮娃娃。据说张依婷的父亲，是一所音乐学院的教授，母亲是唱歌剧的，所以她接受了良好的家庭教育，自幼就会拉小提琴了。张依婷带到林场的小提琴，是知青们节日聚会，最少不了的一道音乐压轴大餐。张依婷拉琴时，感觉她是明月，琴是彩云，互为映衬，光彩夺目。尤其是在烛光摇曳的夜晚，那真像年画中的仙女下凡了。男知青都喜欢他，给她献殷勤。那时难得吃上一回肉，他们偷老乡的鸡鸭宰了，给张依婷炖肉吃；他们还采野果给她。刘建国说他能赢得张依婷的芳心，跟他开运材车有很大关系。他驾车去山上的工段时，只要是植物生长的季节，都有野花可采，他下山去楞场时，常采一束野花带着，卸完木头，就去给张依婷送花。有时她正上课，他就把花放在她宿舍的窗台上。他还剥了桦树皮，让它阴干，用石头把桦树皮压得又平又整，切割成十六开大小的，装订成册，送给张依婷做歌谱本。刘建国休班时进城，总要问她捎点啥，肥皂、蜡烛、牙膏牙刷、白糖、水果罐头甚至卫生纸等东西，张依婷都托刘建国买过。他们很自然地走近了，常一起在林间小路散步，刘建国说他们已是林场公认的一对恋人了。可自打他丢了铜锤，刘建国回到林场后，张依婷便疏远他了，对他躲躲闪闪的，看他的眼神也冷淡了。后来他回哈尔滨找孩子，张依婷返城回了杭州，两个人就再无联系了。不过她的动向他是知道的，张依婷嫁给了一个法国人，一直活跃在音乐舞台。

刘建国讲述铜锤丢失的故事前，抑制不住地先把丢了孩子的恶果讲给翁子安。翁子安说："你就因为她没有结婚？"

刘建国喝了一大口酒，摇摇头说："谁愿意嫁一个整天找孩子的男人啊，那不是找罪受吗。"

翁子安心有感触地说："你问过我为啥人到中年还没结婚，那我也告诉你，自打我得了这病，就没想过成家。谁愿意嫁一个经常进抢救室的人呢？"

刘建国慨叹道："看来厄运和疾病是爱情的克星。"

这次是翁子安摇头了，他说："是试金石。厄运和疾病帮你检验出了爱情的真伪。"

刘建国叹息一声，回到谈话的主题，说他那时每年有二十一天的探亲假，但他插队的地方，冬天是采伐旺季，有时春节都难得休息，所以他常在秋冬之交休假。那年他因为想念好友于大卫，于是在回哈尔滨探亲时，改道去看望他。谁想到那年恢复高考，于大卫和谢楚薇正积极备考呢！他们因为不能脱产复习，还得带孩子，正焦头烂额着，所以于大卫就托他把孩子捎回哈尔滨的奶奶家。刘建国说铜锤那时快一生日了，也不眼生，谁抱都行，很是省心，而且谢楚薇奶水不足，铜锤半岁就喝奶粉了，路上也不用母乳，所以他一口答应了。

于大卫为刘建国买的夜行列车客票，他说铜锤睡觉不闹人，上车后喂他一瓶奶，小家伙睡一觉就到站了。刘建国清楚记得，那天晚上八点多，于大卫和谢楚薇把他和孩子送上车。那是一趟慢行绿皮车，逢站就停。刘建国很幸运得到一个靠窗的位置，这样照顾铜锤方便。因为座位紧张，刘建国抱累了孩子的时候，就把茶桌上的东西挪到一边，将铜锤当点心摆上，松松胳膊。铜锤穿一身棉绒质地的蓝花开裆连衣裤，一双虎头鞋。虎头鞋是千层底的布鞋，鞋帮蓝色，鞋面红色，鞋口用蓝布绲边。鞋面用黑丝线绣着老虎的眉毛和嘴巴，还用黄毛线和黄布，勾勒老虎的金胡子和凸起的金耳朵。谢楚薇说这鞋是她跟当地老乡学着做的，纳鞋底的袼褙是她用碎布打的。为了让老虎的眼睛更显神韵，她特地把于大卫衬衫上的栗色有机玻璃扣取下，用四粒纽扣，给铜锤的虎头鞋，镶嵌上明亮的眼睛。一路上邻座的人上上下下，但每个人都对铜锤友好，以为是刘建国的孩子。当别人听说他是捎朋友的孩子回哈尔滨时，大多睁大眼睛，指着铜锤说，他爸妈可真心大！言下之意，让一个毛头小伙子捎孩子，多么冒险啊。刘建国说那一夜他不曾合眼，生怕谁抱走铜锤，渴了也不敢喝水，怕上厕所。铜锤粉嫩的脸，亮晶晶的眼睛，谁一逗他，他就咯咯笑，人见人爱。他刚上车时好奇，双手攥着拳，一个劲地伸腿仰脖，眼睛咕噜噜转，东看西看的。待他熟悉了周围环境，没了新奇感后，刘建国打开保温杯，将沏好的奶粉灌入奶瓶，铜锤跷着脚丫，"嗯嗯"叫着，很享受地喝净，知足地睡了。睡中他尿了两次，刘建国在邻座女乘客的帮助下，给他换了裤子。第二天凌晨三点多，天色灰蒙蒙的时刻，列车抵达哈尔滨。谢楚薇提前准备了背带，这样刘建国下车时可以背着铜锤，腾出手拎行李。邻座的一个男人，主动帮他把还在酣睡的铜锤搁在背上，系好背带。刘建国说他不记得那男人是从哪站上车的，总之后半程他一直坐在对面。他个子很高，戴黑框眼镜，穿一套蓝色工装，上衣处有明显的油污，好像修理工。刘建国说正常系背带，背带结应该打在前面，他目所能及之处，可这个男人把背带结系在了背后，现在看这可能是个阴谋，可当时刘建国并没在意，谢过他下车。刘建国说他下车时，刚好另一趟列车抵达，两列车都是慢车，停的道次都远，所以下车后要过天桥，才能到出站口。两列车的旅客汇聚在一起通过天桥，拥挤可想而知了。刘建国说他下了天桥，往出站口走的时候，感觉背上有点轻飘，回头一看，他背的是一个空背带，铜锤不见了。刘建国说他当时吓得腿软了，脑袋嗡嗡叫，他的第一反应是那个帮着系背带的旅客，没有系好背带，铜锤是掉地上了。可是孩子掉地上应该哭啊，他没有听到哭声，他不会被踩死吧？刘建国声嘶力竭地在天桥上一遍遍地大声呼喊：谁捡着孩子了？！可是直到旅客散尽，天桥空荡荡的了，出站口也空荡荡的了，也没寻到铜锤，刘建国知道大事不好，赶紧报警。

"你在天桥上，怎么就没感觉到背上轻了，铜锤那时快一生日了，少说也有十来斤吧？"翁子安说。

刘建国说："你被挤过吧？人挨挤的时候受了外力，感觉自己身子很沉，所以没觉着铜锤不在背上。还有我坐了一夜硬座，身子发僵，腿脚发木，肢体感觉不灵敏。谁又能想到闹哄哄的火车站，有那么多双眼睛，孩子还会丢呢。"

"那么多双眼睛不假，可谁的眼睛会盯着孩子看呢？"翁子安说。

刘建国说那倒是，经过一夜的旅行，天还没亮，人们都哈欠连天，谁注意谁呀。他说自己无数次地回忆那个凌晨，那时的火车站不像现在无死角地装置着摄像头，小偷都不敢去这样的场所作案了，你这边行窃，那边铁路警察在监控中看到，立马出击，当场就将贼擒获了。那时没这设备，只有维持秩序的铁路警察，但他们把关注点，放在了那些无票乘车和用假票蒙混出站的人身上。刘建国说铁路警察听说他丢了朋友的孩子，也都着急，仔细搜寻，最终在天桥的最下一级台阶，找到一只已被往来的旅客踩得不成样子的虎头鞋，它正是铜锤穿的。刘建国说他看到这只虎头鞋，像是看到铜锤被人剖出了心脏，痛极了。等他冷静下来仔细分析，觉得铜锤应该是被人偷走拐卖了，那时也不用身份证登记买票，否则铁路部门会帮他查询与他邻座旅客的身份信息，从而排查哪些人有作案嫌疑。他说最大的嫌疑人，应该是那个高个子穿蓝色工装的男人，他这几十年寻找铜锤时，也在找他。

"你怀疑他偷了孩子？"翁子安问。

刘建国说："他把背带结打在身后，为作案提供了方便。还有他个头高，如果尾随在我身后，他飞快解开背带抱走孩子，没人会注意到的。"

但刘建国说也可能冤枉了这个男人，偷孩子的另有其人。

"既然你认定铜锤是被偷了，谁会把偷了的孩子送回原处呢，你最开始为啥还去火车站找啊？"翁子安问。

刘建国说："也存在另一种可能啊，万一偷走孩子的是个傻子，他（她）是无意识偷的，在傻子的心目中，从哪带走的孩子，再送回哪去，也不是没有可能的。就连铜锤他妈，一个知识分子，你说她啥理不懂呢，最早也爱来火车站找。"刘建国长长叹了口气，接着说，"那时我去哈尔滨火车站找铜锤，喜欢坐有轨电车，就是'摩电'。我常坐最早一班出去，坐最后一班回家。摩电运行时咣当咣当响，听着就像锤子敲我的心。牵引摩电的电线摩擦时发出蓝火花，在夜空中是那么的美，可我满心绝望，感觉那是魔鬼的花朵。哈尔滨拆摩电时，我心里特别难过，开始想念那样的火花。其实留一条线路，做观光游览多好啊——"

翁子安显然对刘建国追忆摩电不感兴趣，他打断他，追问那只虎头鞋的下落，刘建国说他母亲当年把这鞋洗刷干净，让他送给于大卫夫妇，可于大卫说这只鞋如果进了他家，等于让他们抱着一块火炭过日子，火烧火燎，所以刘建国送给了谢普莲娜。谢普莲娜去世后，这只鞋又回到他手中。他说有朝一日找着铜锤，会把这只虎头鞋还他。

翁子安再跟刘建国碰了一杯酒，问他这么多年下来，真的就这么心甘情愿地把找孩子作为生活的重心，难道就不觉得委屈和不公？

刘建国说哪会没委屈呢，人家回城是奔美好生活的，我呢是为了找孩子。说真的我年轻时，因为找铜锤无望，也没女友，我也憎恨过小男孩，是他们让我过着备受煎熬的日子啊。我也恨那年的高考，如果它不恢复，于大卫就不会让我帮他往哈尔滨捎孩子。我也恨于大卫对我的信任，否则他不会把铜锤交给我。可是结果呢，铜锤一点也不"铜锤"，他在命运面前是多么的脆弱啊；虎头鞋一点也不"虎头鞋"，传说中的辟邪作用哪去了呢？刘建国说起这一切，依然委屈，突然失声痛哭。翁子安给他递上两张纸巾，不再戳他的伤心往事。

待刘建国心境平复，翁子安说他们喝得差不离了，要不小睡片刻？刘建国觉得头晕晕乎乎的，说那再好不过了，他插队时，就在夏日的林间睡过觉，不过醒来时脸肿得成了猪头，被蚊子叮咬给围歼得不成样子。翁子安打了个响指，变戏法似的，从背囊中取出一瓶驱蚊水，说早就给你备下了。

刘建国涂了驱蚊水躺下，一觉睡到日薄西山。他醒来时陪伴在身边的不是翁子安，而是送他们来的客栈老板。他说翁子安有急事先走了，走前嘱咐他，刘建国醒后带他回客栈，休息一夜再返城。翁子安把车钱结算过了，留在客栈老板这儿，与以往一样，他付给刘建国的是双程费用，而客栈的住宿费，他也结过了。客栈老板说，明天这里刚好有个做白内障手术的老人要去哈尔滨，老人的儿子陪同去，能不能搭个车，少收他们点钱？这家困难。刘建国说翁子安付了双程费用，他当然不会再收钱，把他们捎到哈尔滨就是了。客栈老板很高兴，说："小翁老板结交的人，没有不讲究的！"

刘建国上车回客栈的路上，跟客栈老板打听翁子安，说他只知翁子安开了家律师事务所，但他交际却如此广泛，似乎黑龙江每个市县，都有他的朋友，那他以前是干什么的？

客栈老板说："他呀，那脑袋可不一般！人家当年考的是北京的名牌大学，学的法律专业，毕业后回来当过警察。后来因为得了怪病，他就病退了，开了律师事务所。他接手的案子，很少有输的。他心眼也好，总帮穷人和无权无势的人打官司，少收或是不收这些人的诉讼代理费。"

"他花钱这么大方，应该还有别的买卖吧？"刘建国问。

"听说他舅舅是个有名的煤老板，身家过亿呢。"客栈老板慨叹，"有家庭背景的人，哪有过得孬的啊。"

太阳落了，但它的魂儿还在，草滩洋溢着暖融融的光。此刻蚊子、蛾子、小咬等飞虫异常活跃，它们在路上聚堆儿，有点狂欢的感觉。客栈老板驾车回返时，由于速度过快，撞死不少飞虫，弄得风挡玻璃污渍斑斑，影响了视线。客栈老板打开雨刷器清理虫子黏腻的尸骸时，刘建国仿佛看见了一道道血痕，心阵阵作痛，他对客栈老板说："请慢点开。"

第八章

哈尔滨夏日的雨，与这儿的人脾性很像，下起来格外爽利，绝不拖泥带水。在这雨水旺盛的季节，乌云在空中四处做巢，妄图抹黑蓝天。但闪电一旦驾临，乌云构筑的看似坚不可摧的堡垒，在闪电的利剑面前，立刻土崩瓦解。夏季的雨不像春雨和秋雨那般缠绵，它下得豪迈，有点气吞山河的气势，带来难得的清凉。但闪电与乌云战斗过猛的话，雨势过大，也易形成内涝。城市低洼处、立交桥下、地下车库等在瞬间成了泽国，这时的排水、交通和应急抢险部门是最忙碌的。

一场特大暴雨过后，黄娥给工人们开过午饭，赶紧骑着自行车往榆樱院赶。以她这几年住这儿的经验，这样的雨会给榆樱院带来麻烦。

黄娥不跟刘建国跑车后，很快找到一份给二十几个建筑工人做饭的活儿。工地离榆樱院不远，她每天晚上都可回家，能和杂拌儿天天在一起。工人们来自四面八方，众口难调，但黄娥有开卢木头小馆的经验，尽量照顾不同人的口味，使大家都能吃上可口的饭菜。

黄娥在旧货市场买了辆凤凰牌自行车，它看上去破旧，大梁生锈了，一侧脚蹬子歪斜，车铃形同虚设，但链条上了机油后，骑起来依然稳当轻便。黄娥每天天不亮就骑着它去道外早市，买上一天所需的菜。早市里那些炸油条和烙油饼的，比她还早就忙活上了。有个卖馒头的老太八十了，她拎一个鸟笼，一边出摊儿一边遛鸟。她自称靠着卖馒头，供孙儿读完大学。还有个卖菜的大哥，他菜摊前摆个画架，有客人他就做生意，冷清时他随手画几笔蜡笔画。入画的都是蔬菜，茄子辣椒、土豆芹菜、白菜苦瓜、生菜豆角、西红柿胡萝卜等。也不知他是色盲还是别出心裁，有时他会把胡萝卜画成绿色，把苦瓜画成粉红色。黄娥喜欢去老太那买馒头，顺便逗逗笼中的黄雀，听它发出明丽的叫声，去画蜡笔画的大哥那买菜。工人们有的喜欢吃米，有的喜欢面食，黄娥两者兼顾，每样都买一些。至于肉蛋禽类，她不在早市买，而是去南极城，那里批发价，更为便宜。

黄娥来工棚做饭时，小鹞子常常尾随着。只不过二者足迹不同，一个在地，一个在天。黄娥收工回家时，它又来接她，不管她骑车多快，也快不过它，黄娥还没进门洞呢，小鹞子已飞到榆樱院的大榆树上了。

黄娥晚上回榆樱院，常看见小米的婆婆和老郭头。原来小米的丈夫死了，大秦小米奔丧归来，本以为能过安生日子了，可是没过多久，小米的婆婆来了。其实大秦小米表示过了，他们会把她当自家老人奉养，依然按月寄钱给她，给她养老送终，可她说哪有老人不跟着儿女过的，找上门来。大秦小米白天出摊儿，婆婆在家就翻腾东西，拆被子褥子，翻箱子柜子，好像租屋藏着金银财宝似的。找不到她想要的东西，她就取出冰箱冰冻的肉食，用电炉烹煮，坐在大榆树下吃蒜泥蒸肉或是啃鸡腿。

　　自打小米的婆婆来了，老郭头就活泛起来了。他外出时间大为缩短，乐得待在榆樱院。有时买了好吃的，冰糖肘子或是炸黄花鱼，会分给她一点。老郭头以往只是早晨练拳，现在他晚上也在院子秀拳脚。他还买了两身簇新的绸缎练功服，一套是蓝地黑花的，一套是黄地带铜钱图案的。老郭头管小米的婆婆叫秀妹，因为她姓陈名秀，陈秀则唤他为郭哥。他们接触越来越近，郭哥开始教陈秀练拳，陈秀也帮郭哥洗衣裳了。黄娥心想，老郭头要是真娶了陈秀，还解脱了小米呢，起码她不会和小米住在同一屋檐下了。小米悄悄跟黄娥说，婆婆住在这儿，她和大秦很不方便，因为两间卧室只隔一层板壁。有时夜里亲热，婆婆就出来捣乱，开了灯大声吆喝小米给她找吃的，说她饿得睡不着，再不就是把锤子或是铁盆，故意扔到地上弄出响声，弄得他们很没心情。小米说婆婆比老郭头小近二十岁呢，估计老郭头乐意，他的子女也不乐意，毕竟老郭头在榆樱院的房子是份大家产。也真让小米猜中了，老郭头的子女发现榆樱院出现一个打扮得花里胡哨的小老太太后，来探望父亲的次数就多了。即便如此，也没能阻止他们热络起来。

　　老郭头因为拿榆樱院的房产勾搭黄娥不成，见着她总没好脸。现在他有了秀妹，再见黄娥虽略有尴尬，但不那么横眉冷对了。黄娥回来时，他通常教陈秀打拳，以指点为名，不是攥着人家的胳膊，就是挽着人家的腰。但只要黄娥一进院子，他立即收手，做出规矩的样子，黄娥看了暗笑。陈秀无论见着谁都打招呼，她不分时辰，见人就问"吃了没"，所以黄娥有时进院，未等她开口，先说："你们也吃了吧。"陈秀一开始不喜欢榆樱院的房子，说比她乡下的房子还破，说出了榆樱院的门洞，是踏入大都市，要高楼有高楼，要宽敞的马路有宽敞的马路，要豪华汽车有豪华汽车，要气派的商场有气派的商场，可是进了榆樱院的门洞呢，像是一脚回到旧社会。待到她听说榆樱院的房子值钱，无论是政府收购后做旅游开发，还是拆迁之后原地盖高楼，它所处的道外黄金地段的位置，就是显赫的身价，每个房主都会得到一大笔钱。小米的婆婆从此开始夸这院子，说大榆树是摇钱树，樱花树是合欢树。甚至榆树上的雀鹰，也被她说成金凤凰。她精心收拾院子，将仓房前的杂物归置整齐。大秦小米的三轮车该停哪儿，黄娥的自行车该靠在哪儿，垃圾桶应放在哪儿，甚至老郭头的移动晒衣架摆哪儿，都由她指定，俨然成了榆樱院的女主人。她每次收拾完院子，老郭头都会给她递上热茶。以前老郭头的门口只放一个矮凳，秀妹来了以后，老郭头从屋里又拎出一只，还特意给这个矮凳裹了层布，说是女人最怕凉了。这两只矮凳摆在门的一左一右，间距从一扇门到半扇门，现在几乎没有缝隙，紧挨着摆了。

黄娥猜得不错，这场特大暴雨让地势较低的榆樱院，形成一个椭圆的积水潭。榆樱院的地面没有整修过，还是旧时的泥地，所以淤积的水极其浑浊。

在榆樱院排险的竟是刘建国，这让黄娥没有想到，因为她去工地做饭后，跟刘建国再没见过面，只是找到活儿后，用短信告知了他。刘建国正握着铁锹，往门洞外挖一道排水沟，这样积水会被引向城市主干线的排水孔。不知从哪里冲来一只蛤蟆，在水潭中上下扑通，鼓起串串泥泡，好像在练功夫。站在泥潭边指手画脚的，是穿水靴的老郭头和拎着一把破笊篱的陈秀，他们埋怨刘建国挖的沟太浅。

刘建国见着黄娥，抬头打了声招呼，说："你咋回来了？晚上不是得给人做饭吗？"

黄娥说晚上的菜码已备好，时间来得及。

刘建国胡子拉碴的，瘦了一圈，眼睛还有血丝，很是疲惫的模样。黄娥想也许他还没找到帮手，一个人跑车累的。老郭头埋怨完刘建国，取过陈秀手中的笊篱，要下水把那只蛤蟆捞出来，说院子漂亮女人多了，癞蛤蟆都来凑热闹了，非得把它抓住，烧了下酒不可！他这话等于赞美了住在这院的所有女人，黄娥听了微微一笑，陈秀更是笑得脸颊的肉直哆嗦。老郭头试探着下水潭的时候，又抱怨雀鹰不务正业，这两天老是带着一只年幼的雀鹰飞回，说它不知在哪儿撒的野种，领着四处招摇。下了这么大的雨，它都不回来看看，作为榆樱院的一员，一点公德心都没有，真该捣了它的窝，让它滚蛋！

老郭头话音刚落，院落上空传来雀鹰的叫声，没等大家反应过来，它像架小型战机俯冲下来，眼疾手快，在蛤蟆跳起时，用那铁锚似的钩爪，把它生生钳住，飞向巢穴。整个过程中，它的翅膀甚至没沾一滴泥水，技艺实在高超。蛤蟆被捉住的一瞬还抖着腿，呱呱叫了几声，等它把战利品摆在巢里，估计蛤蟆已被扒得皮开肉绽，了无声息了。黄娥惊叹道："好个小鹞子啊。"

雀鹰愉快地享用雨后盛宴，却把它身下的三个人吓得不轻。老郭头跌倒在泥潭中，"哎呀"直叫；陈秀捂着眼睛，生怕雀鹰掏了她的眼珠当点心；刘建国挂着铁锹，看得目瞪口呆，心咚咚直跳。只有在七码头跟卢木头一起见识过鸟类神勇之处的黄娥，朝着树上的它会心一笑。

榆樱院的房子年久失修，暴雨也渗入屋子，所幸积水不深，只有拖鞋、脸盆和前几日杂拌儿找不到的一支铅笔漂了起来。这样的积水极好排掉，老式房子有地窖，只要打开窖口，它就像吸水神龙一样，顷刻将屋子的水给舔干净了。黄娥泄掉积水，清理完漂浮物，再回到院子时，那里只有刘建国了。他已挖好排水沟，积水潭中的浑水，顺着那道沟汩汩流出，越来越瘦。黄娥正想问他吃了没有，要不要给他下碗鸡蛋面，门洞传来嗞咕嗞咕的脚步声，这是人的脚在泥泞中跋涉的声音，黄娥以为期末考试的杂拌儿回来了，刚要问他考得咋样，刘建国说估计是他约的人到了，连忙迎出去。

蹑手蹑脚走进门洞的男子,跟黄娥年龄相仿,他穿白色短袖衫,黑色牛仔裤,背双肩背包,头发微卷,轮廓分明的脸上,有一双略带忧郁的眼睛,在雨后的阳光下泛着幽幽的光。刘建国迎上去,说:"有点难找吧?"

他微微一笑,说:"还好。"

黄娥觉得这个人无论从气质还是声音上,都有一股与众不同之处。她正疑惑刘建国这是约了什么人来榆樱院,这人主动向她伸出手来,说:"你是黄娥吧,我叫翁子安。"

黄娥握住翁子安的手,他的手纤细,光滑,微凉,如果不是手劲大,感觉更像女人的手。

刘建国跟黄娥解释说,翁子安这次进城不是因为生病,而是来办其他事,顺道看一下他大哥留下的纪录片素材,如果感觉不错,他会请人剪辑出来,做成片子,圆了大哥的梦。本来他们约好在餐馆见面的,但暴雨突袭,刘建国说他料到榆樱院会遭水灾,赶来排水,所以就把翁子安约到这儿来了。

黄娥这天穿着她从旧货市场买的天蓝色塑料凉鞋,一件白色提花紧身短袖衫,一条直筒式黑色七分裤,衬出她婀娜的腰线,与翁子安的白衣黑裤很搭。因为刚埋头干完活儿,她的脸颊微微泛红,额头有细密的汗珠,随意绾起的头发有点凌乱,一缕刘海荡在右眼前,好像给这只双眼皮的眼遮阳。

黄娥松开翁子安的手后,召唤他们进屋,说屋里有红茶和桃酥,他们可先垫补一下。刘建国说不必了，他们出去吃，饭馆都有茶的。

翁子安仔细打量了一下榆樱院，说这里的建筑很别致，如果修葺一下，做茶楼和书店，是不错的选择。他又看了看院中的几棵树，发现了大榆树巢穴上的雀鹰，他朝向刘建国，问："这就是咱们在阳明滩大桥捡到的鹰吧？"

刘建国说："就是它，这家伙刚才回院，从水潭捉了只蛤蟆吃呢。"

翁子安说："鹰的窝真够大的，算是鸟窝中的豪宅吧。"

积水潭像泄气的皮球，一点点瘪下去，泥地也就一圈圈露了出来。刘建国放下铁锹对黄娥说："再有个把小时，水就会排干净了，你回工地做饭去吧。"他反身召唤翁子安，说咱走吧。

翁子安和刘建国伴着潺潺水流，小心翼翼地看着脚下，一前一后走出门洞。黄娥望着翁子安的背影，很想再看一下他的眼睛，可翁子安没有回头。

黄娥暗自叹了口气，心想这就是那个只许刘建国接他出院的人啊，他与她想象中的太不一样了。黄娥以为一个经济条件好的中年未婚男子，一定油头粉面，说话颐指气使的。可这个翁子安，看上去沉静内敛，洁净不俗。

暴雨过后的次日，黄娥正在工棚做回锅肉，杂拌儿打来电话告诉妈妈，他考完所有科目了，再有两天就放暑假了，他说院子来了三个挖排水沟的人，他们还拉来了地砖，要把院子整修了。黄娥以为这是刘建国差人做的，她一边用铲子扒拉回锅肉，一边说知道了，杂拌儿听到锅铲叮当响，知道妈妈正忙着，赶紧挂断电话。

黄娥晚上六点多收工回到榆樱院，发现主楼和两翼侧楼前，按照楼的走向，挖了一道沟，掘出的黑土堆在院落，墙角放着地砖和施工用具。老郭头和陈秀听见黄娥的脚步声，分别从屋子迎出，说来干活的人，也不说是谁派来的，只说雇他们的人，把材料和工钱都付过了，让他们三天内，把榆樱院的排水沟挖好，将院子整平，通往各家的路都铺上地砖。老郭头欣喜地对黄娥说，原来我不喜欢那个刘建国，现在看来他对你是真心的，挖条一劳永逸的排水沟，天大的雨咱都不怕了！陈秀则说，刘建国跟你不是平辈人，不过大点又能咋的，大女婿知道疼媳妇。听说你找卢木头好几年了，是个有情有义的女子，但我劝你一句，你给杂拌儿找的这个爸不错，赶紧的跟他过吧，要不他天天跑车，再被别的娘们勾搭上，你可就傻眼了！

这时杂拌儿从屋子走出来，他拎着黄娥从松花江桥墩下捡来的布帽，挥舞着对老郭头和陈秀说："我爸是卢木头，你们看，他的帽子都找回来了，我爸活着，他会回来的！"

黄娥从未跟儿子说过这顶帽子是从哪儿捡来的，她以为杂拌儿没注意到这是爸爸戴过的帽子，因为她拿它喂小鹁子时，杂拌儿从未问过一次。现在儿子这样说，令她心如刀绞。

黄娥带杂拌儿回屋，问他吃了没有？杂拌儿含着泪说吃了一份鱼香肉丝和米饭。黄娥说又是谢娘给你叫的？杂拌儿"嗯"了一声。黄娥说她跟工头说过了，他放暑假后，午饭和晚饭可以去工地吃。杂拌儿说谢娘给他报了个暑期夏令营，在太阳岛住，二十天的时间，他可以选择一门乐器学习。黄娥听了心里很不是滋味，因为谢楚薇把杂拌儿的暑假生活都给安排了，却没和自己商量一下，俨然把杂拌儿当自家人了。她问杂拌儿："那你答应了？"杂拌儿"嗯"了一声，说他想学吹小号，他总是想，爸爸是不是迷山了呢？等他学会了，就带着小号回七码头，试着召唤爸爸。

黄娥带着杂拌儿来到哈尔滨后，还没回过七码头，她换了电话号码，与那儿的人断绝联系。她以为杂拌儿会一天天忘了七码头，可这孩子依然时常提起那儿，有时夜里说梦话，念叨的还是七码头的山与河的名字。从七码头来找过黄娥的只有刘文生，他打听到她跟着好心人刘建国一起跑车，前年春天，他通过刘建国找到黄娥。

黄娥在榆樱院见到刘文生的那刻，如见仇人，本想在院子跟他说几句话，打发了他，但又怕榆樱院的人看见而多嘴多舌，只得领他进屋，好在那时杂拌儿在学校。也不知刘文生日子过得艰辛还是怎的，他头发白了多半，裤子皱巴巴的，脸色灰暗，指甲黢黑，眼睛还有眼屎，可不是开"龙跃"号时那个意气风发的舵手了。他告诉黄娥，七码头的汽车站热闹起来了，码头却空荡荡的。他还说七码头的人都说卢木头失踪，是因黄娥那晚驾着小汽艇去椴树屯看他，夫妻俩为此大吵一通，卢木头气得离家出走。有人说他跳崖自杀了，有人说他偷渡到了俄罗斯，有人说他出家当和尚去了，还有的说他死了变成一只鹰，因为卢木头小馆没有烟火气，却常有鹰盘旋。刘文生说他很愧疚，是他害了这个家。他跟黄娥坦陈，他开"龙跃"号在青黛河行驶的时候，在卢木头小馆见她的第一眼起，就恋上了她，所以才会在终航时在椴树屯安家，祈望离她近些。他只想悄悄守望她度过余生，没想破坏她的家庭。现在卢木头不在了，他又是造成卢木头出走的罪恶之源，他愿意在卢木头没回来之前，做卢木头小馆的男主人，把杂拌儿当亲生孩子养，请他们母子跟他回七码头，他会让他们过上安稳的生活。他说到七码头的游客，依然有想坐船游览青黛河、鹿耳河和拇指河的，他们的小汽艇和木船，在通航时节还有生意做。

黄娥听完刘文生的倾诉，冷笑一声，说："我们娘俩的事情，不用你惦记着。你想让我们过得好，就离得远远的，今生今世不要再找我，我恨你！"

刘文生恰好坐在彩绘玻璃隔断下，他指着那上面圣母怀抱的耶稣说："你在上帝面前，不该说'恨'吧。"

黄娥的眼里涌起泪水，说："没有上帝，只有人间。"

刘文生说："可我爱你有错吗？我伤害过你吗？卢木头失踪了，我也难过，我希望他还在卢木头小馆啊，这样我想你了，还能划着船，从椴树屯去小馆喝上几盅，我从没想着拆散你们啊。"

可刘文生的表白，并未让黄娥有丝毫感动。为了赶走他，黄娥说她当年开着小汽艇，在拇指河和鹿耳河送客时，跟一些男人不体面过。她说你在椴树屯跟男人喝酒时，他们就没跟你说起过？

你和我在一起，等于开了个绿帽子店。我也不爱你，那天去看你，是我这辈子做的最后悔的事情，你快走吧！

刘文生低下头，沉默了一会，抬眼看了看黄娥，再看了看彩绘玻璃，长叹一声走了。黄娥知道，是个男人听了她的话，都不会再回头的。

与刘建国憎恨一九七七年恢复的高考一样，黄娥憎恨陆路交通的兴起，如果七码头还是七码头，刘文生依然在青黛河开他的船，就不会在椴树屯安家，她也不会去看他。不去看刘文生，她和卢木头就不会大吵一架，落得悲惨的结局。

黄娥多么希望自己失忆，这样就能忘掉那个晚上所发生的一切了。

黄娥清晰记得，那个傍晚她开着小汽艇回到七码头时，卢木头坐在码头的台阶上，脚畔是一堆烟蒂。看来黄娥去椴树屯后，他就坐那儿抽烟等她。他见了她没吭气，将半截烟撇了，起身抬脚踩灭，回到小馆。店里没有客人，黄娥对卢木头说，她见着了刘文生，但没说上几句话，他要去月牙村接一对回门的新人。卢木头"哼"了一声，显然认为黄娥在撒谎。黄娥赶紧去灶上给卢木头做下酒菜，以往丈夫不高兴时，只要吃了她的菜，火气也就消了，可是那晚她做的咸蛋黄焗南瓜，卢木头不闻不碰，而是用另一个炉灶，做了五花肉炖豆角。一家人坐在餐桌上，黄娥吃咸蛋黄焗南瓜，卢木头吃五花肉炖豆角，杂拌儿从未见爸爸妈妈分餐过，也从未见他们吃饭时不说一句话，觉得好玩，这一筷子伸向妈妈的盘子，下一筷子就伸向爸爸的盘子。这顿饭是一场阴云的积聚，饭后的暴雨终于来了。卢木头见儿子出去玩了，就骂黄娥连妓女都不如，跟刘文生睡了就睡了，干吗狡辩？黄娥说她以性命起誓，她是去看刘文生了，但他们真的没做那事。卢木头说谁信呐，不诚实的女人，实在不配做卢木头小馆的女主人！黄娥气急了，说那就离婚，我黄娥不是离了男人活不了的女人。卢木头讥笑道，你还真是我见过的离了男人就活不了的女人！两个人大吵大闹，卢木头摔了一摞盘子，好几只酒杯，黄娥见状，挑衅地把斧子扔到卢木头脚下，说你不信任我的话，就把我剁了喂鸟吧！卢木头气得面色发紫，脖颈青筋毕露，呼呼喘粗气，他说斧子砍的是清香的树和柴，不能让她肮脏的血玷污了它。他还说鸟儿是圣洁的，不吃污秽物！黄娥彻底失控了，她跳着脚大骂卢木头不是男人。他们争吵期间，不断有客人拉开门，想来投宿，见他们吵得不可开交，地上一片狼藉，赶紧闭门去别处了。直到杂拌儿回家，硝烟才算散尽。卢木头主动收拾了器皿碎片，跟杂拌儿说这都是蹿进家里的野猫干的，黄娥则给一家人烧了洗脚水，但卢木头那晚没有洗脚，他戴着钟爱的古铜色带帽遮的布帽，去了山里。等他回来时，杂拌儿和黄娥在各自屋里躺下了。杂拌儿睡着了，黄娥佯装睡着。卢木头关了灯，只扒掉鞋子，上衣、裤子和帽子都没脱，倒头便睡。黄娥一开始能听见他的呼噜，心想他睡一觉，火气也就消了。可到了凌晨两点，辗转反侧的她听不到呼噜声了，觉得奇怪，伸出脚踹他一下，卢木头没有反应，黄娥以为他故意屏住呼吸吓唬她，便将手伸过去，揪他的鼻头，却觉得手触到的是块冰，黄娥吓坏了，赶紧开灯。屋子的灯光依然温柔，可是卢木头紧闭着眼，脸上失去血色，身子僵硬了。黄娥以为他是暂时背过气去，赶紧掐他的人中，给他做人工呼吸，她忙活了一刻钟，可是卢木头真的成了一截木头，动也不动。黄娥委屈极了，恐惧极了，想他怎么生了一场气，就死了呢，他不是条硬汉吗？杂拌儿在他的小屋沉沉睡着，听不到黄娥压抑的哭声。黄娥想她气死了丈夫，该如何面对杂拌儿、面对七码头的人呢？黄娥想了半个小时后，终于冷静下来，想着卢木头生前说过，他最厌恶的就是坟墓，占一块地不说，还容易吓着胆小的孩子。他半开玩笑地对黄娥说过，娥呀，要是我死在你前头，你就把我扔到鹰谷，让鹰啊老鸹啊把我吃了，我的魂儿还能跟着它们在天上飞，也算升天了！

　　鹰谷在七码头西侧，距离卢木头小馆三里路，是两座扇形的山夹峙的一条山谷，谷底幽深，植被茂盛，是蛇出没之地，七码头人没谁敢到那里去。而鹰喜欢吃蛇，所以山谷上空，鹰隼常年盘旋。卢木头喜欢去鹰谷看鹰飞翔，黄娥想这与他的出身有关吧，卢木头的妈妈是汉族人，父亲是蒙古人，幼年时父亲就教他骑马射箭。卢木头的童年无忧无虑，可少年时开始经历家庭的不幸。卢木头十三岁时父母离异，母亲再嫁，父亲沦为酒鬼。有一年父亲参加赛马比赛，落个最后一名，他喝得酩酊大醉，骑上邻人的一匹野马，在月下的草原飞奔，从马上颠下摔死。一个牧人死在马下，也算好归宿吧。从此后卢木头在这世界就失去了至亲的人，所以他和黄娥在一起后，格外珍视她。他喜欢真性情的女人，黄娥在自然状态下难以抑制的出轨，没有一次不告诉他，所以尽管他心中不快，但总能选择原谅。他甚至想那些被黄娥主动扑倒的男人，是被妻子践踏过的男人，有时见着他们，还生起丝丝缕缕的同情。以至于他喝多了酒，人家如果说起与黄娥有染的男人的英武之处，卢木头毫不掩饰地伸出小拇指，鄙夷地说："那是被俺娥撂倒的草包，英武个屌呀。"

黄娥决定把卢木头送到鹰谷。

黄娥舀来一盆清水，给卢木头净身，凌晨三点多，为他穿上鞋，背他离开家。她本想把他帽子摘掉的，可一想他死时戴着它，而且他在另一世也要喂鸟，就没忍心摘。但她担心去鹰谷的路上，这顶帽子会被风吹落了，或是被树枝挂掉，毕竟她背后没长眼睛，万一人们从卢木头的遗失物中，判断出行踪，那就坏了，想着还是把帽子拿在手中最安全。可她取帽子时，也不知是人死后的头变肿胀了，还是这帽子近年洗得缩水了，它像紧箍咒一样，牢牢箍着卢木头的脑袋。黄娥每往上掀一下帽遮，这帽遮都像不可抗拒的日出一样，依然弹回它的地平线上。黄娥想卢木头这是怕她拿不住帽子，路上再掉了，所以顽强地抵抗着。她放弃摘帽，背着他沿着一条茅草小道，缓缓走向鹰谷。天上的半轮月亮熬了一夜，颜色由初升时的金黄变成淡淡的柠檬色，好像一张对折的纸钱贴在那儿，在为卢木头送葬。黄娥走得心惊胆战的，风吹树叶的沙沙声，鸟儿的几声鸣叫，都会让她步态踉跄。都说死尸死沉，卢木头有一百五十多斤，可黄娥背着他，却不觉沉重，感觉是背着轻飘飘的一条布袋。她想这是卢木头体恤她，把自己变轻了。黄娥越是这样想，越觉得卢木头是个情深义重的男人，自己罪孽深重。她把卢木头背到鹰谷时，太阳还没升起，她把他摆在一棵常青的樟子松下，俯下身去，用手轻轻触摸他的脸。其实她很想亲吻一下他的额头的，可她怕他嫌自己的嘴唇脏。待到东方现出胭脂红，太阳蓬勃升起，黄娥闭上眼睛，将卢木头推向鹰谷。在那个瞬间，她有和他同归的冲动，但杂拌儿的脸像新生的太阳一样，晃着她的心，让她的脚动弹不得。她泪眼蒙眬再看太阳的时候，发现一条浅浅的直线形灰云，正从太阳中央穿过，它仿佛把太阳切成两半，使它看上去像鲜红的唇，要给这世界留一个吻似的。黄娥望着这个吻，看着鹰谷上空聚拢过来的鹰隼，她觉得自己的人生，也是到终点的时刻了，她得为卢木头偿命，前提是她得安排好杂拌儿。

　　黄娥早就听入住卢木头小馆的哈尔滨客人，说起过刘建国的故事，她和卢木头当时都慨叹，刘建国是个难得的好人。为了不让人怀疑到她，黄娥去派出所报了卢木头失踪，然后带着杂拌儿来到哈尔滨。她想刘建国一生未婚，心眼又好，把杂拌儿给他，他对孩子的言传身教，会使杂拌儿成为一个善良正直的人。而且哈尔滨是都市，杂拌儿在这儿，会有更好的成长环境和发展空间。所以她带杂拌儿来到哈尔滨后，打听到刘建国的住处，便直奔那里。她在走廊见到刘建国的那瞬，觉得自己没有选错人，他四方脸，浓眉，目光温和，看上去是个刚毅、忠厚的男人。只是他那天西装革履的样子，与传说中风尘仆仆找孩子的男人形象，有点不符。和刘建国熟悉以后，黄娥知道他进音乐厅找铜锤时，从来都是穿戴整齐，他说要是穿得邋遢，观众会用异样的眼光看你，不利于他观察。还有就是穿得庄重，也是对音乐的一种尊重。对此黄娥不能苟同，她说自己夏天和卢木头穿着拖鞋和大裤衩，在院子纳凉听二人转，一样觉得美妙。听音乐带着耳朵和感知音乐的心，不就够了吗？

黄娥为了给卢木头守孝，穿着基本以黑白色为主。她本想等杂拌儿适应了哈尔滨的生活，就让刘建国收养他。因为卢木头失踪超过两年以上，她没有稳定的经济收入，可以成为送养人，而刘建国也符合收养杂拌儿的条件——无子女，经济条件不错，未患有医学上认为的不应当收养子女的疾病。谁想到现在杀出个谢楚薇呢！黄娥知道于大卫和谢楚薇的经济条件，比刘建国好得多，他们对杂拌儿也极富爱心，如果是他们收养，也是不错的选择。只是她担心有一天他们找到了铜锤，杂拌儿成了多余的人，再受到冷落，或是被抛弃，那可怎么办？这令她踌躇不决。

黄娥绘制适宜杂拌儿的哈尔滨地图，为他努力攒钱，带他去花市等地方，求业主们在她不在后善待他，都是为了离开杂拌儿做准备。她要回到七码头，投身鹰谷，为卢木头偿命。可是随着在哈尔滨待的日子久了，她悲哀地发现，这个原本她视为生命最后一站的地方，竟俘虏了她。她恋上哈尔滨，或者说依然贪生，似乎已无勇气殉葬了，这让她觉得自己可耻。而为了安慰杂拌儿，这几年她做出多方寻找卢木头的假象，连她自己都恍惚：卢木头还活在人世吧？丈夫在她假意的寻找中，竟蒙骗了所有善待她的人，也令她倍受良心的折磨。

当刘建国从阳明滩大桥带回雀鹰，她确信它是来为卢木头报仇的，因为她把卢木头推下鹰谷的黎明，她跌跌撞撞地回返时，一只小鹞子在她头顶盘桓，便衣警察似的一路跟踪至卢木头小馆。黄娥想没人看见她推下了卢木头，但这只可能被卢木头喂过的小鹞子看到了，所以它才不依不饶地尾随。而她和刘建国在冰排过后给它捡鱼，她心中想的只是让它吃上可口的东西，好生送走它，谁想到竟在桥墩下，拾到卢木头死时戴的帽子呢。从鹰谷到哈尔滨山重水复，鹰谷没有溪流，帽子不可能顺着溪流入河入江，辗转着漂流至此。那么这顶帽子，一定是被哪只鹰从谷底衔起，投入江河，才能顺流而下，现身她寄居的城市。黄娥想卢木头这是死得冤，魂儿没散，才让生灵代为传信，她觉得这是索她命的前奏。可小鹞子在榆樱院有了安乐窝后，对待她和杂拌儿，就像刘建国预言的那样，无比垂怜。黄娥渐渐改变了看法，她想这是卢木头派来的或是他化身的保护神，不然她也不会捡到那顶帽子。黄娥像卢木头一样，常拿那顶帽子喂鸟。

该怎样跟杂拌儿解释这顶帽子的来历呢？黄娥思来想去，决定让他断了对爸爸的念想，所以她跟杂拌儿撒谎，说这顶帽子是以前在青黛河开船的刘文生，在卢木头小馆捡到的，刘文生开春来哈尔滨看病，顺道捎来的，她忘了跟他说。杂拌儿抚摸那顶帽子，泪珠滚在脸颊，他对妈妈说，爸爸跟他说过，干大事的男人是不跟女人说再见的，看来爸爸是干大事去了。

杂拌儿的话让黄娥无地自容，她推着自行车出了榆樱院，先给刘建国打了电话，问他在哪儿，他说刚出车回来。黄娥问是他差人来整修榆樱院的吗？刘建国说没有啊。黄娥以为他不想让她知道他做的好事，也就不再探究。黄娥说给他打电话，主要是嘱咐他，不要跟杂拌儿说起在松花江桥墩捡到一顶帽子的事情。刘建国"嗨"了一声，说你要是不提的话，我早就把捡着破帽子的事给忘了！

黄娥放下电话，去了一家食杂店，买了包花生米和一瓶半斤装的烧酒，装进塑料袋，挂在车把上，骑车到松花江畔，再沿着防洪通道，奔向群力外滩公园。春天时她曾来这里赏过桃、杏、梨、樱和稠李花，她喜欢看中央广场钟楼前，那些拍婚纱照的男女。想着杂拌儿在哈尔滨扎根后，未来也会带着未婚妻，来这儿拍婚纱照，心里又酸又甜，因为那时她肯定不在了。钟楼上的两座钟每到整点会报时，黄娥怕听报时声，在一个决心赴死的人的心中，这样的声音就是催命的鼓点。

黄娥把自行车停在友谊西路的公厕旁，拾级而上。太阳已从阳明滩大桥西侧落下，但天还没黑。她先走过一片高高的杨树林，再踏入坠着青果的梨园。公园雕塑不少，但都与音乐相关，黄娥不懂五线谱和西方十二音律，所以对这样的雕塑完全无感。这两年政府对群力外滩公园加大投入，在松江湿地上建了环绕水塘和蒲草的亲水栈道，栽种了各色树木花卉，松柏、白桦、五角槭、小叶杨、茶条槭、金叶榆、鼠尾草、波斯菊、向日葵、紫萼玉簪等。如今杏子黄了，各色花开着，而熟透的稠李子落在地上，被游人踏出青紫的浆汁，仿佛给大地泼了墨。

步行道北侧，是由一家商业银行赞助的一条长约四公里的公益跑道，它铺设没几年，跑道多处破损，原跑道被铲除，正在分段重新施工。穿迷彩服的工人干完了一天的活儿，正将刚铺完的塑胶跑道，用黑黄色的马扎铁拦起，预防人踏入。跑道还散发着刺激性味道，所以这个路段散步的人极少。

黄娥奔向一条无人的长凳坐下，她的背后是一片矮株的樱桃树，树下是穗状的紫萼玉簪，斜对面立着一个天蓝色大桶，上面写着"聚醚多元醇"几个大字，装的是塑胶材料。黄娥撕开花生米袋口，起开烧酒独酌。天渐渐黑了，人越来越少，先是阳明滩大桥上仙鹤姿态的路灯亮了，跟着公园的路灯，也齐声高唱似的亮了。黄娥发现对面那盏路灯下，结了一张蛛网，灯光把它映得银光闪烁。而路灯一亮，各色飞虫仿佛找到了家门，欢欣鼓舞地围聚过来，让路灯有了斑驳的阴影。黄娥一边饮酒一边流泪，望着远方被灯饰装点得流光溢彩的标志性建筑物。哈尔滨大剧院变幻的彩色灯带，使它看上去像绽开的彩莲，而从道外通向松花江北岸的松浦大桥的人字形主塔，则像一枚刚升空的火箭。在这广阔的湿地里，除了水塘、草滩、树林、花园，还有农民种的庄稼。

有多少鸟在找栖息地，有多少虫子发出梦呓，有多少花儿在静静释放芬芳啊。

黄娥喝到九点，瓶中的酒快光了。空中传来的野鸟的叫声中，有她熟悉的小鹞子的叫声，她想它是来接她回榆樱院的。在这样的夜晚还有生灵惦记她，更让她觉得愧对卢木头。

这座城市刚发生过一起酒驾司机撞死环卫工人的恶性事件，所以黄娥离开公园时，感觉脚下发飘，也就没取自行车，唯恐骑不稳，再撞伤路人。走前她朝空中挥挥手，召唤小鹞子回窝了，但她没听见回声，以为它做先遣官，在前引路了。黄娥走到友谊西路，打了一辆出租车回到榆樱院。杂拌儿担心着妈妈，一直站在院子等她，但他见着妈妈，却说在望星星。

黄娥抬眼看了一下鹰巢，说我都到家了，小鹞子咋还没回来呀。杂拌儿说："妈妈，爸爸说过男人有时会夜不归宿，小鹞子是不是也在外过夜了呢。"

"你这么小，还懂得夜不归宿？你爸趁我不在家时，给你灌输了多少坏东西啊。"黄娥的话看似埋怨，语气却是温暖忧伤的。他们一家的往昔生活场景，就像这个夜晚曼妙的星光一样，在心头移动。黄娥还想再喝上一小瓶烧酒，可她不敢当着儿子的面放肆，所以故作平静地召唤杂拌儿回屋，说该是睡觉的时候了。

杂拌儿进屋的时候问她，咋没把自行车骑回来？黄娥尽管喝酒喝得舌头发僵，但撒起谎来一点也不含糊，她说刚才自己去工棚了，和远离故乡的工人们喝了几杯，所以把自行车放在那儿了，她明早买菜再取。

黄娥眯瞪了四个小时，天没亮就醒了。她出了屋子，望了一下雀鹰的巢，发现小鹞子没在，也不知它是彻夜未归，还是起早出去觅食了。黄娥出了榆樱院，从道外一路走到群力外滩公园，把天色由灰黑走得灰白了。

黄娥的自行车还停在公厕旁，她打开车锁，想着这时辰公园管理松懈，可以骑车逛逛风景，于是推着它上了步行道。东方朝霞涌动，太阳露头了，公园有了晨练的人。黄娥见黑翅白肚的雏燕在湿地上练习飞翔，因为飞不高，它们更像一群恋花的蝴蝶。

黄娥一边朝阳明滩大桥慢慢骑行，一边望着马扎铁拦起的塑胶跑道，在晨光的映衬下，它那鲜红的颜色，就像一条火龙在熊熊燃烧。看来昨夜起了风，新铺的跑道上，沾着被风劫落的柳叶和杨树叶，以及烟头、一次性口罩、空塑料袋、糖纸和房屋小广告等废弃物。黄娥慨叹马扎铁阻挡了人的脚步，却阻挡不了风制造的麻烦，工人们恐怕又得修葺跑道了。

快接近阳明滩大桥时，黄娥突然发现塑胶跑道有团黑影，她停下车子仔细打量，原来是一只灰黑的大老鼠嵌在那儿。它肯定是在夜里糊里糊涂穿越跑道时，被未干的塑胶材料缚住。它也一定剧烈挣扎过，卷起了一个巨大的漩涡，像是用毛笔，画出一个逗号，而它的尾巴则像惊叹号，控诉着不幸。而就在老鼠身后两三米远，还有一团巨大阴影，一只大鸟居然也被这塑胶跑道算计了。黄娥心惊胆战地走近时，发现居然是她心心念念的小鹞子！

估计它昨晚护卫黄娥时，发现了这只肥嘟嘟的老鼠，想捉回去犒劳主人收养的流浪猫。可它猎捕的时候，愚蠢的老鼠蹿上跑道，把它拖入塑胶泥淖。小鹞子比老鼠挣扎得还厉害，那段塑胶跑道，已被它搅得破烂不堪，但它终归没能再飞起来。它的翅膀张开着，还是飞翔的姿态，像两把对称打开的丝绸扇子；而它的头像一枚哨子，朝向黎明的天空。

谁来落幕的夜晚

第一章

　　无论寒暑，伴哈尔滨这座城入眠的，不是月亮，而是凡尘中唱着夜曲的生灵。

　　当夕阳将松花江点染得一派金黄时，它仿佛化身大厨，给哈尔滨人煲了一锅浓汤，提醒这是晚炊时分了。交通工具迎来一天中最繁忙的时刻，公交、地铁各线路客流暴涨，每个站点聚集着焦灼候车的人。私家车、公车、出租车等小型车辆，伴着下班的节拍，在城市纵横的道路上，做接龙游戏似的首尾相接，缓缓而行，奔向不同的窗口。如果你此时站在黑龙江广播电视总台的龙塔俯身望去，最抢眼的除了城市楼群中变幻的霓虹灯，就是车灯在道路结成的闪光珠串。车辆在此刻都是蜗牛，在几近饱和的路面爬行，所以急脾气的人开了一两年车后，都被磨得温和不少。当然也有不受红绿灯限制的车辆，在黄昏的应急车道疾驰，比如消防车、救护车、警车等。还有基本不把红绿灯放在眼里的个别豪华摩托车、破旧港田摩托车等，也会野马一样奔突。它们的主人，要么是一掷千金的阔少，要么是为生计所累的送餐员、快递员、装修工等。前者是拉风炫酷，后者或是为着早点奔回简陋的住处，吃上热乎乎的饭，慰藉饥肠辘辘的肠胃；或是为着抢时间，多接一单生意。

街道是车的海洋，各大菜市场则是人的海洋。

哈尔滨人的早餐相对简单，但晚餐决不能马虎，餐桌若没一两样主打菜，似乎一天就白忙活了。菜市场从来都是主妇和保姆的天下，所以来这里的多为女性。哈尔滨人喜欢炖菜，尤其是晚餐，如果没有一样炖菜，肠胃都会和你过不去，总觉缺了什么。炖菜是荤腥与蔬菜的狂欢，是牲畜王国与性灵世界在千家万户的美妙相逢。牛、羊、猪、鸡、鸭、鹅、鱼、虾、蚌、肉鸽，地上跑的、天上飞的，水里游的，都可挑起炖菜的大梁。铁锅、砂锅、钢精锅则是炖菜的家常器皿。哈尔滨人餐桌的炖菜，因时令不同而变换，长冬里最寻常的炖菜是酸菜炖白肉、鲇鱼炖茄子、牛肉炖柿子、羊肉炖萝卜、鸡肉炖蘑菇。春夏的炖菜则清淡些，多数人家灶台上咕嘟响着的，是排骨炖冬瓜、鲫鱼炖豆腐、五花肉炖豆角。到了秋季进补时节，本地的土豆、玉米、倭瓜、萝卜、白菜闪亮登场，因这里昼夜温差大、生长期长，蔬菜品质好，这时节的炖菜，就是它们的天下了。哈尔滨人的炖菜，最喜欢放的配菜是土豆粉丝，爽滑柔韧的它们脾性最好，是收汤汁的高手，也是食物中最美丽的窃贼，滚过哪道汤，哪道汤的精华便被吸附其中，深入骨髓了。

从菜市场回家的人，大都奔向厨房，戴上围裙，听着音乐或者广播，泡一杯茶，在温柔的灯影下安闲地操持晚餐了。待一家人吃了一锅滋味浓厚的炖菜，人的脸就是红扑扑的了，再望夜景时，表情无比平和。

晚饭后通常是休闲时光，大多数市民选择散步、打牌、看电视、上网，看书看电影或是听音乐。当然也有人在晴朗的夜晚，只是坐在阳台，望望月亮和星星。

可也有不在少数的中年人，晚饭后得照顾生病的老人，得辅导写作业的孩子，得为第二天的工作做着种种准备。而比他们还辛劳的，是出夜工的人们——开夜班出租车的司机和大货车司机，值夜班的医生、护士、警察、消防员，超市收银员，媒体记者，家庭教师，保安，夜间送药员，迪厅酒吧的伴舞伴唱和陪酒女郎，影院和剧场的领座员，加油站的工人，二十四小时网吧服务员，送外卖和桶装水的，以及夜市中出摊儿的人。若是冬夜落雪，环卫工人就得穿上带爆闪灯的工作服，连夜清雪，不然第二天城市交通就会瘫痪。而在晚班地铁上，从医大一院和医大二院上来的，大都是面色疲惫的陪护患者的人们，他们若是找到座位，会坐着打个盹。而夜晚动物界的不速之客，也会闯入城市，譬如飞行时目光如摇曳的萤火的猫头鹰，在植物园或是太阳岛的树丛，发出不讨喜的叫声。当然了，夜晚也是犯罪活动的高发时刻，抢劫、偷窃、毒品交易、卖淫嫖娼等从事违法活动的人，也都乔装打扮，盯着无辜的人，伺机作案。所以夜晚的空气，在安闲静谧的气氛中，也隐含着不安的气息。而一些在官场栽了跟头，投资亏本，爱情失意，精神有障碍的人，也是日落后家门外的常客，他们大都去酒场买醉，或是在街灯下茫然游荡。

立秋这个节气，在南方城市中也许体现得并不明显，暑热依然会侵扰人们。但在哈尔滨，立秋的日子，却真的是秋天登场的时刻，哪怕早晨艳阳高照，到晚上却是清凉如水。此地民谚"早上立了秋，晚上凉飕飕"，殊为传神。你在立秋的上午还吃解暑的西瓜呢，傍晚散步就得加一件外套了。从哪儿能看出秋天的迹象呢？你可以看天，天空显得高远，云彩没有夏日那么风起云涌了，要迁徙的成年候鸟，把雏鸟赶向天空的次数多了；你也可以看大地，树梢的叶子微黄了，草丛的野花开始凋零，庄稼地快是罢园的时候了，林间的松鼠动作敏捷地往洞里搬运冬眠的食物了，松花江水瘦身了，蝴蝶和蜻蜓越来越少，花大姐和蚊子却开始了狂舞；你还可以从夜市的大排档，人们尽情享受美食和晚风的表情上，看出他们是多么珍惜还能在户外吃喝的日子，到了冬天，这样的享受，就被雪花给贴上封条了。

刘骄华退休后，一直关注刑满释放人员的再就业问题，在她看来，除却社会对他们还存在着不同程度的歧视，刑满释放人员文化程度普遍偏低、缺乏知识和技能、与社会脱节时间较长和自卑心理等因素，也使得他们再就业举步维艰。她发现这类人不怕吃苦，喜欢夜间工作和流动性大的工种，问他们为什么？他们说流动性大的工种，对方一般不知你的过往，会把你当正常人看待，不会遭人白眼。而他们出狱后，在该睡觉的点儿很难睡着，总想人生要是没有犯罪时刻多好，这样熬到凌晨才能睡着。夜间工作能让他们少折磨自己，干完活收工回家，累得腿脚发软、头晕眼花，只有睡的心思，日子好打发。刘骄华觉得他们说的在理，想着干吗不把他们拢在一起，抱团取暖，找一份他们都喜欢的活儿呢？思来想去，她觉得在夜市出摊儿，是个不错的选择。这样的活儿投入不大，几万块钱就好，营业执照也好申领，成本回收快，利润空间大，只要吃得起辛苦。她把哈尔滨几个有名的夜市逛了个遍，最后选中了师大夜市。这里地理位置佳，在几所大学的腹地，大学生是消费主体，当地人和慕名而来的外地游客也不在少数，只要选择好经营的主打小吃，做得卫生可口，价格合理，一定会有赚头。反正她不出来找事情做，在家和老李也很少有话。

刘骄华退休后，完全回到生活中，突然发现她对这座城市有了陌生感。她一直认为有罪的人都在牢里，她从事着人类最高尚的职业，是拯救罪人的灵魂牧师。可她不到监狱上班后，融入广阔的现实中，她惊讶地发现，虽然富有爱心和公德心的人依然广泛存在，但自私自利的冷血者却比过去多了，虽说他们未触及法律的红线，但小恶小坏、小奸小诈、小阴小损、小贪小占、小抢小夺的人，在她随意的接触中，并不少见，这与她少时记忆的哈尔滨，是那么的不一样。

有几件看似很小的事情，对刘骄华触动很大。

刘骄华退休的第二年，她位于马家沟河畔的房子的对面，搬来一户新邻居，这家居然将门前的防火通道，安装上栅栏门，加锁窃为己用，将消防栓圈在里面。一旦发生火灾，后果将不堪设想。刘骄华所在楼层有四户人家，有两家听说新搬来的是个有权势的人，惹不起，心下不乐意，也不敢理论。但刘骄华没有沉默，她先找物业，物业搪塞，她又去找到辖区派出所，派出所说协商物业解决，把球又踢回来，一连仨月也没结果。刘骄华很郁闷，把这事说给两个出狱的人，他们说这事简单，您交给我们办就是了。结果不出三天，那户人家就把栅栏门拆了。刘骄华问他们如何办到的？他们说起早把那家主人堵在门口，说他们刚从牢里出来，一个犯的是过失杀人罪，一个犯的是强奸罪，如果他不把非法占用的栅栏门拆除，有他家好瞧的。男主人仕途正顺，且有一个十七岁的女儿，他吓坏了，赶紧说是装修工人未经他允许安装的，他工作太忙，还没腾出空儿拆掉。而其实那两个出狱者曾犯的罪是——走私文物罪和破坏电力设备罪，只是为了恫吓那个不良业主，所以才把令人闻之丧胆的罪，加在自己头上。这件事情以威胁的方式解决，令刘骄华这个把法放在心中至高无上位置的人，很不是滋味。

马家沟河在中东铁路兴起时，是一条充满浪漫情调的清水河，这条全长四十多公里的河流，从阿城流经哈尔滨主要街区，在滨州铁路桥附近汇入松花江。上世纪初年，河两岸是林木掩映的俄国人的花园小洋房，风光旖旎，至今仍有部分建筑保留，成为外来者寻访哈尔滨旧梦的地方。马家沟河流经哈尔滨中心地带，由于城市人口逐年增加，建筑规模不断扩大，生活污水和垃圾激增，加之气候变化，这条河遭受污染，几度干涸，成了城市排污口，河水变得浑浊，散发着刺鼻的气味，近岸的居民盛夏都不敢开窗，更别说沿河散步了。早些年政府下决心改造这条河，让浑水变回清水。刘骄华搬过来时，工程已启动，待她退休时，这条河的面貌大为改观。但即便如此，一些河段依然河床裸露，杂物拥塞。刘骄华记得她彻底回归家庭的时候，政府对马家沟河升级改造，要沿河打造哈尔滨的生态长廊和休闲区，看到规划图的她异常激动。施工开始后，她每天都下楼观望。她发现给河道清淤的工人在作业时，未清理干净，就往河底铺设石板，这令她恼火。她跟施工者说，有你们这么干活的吗？施工者嬉皮笑脸地回道，那大姐你教教我们咋干活呀。刘骄华听出这话不好听，不再跟他费口舌，她找到城市内河综合整治管理处，说没彻底清淤就铺设石板，就像医生给患者做手术，不彻底除掉病灶就缝合一样，是不负责任的行为，你们得管一管。接待她的人很客气，赞她是工程编外监理，说一定要踏查每个河段，严把质量关。可刘骄华等了一周，并没见那段河道返工，她还要找有关部门反映问题时，被老李拦下。他说她这是更年期没过去，再加上在监狱干了半辈子，退休后还妄想教育别人，所以什么都看不惯，什么都指手画脚，劝她有那工夫改进一下厨艺，别整天就端那两三样炖菜，吃得他味蕾麻木了。刘骄华左思右想，最终听了老李的，不再去施工现场义务监督，权当他们返工了。她提着菜篮子跑菜市场，向主妇们求教做菜秘籍，改善老李的伙食，老李说这才像个妇道人家。

马家沟河升级改造竣工后，松花江水注入，河道波光潋滟，护坡碧草茵茵，很是赏心悦目。但刘骄华总觉得石板下拥塞着脓水，早晚有一天会发作，想起来就不舒服。沿河景观带妖娆现身后，一到傍晚，刘骄华家楼下新建的亲水平台上，跳广场舞的大妈们就来了，她们拉着便携式音箱，开大音量，也不管周遭住户多么需要安静的环境，穿着整齐划一的运动服，跳着整齐划一的舞。那些心脑血管不好而怕噪音的、孩子要考大学的、家有婴儿怕惊扰的，纷纷找来，可她们说在休闲场所跳舞不违法，王母娘娘也管不着。领头的老太七十上下，她来跳舞时牵一条金毛犬，拴在平台的栏杆上。她高个，膀大腰圆，四方脸，戴一副金耳环，脸上坠着横肉，梳着个飞机头，脖子拔得挺直，走路一扭一扭的，看人总是瞟着眼，一望就是个难缠的主儿。刘骄华有天晚上散步路过那儿，广场舞刚散，大妈们排成三列，听她训话。这领头的举起戴着白手套的手，毫不避讳地扯着大嗓门说："我告诉大家伙啊，我家仓买明天开业，都给我去捧个场！别给我整花篮啥的，那玩意我不稀罕。一百二百我感谢你，五十我也不嫌少。要是你拿个十块二十块的，可别怪我不乐意啊，都不够我家金毛吃顿肉骨头的！"领头的说完，队列散了。领头的副手吧，一个又矮又瘦的大妈开始逐个收钱，并在一个花名册标上钱数。先前热闹的健身场所，瞬间变得死寂，那一刻静极了。大妈们尽管不情愿，但又不得不掏腰包。大多的人随的是五十元，也有随一百的。刘骄华大致估算了，这一下领头的少说也收入两千元。她收了钱，瞟了一眼花名册，带着金毛犬回家了。刘骄华目瞪口呆，心想这领头的，难不成是坐山雕的后人？她拉住一个最后离场的跳舞大妈，问她为啥一定随礼？大妈说你不随礼，她就不让你入队，不过她家事情也太多了，七大姑八大姨的红白喜事她都敛钱。刘骄华说健身的方式那么多，干吗非要入伙跳舞？大妈的回答让刘骄华喷饭，她说练好身段，家里的老头就不会到外面胡来，现在妖精太多了！

　　令刘骄华看不惯的东西很多，比如广场舞散尽，平台上遗弃着废纸、烟头、空矿泉水瓶子，而垃圾箱近在咫尺；遛狗的人不牵绳子，撒欢儿的狗们在河岸甬道恣意排便，你散步时得留意着脚下；个别住家在河道护坡竖起围挡，当自留地，种起田园小菜；小区花园的丁香树下，常有年轻人支起烧烤架，三五成群地边烤串边喝啤酒，炭火和油烟把丁香叶熏染得焦枯。早市里有卖假鸡蛋的，夜市中有兜售盗版光碟的，超载超速的大货车在午夜狂奔，超市的过期食品被重新打码出售。一些医院的主刀医生收取患者红包，个别教师在寒暑假收高额补课费，某些小区的黑心物业变着法子盘剥业主，不避让行人的私家车主屡见不鲜，等等等等。当然这城市也有那么多让人感动的事物：拾金不昧的，扶贫济困的，救死扶伤的，见义勇为的，乐善好施的，这样的事儿每天在各新闻媒体，像夏日的松花江波涛，层层涌动，成为这座城市飘扬的红线，依然引领着向上的风习。

　　令刘骄华难过的还有儿子，他的思维和行为方式，让刘骄华看不惯。比如刘光复在生命的最后时刻，刘骄华给儿子打电话，说来送大舅最后一程吧，毕竟你是他唯一的外甥！他断然拒绝，说他在赶一篇影评，明天必须见报的，他赶来也不能把大舅从死亡线拉回，去了何用？而且他讨厌人咽气后，亲属们号啕大哭，说那哭声令他发笑，哪个人最终不是死呢？儿子一两个月才回父母这儿一次，他对书架上陈列着的外公刘鼎初的翻译作品，总是嗤之以鼻，说它们没一本能流传下去，早就out了。刘骄华激愤地对儿子说，你姥爷可是从延安到东北的，没有他这一生走过的路，你懂得什么叫out？儿子撇着嘴，龇着大板牙说，不是所有的淘金工，一生都能幸运地淘到金子，气得刘骄华想拿鞭子抽他。

儿子对母亲的话多不以为然，但有两次例外。一次是中秋节他回家，饭后和父母一起观看一档饮食节目，刘骄华感慨地说，这节目估摸着是妇联与电视台联手打造的，目的是为了阻击小三，降低离婚率，所以让女人们扎紧围裙，以厨房为战场，伺候好男人的胃，抓住他们的心，儿子罕见地给她竖起大拇指。还有一次刘骄华单位领导春节慰问离退休人员，给她送来两箱橘子，她和老李吃不了，便给儿子送去一箱，见他屋里有不少新开发的楼盘小广告，净打些洋名字，刘骄华很感慨地说好像一觉醒来，自己置身海外了，什么曼哈顿、金色莱茵、巴黎、伦敦、莫斯科、夏威夷、米兰、爱丁堡、香榭丽舍、贝肯山、维也纳、剑桥、哈佛等国外的名城名校名街名区，现身这座城市的地产、商服、餐饮、娱乐、文化教育等牌匾上，这样的与世界接轨，真让人觉得别扭。她还告诉儿子，黄娥说就连偏远的七码头小镇，杂货店叫日内瓦，浴池叫爱琴海，理发店的名字还得叫个波士顿呢。小李说那咱们可想到一块了，我正和几个朋友，梳理过去哈尔滨老商号的名字，配上图片，打算出一本书呢。刘骄华觉得不靠谱的儿子，算是做了件靠谱的事情。

有了与儿子对洋名称弥漫街市的共同反感，刘骄华在为刑满释放人员所设的摊位起名字时，理所当然地想到儿子，她打电话求他赐名。儿子说您别挂断电话，三分钟我就把名字起好。待机过程中，刘骄华先是听到一阵哗哗哗的小解声，跟着是冲马桶的哗啦声，再跟着是咕噜噜的喝水声，最后是打火机咔哒一响，三分钟时长一到，听筒果然传来儿子的声音，他说就叫"德至"吧，您这辈子的工作就是当狱警，重视德育，出摊儿的又都是出狱的人，他们回归社会做小买卖，最不能缺失的就是德，所以叫"德至"。刘骄华觉得这个名字文雅而有深意，只是不够通俗，儿子说您嫌它太文气的话，叫"满口德"也行，刘骄华说那不好，容易让人联想起"满嘴仁义道德，实则男盗女娼"这句话，就叫"德至"吧。

有了名字，经营什么特色小吃，让他们犯了难。刘骄华决定带着合伙出摊的人，把师大夜市的小吃尝个遍，从中咂摸什么味道为顾客喜好，有所借鉴，推陈出新。

午后四五点钟，师大夜市就开张了。通往那里的路口，因为车来人往，有专门维持秩序的警察。进入小吃街，先是卖各类果干和小百货的店铺，价格低廉的鞋子帽子、背心短裤、扇子雨伞，在争夺夏季最后的消费者。一些店家播放的劲爆音乐，在为美食盛宴预热。

　　夜市的摊床在街两侧一字排开，摊位上都有一个醒目的元宝形金标，意味着招财进宝吧。街中央每隔三五十米，放置一个绿色轮式垃圾桶，因为一个晚上会产生大量垃圾，一次性的筷子、餐盒、竹签、食品包装纸等，几乎每隔半小时就塞满了，这样清扫员能推起垃圾桶及时倒掉。这条街的地面也就污渍斑斑，难以清爽，黏腻腻油乎乎的。摊位多是固定的，一个个像车棚似的；也有流动的，但位置却是固定的。因为要尝试每种小吃，所以刘骄华那段时间，晚上不在家吃饭，让老李叫外卖。她掏腰包，和另外四个经营小吃的人，组成了一个五人吃喝小团队，每晚至少吃五到六种小吃。今天是烤冷面、铁板鱿鱼、锅包鸡柳、炒酸奶卷、烤羊肉串、霉干菜烤饼，明天是水爆肚、炭烤生蚝、酱猪手、葱烧章鱼、烤明太鱼、麻辣小龙虾，后天又是卤煮毛蛋、香辣鸭肠、肉夹馍、蒜薹羊排、火爆牛杂、狗肉棒。经营者大都穿白服戴白帽，扎着鲜红的围裙，而他们的脸，被炭火和热锅的蒸汽，以及鲜香辛辣气，熏染得红扑扑的。他们每晚从开市吃到歇市，简直是天天过年，吃得肚子滚圆，脸泛油光，体重激增，往出走时步态踉跄，醉了似的。他们最羡慕一对经营豆腐脑烤饼的夫妻，他们推着架子车，来时车头坐着他们梳着羊角辫的五岁女儿，晚上收摊回家时，小姑娘的辫子散了，还是坐在车头，不过打起了瞌睡。这家人辛劳无比，但其乐融融。刘骄华知道他们都想有一个温暖的家，所以鼓励出狱后家庭大都解体的他们好好干，日后也会过上这样的好日子的。

尝遍小吃，他们得出结论，香辣咸香是这个夜市的味道主流，汇入这样的洪流不会亏本，但也不会大赚，因为没有新奇点。东北人心脑血管发病率高，与高盐多油的饮食习惯有关，所以他们决定从营养健康的角度出发，以水果搭配肉类和海鲜，低盐少油，推出自创小吃。菠萝块煨小龙虾、火龙果皮炒鱿鱼、苹果烩鸡丝、柠檬煎蛎蝗，成了他们反复品味推出的主打菜，此外还有枸杞土豆饼和枣泥燕麦包作为主食。

德至小吃在夏末一开张就火了，它色泽明丽、清淡酸爽的气质，立刻俘虏了食客，摊床前排起长队，营业额直线上升，刘骄华很是开心，每晚都过来搭把手。因为出夜市的人，从清晨就开始忙碌了，他们要采买各类新鲜食材，白天把它们处理好，尤其是小龙虾和鱿鱼，必须清洗干净，不能有半点杂质。出摊儿的人上午忙碌完，中午吃点东西，稍微眯瞪一觉，就该去夜市了。而客人散尽，通常是晚上九、十点钟了，他们在收摊前，才会坐下来吃上饭，而此时优哉游哉的月亮快到中天了。

从夏末到初秋，德至小吃的火爆，让刘骄华看到了服刑归来人员的大好就业空间，她不满足于只解决三五个人的生计问题，想在每个夜市开德至连锁摊位，把它做强做大，所以老李的饮食起居，她根本顾不上了。

立秋后第一个周末的清晨，刘骄华刚起床，忽然接到一个陌生男子打来的电话，他压低声，提醒她老李这两个月的晚上，频繁出入一位离异女士家里，请她留意。刘骄华问他是谁，对方挂断了电话。她再打过去，是位大妈接的电话，一问才知刚才打电话的男子，是借用她的手机，说晨练忘了带电话，有急事跟家里说一声，她好心给他用的。刘骄华追问这人的年纪和体貌特征，大妈说她还要到菜市场宰鸡，她又不是便衣警察，别人长啥样跟她有啥关系，把电话挂了。

刘骄华放下电话，洗漱完毕，心事重重地做早餐。她煮了红枣小米粥，烤了馒头片，还炒了鸡蛋，炝了个木耳芹菜。老李起床后见早餐如此丰盛，很是高兴。刘骄华仔细观察，发现老李气色不错，脸颊还长肉了，看来自己不给他做饭，他嘴上没亏着。

刘骄华这个晚上没去夜市，她乔装打扮，去车行租了台轿车，驾车跟踪老李。老李提着文件袋，傍晚四点半从家出发，叫出租车去了保健路，在一幢老楼下车，泰然自若地走进东向的门洞。砖红色的老楼五层高，刘骄华不知他上几楼，所以那个门洞所有住家的阳台，都是她侦察的对象。天渐渐黑了，刘骄华躲在这幢楼前的一棵大榆树下，发现二、三、四楼的灯亮了，只有一层和顶层没有灯影。她想如果老李来搞女人，心里有鬼，不开灯的住家嫌疑更大。她盯着黑暗的人家时，二楼阳台却有了人影，刘骄华一眼认出这是老李！老李打开窗子，将胳膊肘支在窗台上，正悠闲地剔牙，像在自家一样。

刘骄华锁定目标后，很快通过公安系统的一位友人，查到住户的信息。户主名叫苑如锦，现年四十八岁，离异，有个儿子在南京读大学。苑如锦大学读的专业是考古，目前在一所大学执教。从户籍信息提供的照片来看，她鹅蛋脸，梳中分披肩直发，又细又平的眉毛，眼睛狭长，鼻梁高挺，嘴唇较薄，半是古典半是现代的气质，虽不漂亮，但很有韵味。

刘骄华跟踪了一周，发现老李总是傍晚去那儿，七八点钟城市交通高峰期过去，他才下楼乘公交车回家，手中依然提着文件袋。刘骄华深入对苑如锦的调查，得知她前夫是一家私企老总，当年他们婚姻解体，是因为苑如锦发现他在外面养了小，有个私生子。但她男人离异后还恋着苑如锦，总来骚扰，苑如锦为此报过警。刘骄华分析那天应该是苑如锦前夫，借用别人电话打给她的。她还查询到苑如锦出版过两部考古学研究的书，在所从事的领域有一定知名度。而她出版的书，用的都是笔名。那个笔名刘骄华有似曾相识之感，回家一翻书架上老李出版的几本书，发现其中一本就是与她合著的，那是十五年前，老李还常年在考古一线，证明那时他们的关系就非同一般。刘骄华还记得曾问过老李，为啥与人合著，他解释说很多老师为了推出弟子，通常会采取这种提携方式。而合著的学生在成就书稿的过程中，也会比老师付出更大精力，刘骄华那时也信了老李的话。谁承想那个很男性化的笔名，竟然是苑如锦呢。

刘骄华跟踪完老李，查清苑如锦的底细后，就没心情去夜市了。她还掉租来的车，日日去酒场买醉。晚上回家看着老李泛着油光的脸，无比作呕。老李问她怎么恋上酒了？刘骄华反问他每天晚上怎么吃饭？老李说出去随便对付一口就是。刘骄华心想好你个老李，偷吃女人还撒谎！

刘骄华给无数服刑人员做过思想教育工作，因夫妻一方出轨所导致的刑事案件屡见不鲜。有丈夫给妻子泼硫酸的，有妻子杀丈夫的。她教育他们头头是道，轮到自己却束手无策。最要命的是，她居然和那些人一样，很低级地想报复对方。但她的意识是清醒的，不能做触犯法律的事情。她想只要自己不离婚，还会是老李的妻子。老李骨子里爱面子，只要她出了轨，昭告老李，他一定会被刺痛，这对他是最深的折磨。可刘骄华自青春时代，就把所有的感情交付老李，从没对别的男人动过心思。认识她的男人见她一脸正气，也没谁敢打她的主意，所以她搜罗不出，可以伙同自己出轨的人。

刘骄华想到了黄娥，她说起过建筑工地的男人骚扰过她，说他们常年在外，很少见到老婆，跟她暗示只要帮他们解决性饥渴，可付钱给她，说这比她给人做饭赚钱多。不然他们每隔一段，也得偷着找暗中做这种交易的女人，还不安全。黄娥很气愤，说她不是娼妓，从不出卖肉体。刘骄华求黄娥，让她提供一个有这方面生理需求的男人的电话，说她的一个朋友正做打工者性生活状况的调查问卷，需要广泛采集一些信息。黄娥问找啥样的？刘骄华说要岁数稍大一些，模样忠厚，讲究卫生的。黄娥笑了，说岁数大的男人，哪还能出来卖力气？工地的男人大都三四十岁，最老的不过四十五！刘骄华说那就要这个四十五的。黄娥说这个四十五的疼老婆，是最规矩的一个，从不出去找女人，工友们都问他是怎么忍下来的，他从来不说，你的朋友刚好帮着解谜。谁知刘骄华干脆利索地否定了这个人，说你再物色一个。

一个秋雨绵绵的晚上，刘骄华在城乡接合部的一家小旅馆，实施她对老李的报复行动。她去时特意翻出老李第一次吻她时，她穿的布拉吉。它是刘骄华钟爱的纯棉质地的，蓝地白花，为了保留初吻的痕迹，她把它当作圣物珍藏起来，几十年来压在箱底。直到现在她还认为，初吻是爱的印玺，不容侵犯和亵渎。她永远不会明白，初吻有时是一声青春的呼哨，会很快消失在生命的山谷。当年她一尺八的腰围，穿起它飘逸灵动，就像花仙子。虽然她身材一直保持不错，而且最近因形神憔悴，腰又细了一些，但如今驾驭它，各个部位还是吃紧了。她这才惊讶地发现，自己不仅腰围见长，小腹也有赘肉了，这种岁月给予的"长度"和"厚度"，没有女人能够逃脱，而它们可能就是使男人在生理和情感上，与自己渐行渐远的"抛物线"。她勉强穿上布拉吉，觉得呼吸都不顺畅了，侧向拉链无法拉上，只能硬生生敞着，她的身体也就仿佛有了一道永难弥合的裂痕。好在天气已凉，她外加一件黑色风雨衣，掩藏起裂痕。这样的裂痕就像内心的伤痕，只有自己能够感知。她到了小旅馆预订的房间后，脱掉风雨衣，只开一盏鬼火般闪烁的地灯，以待宰的羔羊的姿态，穿着布拉吉躺在床上。那男人推开门时，她开始害冷似的颤抖，她请他不要开大灯。待他三下两下扒光衣裳切近她时，刘骄华闻到一股浓烈的汗味。她递上事先备好的一把剪刀，说他想要光着身子的她，就用它剪碎她的衣裳。

那男人犹疑片刻，用右手接过剪刀，呼呼喘着粗气，开垦处女地似的，先把她胸部的布片剪开，然后用粗糙的左手，迫不及待地抓了把她的乳房，低声抱怨她干瘪了，接着往下剪，当他剪到她下腹部，接近私处时，刘骄华的心脏有被剖开的感觉，想起与老李的新婚之夜。那是他们的初夜，热情似火，毛手毛脚，当他们终于占有了对方，刘骄华觉得一把无形的大锁，咔哒一声，把她和丈夫紧紧锁在一起了。他们动情地发誓，他们是彼此的私人领地，未来遇见再好的人，也不能让其踏入。虽说初夜的誓言，往往是梦的呓语，但刘骄华沉浸其中，不能自拔。想起初夜，刘骄华腾地坐起，夺过剪刀，全力推开那男人，声音仿佛瞬间苍老了十年，沙哑地说老弟你走吧，去找个年轻的。那人惊愕地叫了一声，说怪不得你直哆嗦，原来不是吃这碗饭的？刘骄华没吭气，那人嘟囔着倒霉，摸索着穿上衣服，带上门走了。他一出门，刘骄华就抱着枕头哭了。哭过，她用剪刀把布拉吉剪成碎片，穿上风雨衣走出小旅馆。小雨淅沥，她怀抱的布拉吉碎片，就像一团岁月的败絮，被她的泪水和天上的雨水打湿，她珍存的初吻之花就此凋零。她将布拉吉碎片和剪刀，途中扔进一个散发着馊味的垃圾箱。

刘骄华深夜到家时，老李已睡了。听着他的鼾声，刘骄华对老李的怨恨，如滔天巨浪，劈头盖脸袭来。她脱光衣服走进浴室，想用一场冷水浴让自己清醒。但她发现热水器指示灯亮着，老李知道妻子每天都得洗澡，为她烧了热水。当温暖的水从她身上丝丝滑过时，站在莲蓬喷头下的刘骄华，觉得自己不配享有这春天般的抚慰，觉得自己脏透了，永远也洗不干净了。却原来报复别人，伤的永远是自己！热水流光了，她又用冷水冲了一遍才回屋，这已是凌晨时分了，她毫无睡意。她想自己的不幸，都是老李一手造成的，这个该杀的家伙，是他让自己失去理智，是他让自己蒙受羞辱的。刘骄华走进厨房，掂起菜刀，试了试锋刃，觉得足够快，提着它走进老李卧室。

刘骄华轻轻拉开窗帘，让月光照进来，看着老李熟睡的脸。他闭着眼睛，半张着嘴，鼻翼翕动，看上去像个痴呆。他梦呓的毛病还是没改，刘骄华举起刀朝向他脖颈时，他咕哝着"炭化了，炭化了"，仿佛还在考古挖掘现场似的。刘骄华的手一抖，想她如果杀了老李，她失去丈夫不要紧，可他的考古研究就会终结。她提刀肃立了几分钟，头脑清醒后，敛声屏气地弯下腰，悬着刀从他的脖颈和脸颊象征性划过，又在他的胳膊和腿的关节处，做出肢解的动作，算是在想象中完成了对他的杀戮，然后大汗淋漓地提刀出去，把菜刀搁在厨房的案板上，回屋躺下，瞪着眼睛望着天花板，直至黎明。

第二天早晨老李起得早，他做了锅西红柿鸡蛋面，刘骄华闻到了炝锅的葱花味。她起床后先上洗手间，老李听到动静后，大声告诉她赶紧洗漱吃面条，要不坨了。刘骄华走向餐桌时，老李惊呼她是不是撞着鬼了，脸色怎么灰青灰青的？刘骄华说是的。老李瞪大眼珠，说难道真的有鬼？他说他房间的窗帘，昨夜睡时闭着，可早晨醒来发现它被拉开了。

刘骄华没解释窗帘的事情，老李如果知道她夜半用菜刀比画过他，会吓得再也不敢睡觉了。刘骄华吞了一碗面条，然后烧水泡了壶红茶，递给老李一盅，自己拈起一盅，一边饮茶一边平静地对老李说，他和苑如锦的事情她知道了，他每晚去保健路的这个女人家吃饭，她还看见他在阳台剔牙。她不知该怎样报复他，所以昨天晚上，她约了一个三十来岁的外来打工者，和他上了床。她故意不说最后让那男人走了，想以此刺激老李。

老李刚喝了一口茶，听了妻子的话，脸唰地白了，手中的茶盅啪嚓掉在地上碎了。他目瞪口呆地看着刘骄华，眼里浮上泪水，说自己和苑如锦就是师生关系，他每次去她家吃过饭，两个人不过喝喝茶和咖啡，讨论的都是学术问题，从无亲昵之举。如果一定说他们在搞师生恋，那也是精神上的。

老李捶胸顿足地说："即便我真和她有事，你又何苦糟蹋自己哇。你当了一辈子狱警，怎么能干出这等荒唐事！"

刘骄华嘲讽地问："你是觉得精神出轨，比肉体出轨高贵？"

老李说："我没那么说。"

刘骄华说："我当了这么多年狱警，知道男人出轨时，只要不被抓现行，绝不承认自己有事的。好吧，就算你精神出轨，那现在我肉体出轨了，咱们扯平了。"

刘骄华自此沦为酒鬼，她喝多了专拣夜半出门，故意往出租车上撞，但每个夜班车司机，都能及时刹车和避让她；她还希望潜在的犯罪者在物色强奸、抢劫的对象时，自己能是他们猎艳和残害的对象，可在至暗时刻，这座城市的治安真是不错，没谁对她图谋不轨。有时她会坐在繁华街区的马路牙子上，看着楼群的灯火像凋零的花朵一样，一团团熄灭，多少人家的多少梦，就在这钢筋水泥的堡垒中迷离绽放啊。她发现为这城市守夜的，除了路灯，还有月亮。有时路灯熄灭了，月影还在。它熬了一夜，面色淡白，更像天空升起的炊烟。

第
二
章

　　杂拌儿在太阳岛夏令营学吹小号，虽然只学了个皮毛，但他
觉得用几个音阶召唤爸爸足够了。小号是谢楚薇给他买的，黄娥
扫了包装盒上的二维码，发现它价值两千多块钱，心想谢楚薇实
在不该给初学的孩子，置备这么贵的，她在网上看到有五六百元的，
觉得杂拌儿用这个价位的最匹配。

　　杂拌儿从夏令营回来，每日早晚都要练习吹号时如何保持正
确口型和姿势，如何运气和调整呼吸，这样音准才有保证。这柄
金色的小号，在黄娥眼里像个曲别针，杂拌儿挺着脖子吹号时，
她觉得这曲别针要把儿子当文件给夹了。杂拌儿有时拿着小号去
院子，老郭头若见了，会说你个小东西，从山沟沟来，命倒是好，
有人让你不花钱住这儿，有人偷着给你送吃的用的，还有人给你
买小号！老郭头说小号不适合孩子吹，肺活量不够，说小号的样
子就像羊肠小道盘在一起了，要想让声音拐弯抹角地出来，得使
出吃奶的力气。老郭头想吹一下小号，但杂拌儿不干，说他万一

吹背气了，他家孩子再找他妈妈闹，那就惹祸了。老郭头哈哈笑着说，你个小东西，到哈尔滨后长个了，也长心眼了！

老郭头说有人给送吃的用的，倒没夸张。榆樱院有了杜绝水患的排水沟，地面也整修一新，施工者还在院子放了一个藤编的大圆桌和六把藤椅，从椅子的数量看出，这是为整个榆樱院的人休闲用的。老郭头和陈秀甚是欢喜，天气好时把饭端到藤桌，说在外面吃饭风凉。而黄娥母子所住的门前，放置了一个半米高的翻盖方形铁皮箱，它简直成了百宝箱，燕麦片、橄榄油、进口奶粉、燕窝海参，时不时飞入。而在杂拌儿开学前，书包文具甚至课外参考书，也会及时出现。这些东西都是夜里送来的，因为晚上铁皮箱是空的，早晨黄娥掀开，它就有内容了。这样的内容过于玄妙，黄娥难以解读，是谁这么好心呢？一开始她以为是刘建国，后来又以为是谢楚薇。但他们平素接济黄娥，并不避讳，没有匿名的必要。老郭头对黄娥说，你想找出好心人，装个摄像头就是。黄娥觉得好心人既然想隐瞒身份，断不会亲自送东西来的，摄像头捕捉到的人受人差遣，恐怕也不会说出幕后主人的。但黄娥还是好奇，有几个夜晚她熬着不睡，坐在暗夜的窗帘后面，观察院子的动静，可是那几个夜晚，恰恰没人送东西。黄娥找了个收破烂儿的，说白送他一个铁皮箱，让他找人合力抬走，当废品处理了。没想到仅仅三天后，她门前又出现了一台崭新的自行车，它以超过铁皮箱的体量，似乎在告诫黄娥，该来的总会来的。

小号音色明亮、圆润、开阔，有股拨云见日的气势。原本黄娥不让他去院子练习的，怕惊扰邻居。因为这段时间，老郭头和陈秀不知为何经常拌嘴，生了气的老郭头爱坐在院子的藤椅上，横眉竖眼地用手指头敲铜茶壶，发泄不平，黄娥怕杂拌儿吹号，他再心烦，顺手把杂拌儿的脑壳，当铜茶壶狠敲一通。

当年离开榆樱院的小刘又回来租住了，他带了个女友，是个胖丫，和他搭档唱二人转的。他们取了艺名，小刘叫金柱子，胖丫叫银簪子，算是"金银组合"。小刘放下身段，携胖丫每晚去南岗一家餐馆驻唱，吃过夜宵回来已是午夜了。他们贪睡，中午方起，两个人去附近小吃店，把早饭和午饭一并吃了，然后背着道具箱，带着凉茶去公园练习唱、说、做、舞。若是午后阴雨，他们就不出榆樱院，在租屋练上了。二人转的唱腔本就高亢粗犷，老房子隔音又差，陈秀抱怨他们把她的心脏病弄犯了。但老郭头爱听戏，说是都省着开收音机了。小刘胖丫午间起床后，有时会坐在院子的藤椅上晒会太阳，醒醒神，他们毫不避讳地拥抱亲吻，黄娥怕给杂拌儿带来坏影响，所以尽量不让他接触他们。

但有一个晚上，榆樱院的人聚在了一起。

起因是有天中午老郭头见着小刘和胖丫，说要是能在榆樱院看一场他们扮上妆的演唱该多好，也算当了回阔人！过去的大户人家，都是把戏班子请到府上唱戏的。胖丫很豪爽地说那就少去餐馆一天，就说自己感冒嗓子哑了，给榆樱院的人专演一场，这可把老郭头乐坏了。那天他特意去南极城买了果干，还把存了多年的普洱拿出沏上，一样样摆在院子的藤桌上。那晚上大秦小米、黄娥杂拌儿、老郭头和陈秀，围坐桌前，过节似的，边吃干果边喝茶，听小刘胖丫唱戏。

小刘穿一身紫缎衣裳，着黄马褂；胖丫是一身绿色绣荷花的软缎衣裳，足蹬绣花鞋。他们献唱的是《马前泼水》，胖丫唱上装，小刘演下装。胖丫拿着彩扇，小刘握着大板。胖丫扮演崔氏女，一出场就扭腰耸胯的，懒懒地"啊哈"叫一声，然后唱道："为奴一枝花，落在粪土洼"，惹得大家笑起来。笑声还没落，她抖搂着衣襟，转了几个身，耍乖卖俏地又唱："你们再看看我，这苗条身段模样打扮，漆黑的眉毛粉嘟噜的脸蛋，口赛樱桃牙赛蒜瓣呀，把牙还说大了"，大家更是笑得收不住了，前仰后合的，真是把随之出场的小刘扮演的朱买臣的风光给盖下去了。这出戏说的是崔氏女好吃懒做、嫌贫爱富，她瞧不起她的男人朱买臣，逼这个穷书生写下休书，离开他再嫁。后来朱买臣做了太守，崔氏女非常后悔，求朱买臣收回休书，再续前缘。朱买臣差人于马前泼了一盆水，说你要是能把泼出的水收回来，就破镜重圆，崔氏女明白这绝无可能，羞愤自尽。一出戏唱下来，老郭头感慨地说，凡是贪图钱财的女人，都会是崔氏女的下场啊，陈秀瞪了他一眼，说是明知覆水难收，还要马前泼水，逼死结发妻子，这朱买臣就是得志便猖狂的小人！小刘胖丫还没演完，老郭头和陈秀却吵了起来，不欢而散。

黄娥听小米说，老郭头的子女，认定陈秀是打父亲房子的主意，怕他们结婚，更怕父亲把房屋产权更名给她，所以子女把老郭头的房产证和户口簿，以更新换证为名骗走，扣在他们手里。有了对付陈秀的"利器"，他们就不来榆樱院看着父亲了。陈秀让他要回房产证和户口簿，老郭头几次讨要无果，陈秀怂恿他去法院告状，老郭头火了，说哪有当爹的告儿女的，陈秀就不爱搭理他了。老郭头至此认定，陈秀先前对他的好，另有企图。所以他借着崔氏女的故事敲打她，没想到陈秀毫不示弱，当众怼他。

有了这次不愉快，黄娥更不愿杂拌儿去院子吹号，因为老郭头和陈秀现在不往一起凑了，万一以听小号的借口再聚，言语不和而生是非，她可担待不起。但老郭头在杂拌儿开学的前两天，中邪似的，一遍遍吆喝他来院子吹号，说小号只有在院子吹才有味道。杂拌儿不出来，他就敲门说借他的小号吹上一曲，悼念死去的雀鹰。杂拌儿不借给他，他就骂他这是嫌弃老人，说他有的是钱，要买一个纯金的小号，和他比试比试！

黄娥觉得这个孤独的老人，固然有花心和虚荣的一面，但他心地是善良的，起码在对待小鹞子的态度上，他从不喜欢到对它凄惨死去的满怀悲痛，可看出他是有正气的。在那个令人伤心欲绝的黎明，黄娥将小鹞子从塑胶跑道，一点点剥离开来，又用十指在一棵梨树下挖个坑，把它葬了，让它入土时头朝着天，翅膀仍是飞翔的姿态。她的手指因挖坑而肿胀滴血，钻心地痛。埋它的时候，一群灰喜鹊在树间飞过，它们拖曳着长长的羽尾，看上去像携着一支支箭。小鹞子可以轻松逮到麻雀吃掉，黄娥不知它是否吃过喜鹊，所以她不知那群喜鹊，是为小鹞子的死欢呼呢，还是悲泣。如果是小鹳子刚来的时刻，她认定它是讨债的，巴不得它灭亡，这相当于一个债务缠身的人听到债主死了，身心会获得解放。可自从她意识到小鹳子是来护卫他们母子的，她把它视为家庭一员，或者说当成了卢木头，就万分依恋它了。她曾想着去有关部门为它的死讨个说法，为什么铺设可能对野生动物造成伤害的塑胶跑道，没有做好防护设施？后来她想别人一定会把她当作神经病，而罢了这念头。小鹳子死了，黄娥怀念它忠勇的瞬间，流浪猫也伤心，其中一只连日不吃不喝，几天后死了，另一只则在一天深夜离开榆樱院，又去流浪了。黄娥想这是卢木头要收她走了，该是告别榆樱院，告别哈尔滨，告别她亲爱的杂拌儿的时刻了。

黄娥加紧了永别的准备，除了绘制哈尔滨地图，她还专门给杂拌儿写了本"哈尔滨记事"，以日记形式，记叙可能对杂拌儿造成伤害的地方，比如哪条街道的步道砖龇牙咧嘴，走路时容易崴脚；哪家浴池大厅的地砖过于湿滑，容易摔跤；哪家文具店的东西是劣质品，易对身体造成伤害；哪家小吃店的饮食不够卫生，容易食物中毒；哪几条街不牵绳子遛狗的人多，容易被狗咬；哪个路口的红绿灯经常不好使，过街时要小心汽车；哪些商场的自动扶梯有安全隐患等等。这些信息的采集，有的是她探查的，有的则是经媒体曝光的。这个记事本对街路的修改最多，先前不好的路面修好了，她就把它划掉，另外的路面却破损了，她又得补充一条。黄娥发现无论大城市还是乡镇，到处都在修路。她在七码头时，只要进小城看见修路，就知道这个地方换当官的了。每个领导就任后，都要把街路修一遍，路灯换一茬。她因之喜欢哈尔滨的中央大街，这条百年老街的石子路如此坚固，那漂亮的花岗石在雨后看上去像一块块玉石，走在上面，觉得都是鞋子的福气。

黄娥的这个记事本，记录最多的是松花江，历年汛期大致什么时候，嘱咐杂拌儿在涨水的时候，不要去堤岸玩耍。每年跑雁流水又在什么时节，告诫他此时千万不要在浮冰上走。冬季去冰上打雪爬犁或抽冰嘎时，要注意冰缝。如果有陌生人说划船带他看风景，万万不可上船。挖沙让松花江有不明深坑，断不可下江洗澡，这里可不比七码头的青黛河。黄娥甚至嘱咐他，哪怕看见爸爸的帽子或是妈妈的鞋子，在松花江上漂浮，也不要下水追逐，那一定是勾魂的鬼儿化成的。

记事本写得满满当当的，已是一本书的厚度了。这里甚至标注了在哈尔滨啥时该穿棉裤,啥时该换夏装。大风天不要从树下走，以防被风刮断的树枝砸着，更不要紧贴着高楼走，万一高空坠物，那可是掉脑袋的事情。暴雨天不要走有积水的路段，万一马葫芦盖松动，再掉进下水道。晚上回家开门时，要回一下头，看有没有被坏人盯上，如果有可疑的人跟着，千万不要开门。万一被鱼刺卡住，不要喝醋和吞馒头，要大声咳嗽，若咳嗽不出鱼刺，就去医院让医生取出。黄娥在记录这些的时候，碰到不会写的字，就用拼音标注。

老郭头借小号不成，见着杂拌儿便吹胡子瞪眼的。杂拌儿终于起了同情心，答应借他一次，谁知老郭头起了倔脾气，说他不要别人施舍，还说绝对不沾黄娥母子的光，要把榆樱院的排水沟填死，把铺好的地砖掘了扔掉！黄娥心想他真是个老小孩。

杂拌儿开学前的最后一个礼拜天，黄娥跟工头请了一天假，说要带孩子买文具去。工头知道黄娥的遭遇，怜悯她，说你放心去吧，让工人们吃一天盒饭就是。

其实隐在幕后的好心人，早就备齐了文具，在铁皮箱没被处理前放入其中了，黄娥要带杂拌儿去的是教堂和寺庙。她之前不信上帝和神灵，可是当她在松花江桥墩下捡到卢木头死时戴的布帽，以及小鹢子神秘降临之后，她顿悟在看不见的空间，也许有上帝和神灵。她在为生命做倒计时的过程中，心想在这座陌生的城市，除了把杂拌儿托付给刘建国、于大卫和谢楚薇这样的好人，她也可将孩子托付给神祇啊。一些教堂只有礼拜天对外开放，所以她选择这样的日子带杂拌儿出去。

榆樱院的树叶已有泛黄的了，尤其是樱花树叶，黄的较多。好像开过美丽花朵的树，无意夏秋，只盼快入冬天，这样离春天又近了，所以早早就做了秋风的俘虏。早起较凉，黄娥穿着白色长袖衫，外罩一件薄绒黑马甲，杂拌儿则是白色短袖 T 恤，外加一件蓝白格拉链运动衫，戴蓝色棒球帽。

天气晴朗，黄娥带杂拌儿先就近去了靖宇大街和南十三道街交叉口的清真寺，这里正在修葺外墙，罩着防护网，不对外开放，他们只能站在远处眺望。这阿拉伯式的建筑群蓝白风格，望月楼的尖端和穹顶上托举着月牙，杂拌儿说好像站着一群小鹣子。黄娥遥遥给清真寺鞠一躬，心中默念："真主保佑我可怜的孩子，不让他冻着饿着，不让他生病和遭难"，礼毕，她让杂拌儿也鞠一躬，说给真主鞠一躬，自己能长高一大截。杂拌儿不想让妈妈失望，但在人来人往的街头，给一个建筑物鞠躬，让他不好意思，他飞快地鞠躬，直起腰后东张西望，生怕被同学看见了。

离开清真寺，黄娥带杂拌儿去道里的圣·索菲亚大教堂，她多次路过这儿，从未进去过。他们乘坐的这路公交是热线，在通勤高峰总是爆满，前门堵塞，他们只得从后门挤上。因为自动刷卡机和售票机在前门，黄娥牵着杂拌儿的手，努力往前门挤去交票钱，可是无论如何也过不去。这种空调公交车不论里程长短，每位两元钱。黄娥到站后，赶紧跑向前门，此时下站的乘客已离开站台，新上的乘客又把车门口堵塞了。黄娥踏上车，但她挤不进去，便求靠近售票口的乘客，帮她把钱投了进去。她刚下了车，车门便咣当一声关上，公交车奔向下一站了。黄娥问杂拌儿，如果碰到没人监督的情况，他是否会跑到车头交票钱？杂拌儿说咱又不是七十岁往上的老人，人家坐车免费，咱坐车就得交钱呀。黄娥很骄傲儿子能这样想，她怜爱地抚摸了一下他的头。

杂拌儿长高了，也强壮了，脖子不像在七码头时那么单细了，那时来卢木头小馆的客人，见他大脑袋小细脖的模样，总有人慨叹说，杂拌儿肩膀上竖着这么细小的蔓儿，却禁得住个大果，真是神人！令黄娥欣慰的还有，来哈尔滨后，杂拌儿脸上的癣也褪去了。原先因了那一块块不规则的白癣，他的五官有如陷在破败的棉絮中，不够精神。而现在黄娥端详杂拌儿，觉得他是个翩翩美少年了。他的眼皮没有过去厚了，小眼睛就显大了；他的鼻子也没过去那么趴了，岁月的磨砺让它悄然挺起了腰杆；还有他的眉毛，过去是平直的，现在却微微上挑，好像他内心的波涛涌上眉头，让它起了波峰。

圣·索菲亚教堂是哈尔滨名气最大的东正教堂，离中央大街很近，在道里中心地带。黄娥和杂拌儿到达时，看见的是一群鸽子绕着砖红色的教堂在飞。那巨大的绿色穹顶和小巧的帐篷顶上，竖立着十字架，像别着金色的发夹。黄娥先带杂拌儿绕着教堂走一圈，仰望那一扇扇拱券高窗和砖墙上的精美纹饰，鸽子以窗沿和凹进去的砖雕为据点，忽起忽落。在黑、白、灰的鸽群中，杂拌儿发现一只灰鸽子的脖颈是粉红色的，羽尾还捎带一缕黄色，他惊呼竟有花鸽子啊。

黄娥买了门票，带杂拌儿进入教堂后，有点失望，这里已被改建成哈尔滨建筑艺术博物馆，没有她期待的圣像、神坛和祈祷席，她不知该怎样把杂拌儿托付给神灵。不过站在教堂中央仰望穹顶，还是很震撼。密集的高窗摆渡过来的阳光，仿佛把悬挂着的枝形吊灯点燃了，熠熠闪光。这是阳光的隧道，引人飞升。黄娥拉过杂拌儿，让他对着穹顶许个美好愿望，说是在上帝面前许愿，都能得到实现。杂拌儿问上帝在哪儿？黄娥支支吾吾指着穹顶说，就在那上面吧。杂拌儿龇着牙说，这地方的窗子，开得比住家多，看来上帝比人还怕黑，跟怕黑的他们许愿能灵吗？黄娥拍了一下杂拌儿的背，厉声说不许胡说！杂拌儿委屈地垂下头，低声说真有上帝的话，请上帝帮我找到爸爸；要是上帝能耐更大，请让小鹤子活过来，我想爸爸和小鹤子了！黄娥听了，心下酸楚，说许愿是默默跟上帝说话，不该出声的。杂拌儿说上帝这么老了，万一耳朵背，不说出来他能听到吗？黄娥动了真气，说上帝的耳朵是神耳朵，他咋会耳背呢？他能读懂你心中所想。杂拌儿还想说什么，黄娥怕他再说出亵渎的话，赶紧领他去看城市发展图片。他们在浏览的过程中，发现了不少百年前老道外生活图景的照片，那翻浆的泥土路，那歪歪斜斜的板夹泥小屋，那码头上拖着长辫子出苦力的人，以及街头卖艺者，均已不在，但生活的印记还在。其中一张正阳头道街的照片，尤其让黄娥感慨，行驶在泥地上的是马车，街面的店铺多为亭楼式，飞檐峭壁，一派中国风。人们穿着长衫，戴瓜皮小帽。而那一排拔起的电线杆，说明此时已通电了。黄娥指着一辆破马车对杂拌儿说，看看那时，看看现在，你们过的日子，真是掉进福堆了！杂拌儿"嗯"了一声，说可是爸爸最爱马车了，一句话又把黄娥打进深渊。她知道在杂拌儿心目中，卢木头一直活着，她对杂拌儿未来能否接受和融入一个新家庭，满怀忧戚。

　　从圣·索菲亚教堂出来，他们去了土课街的阿列克谢耶夫教堂，杂拌儿看了一眼外观，说这个跟刚才看的差不多，就是小一号嘛。黄娥说圣灵驾临的地方，是无限大，不许说小。这座教堂内部重新规划后，分为上下两层。下层是神职人员的居所，上层为宗教活动场所，有时也举办宗教婚礼。进得大门，迎面就是海浪般涌来的通向上层的台阶，那里传来舒缓的管风琴声音，黄娥和杂拌儿走到上层，发现教徒们正做弥撒。其中有不少是来自郊县的农民，祈祷席的长椅上，放着他们破旧的背包，里面装着干粮和水。他们面色黑红粗糙，穿着朴素，但脸上洋溢着幸福的表情，唱得格外投入。黄娥带杂拌儿站在右侧的最后一排，双手交叉放在胸前，望着祭台上悬挂的圣母像虔诚祈祷，请圣母保佑杂拌儿在这座城市扎根，成为一个顶天立地的男子汉。如果他的命运有狂风暴雨，请圣母为他遮风挡雨；如果他的命运有荆棘坎坷，请圣母为他扫清障碍。因为她的祷告声汇聚到弥撒声中，黄娥觉得圣母玛利亚显灵了，听懂了她的心语。弥撒结束，教徒们对着圣母像在胸前画十字，黄娥也学着画十字。离开教堂前，她照例让杂拌儿对着圣像鞠躬，这次她没让他许愿，怕他再说出不恭敬的话来。

他们走出教堂已近中午，黄娥的内心有种充实喜悦的感觉。直射的太阳让大地升温，黄娥脱下马甲，杂拌儿脱下运动衫。教堂的小广场前，有老人坐在长椅上享受难得的阳光，有孩子在打闹嬉戏，有流动的商贩趁着秋风起时兜售风筝，还有游客拿着相机和手机，从不同角度拍摄教堂。黄娥问杂拌儿饿不？杂拌儿说还行。黄娥明白他这是想吃东西了，但她怕接下来要拜谒的教堂周日午间会闭门，便以鼓励的口吻说，我儿子真有耐力啊，一上午了都没嚷嚷喝口水，咱接着去东大直街，那里有三个教堂连在一块，看完再吃饭行不？杂拌儿到底是孩子，受了表扬后愉悦地表示没问题，但他确实渴了，所以表完决心，不由自主地舔舔嘴唇，黄娥赶紧就近买了两瓶矿泉水。他们站在街上喝水的时候，黄娥问杂拌儿，是步行过去还是乘坐公交车？杂拌儿问有多远？黄娥说大概半个钟头就能走到，杂拌儿说："那就是从咱家的小馆到鹰谷那么远，这点路走起来不算啥。"黄娥听儿子提起鹰谷，心里咯噔一下，说你还记着那儿呢？杂拌儿说怎能忘掉七码头呢？就说鹰谷吧，他来哈尔滨后，梦见过好几次了。有一次他梦见大热天的，去采鹰谷岩壁生长的瓦松解渴，结果脚下一滑，坠下鹰谷。他以为自己要死了，可是快落到谷底的时候，爸爸的帽子飞了起来，越飞越大，像个小飞艇把他接住，载着他回到山崖的平地上。还有暑假他从夏令营回来的那天，梦见鹰谷刮起七彩旋风，旋风裹挟着一双鞋，送到他脚边，他听见爸爸说，杂拌儿长高了，旧鞋顶脚趾了吧？换上新鞋走路吧。黄娥大惊失色地问，你穿上他送的鞋了吗？杂拌儿摇摇头，很失望地说梦做到这儿，就被老郭头和陈秀给扰醒了，他们不知为何吵架了。黄娥吁了口气，说不穿他送的鞋就对了，梦里的鞋都是鬼鞋。

杂拌儿叙述的关于鹰谷的梦，让黄娥心神不宁，虽然天气晴好，但她怕突然刮起旋风，卷走亲爱的儿子，紧紧牵着杂拌儿，手心都出汗了。他们走到果戈里大街时，在俄罗斯河园桥头，看见一对盲人男女边走边卖唱，女盲人戴着有蝴蝶图案的头巾，拉着便携式卡拉OK箱在前，男盲人举着一个坑坑洼洼的铝盆跟在后面，跟着伴奏唱着歌。铝盆有少许零钱，那是路人的施舍。杂拌儿说妈妈他们看不见，咱们给他们一点钱吧。黄娥站定，仔细听了听歌声，叹息一声，从兜里摸出两块钱，让杂拌儿投进铝盆中。她也据此嘱咐杂拌儿，哈尔滨伪装的乞讨者不少，火车站、各大商场门前都有，有的把腿缠起，造成截肢的假象，还有的故意穿得破烂不堪，不是说家乡遭灾了，就是说亲人得了绝症，付不起医疗费了。而实际上呢，有些人乞讨完，到住处数完钱，换上装，就去餐馆吃喝了。杂拌儿说难道这对盲人装瞎？黄娥说城里装瞎的人是有，但这对看上去倒不像，因为这个盲人唱的歌，听上去很干净，是从心底唱出来的，而且他们没戴墨镜，眼睛睁不开，是真的看不见，否则她也不会给他钱的。但她嘱咐杂拌儿，以后碰见这样的事情，要仔细观察和鉴别，不要滥用同情心。由盲人乞讨者，黄娥又想起了在工地听说的腿脚不好的碰瓷者，专找孩子作为对象，跌倒后跟孩子的家长勒索钱财，她后悔自己忘了把它写进记事本，所以在熙来攘往的大街上，黄娥边走边大声传授怎样识别和避让碰瓷的人。

从果戈里大街右转，过了百年老店秋林公司，沿着东大直街步行十多分钟，就到了圣母守护教堂，老哈尔滨人称它为乌克兰教堂，因为这座东正教堂，当年是乌克兰教徒聚集之地。黄娥听刘建国说过，这里曾做过新华书店，他小时候常坐摩电，揣着父亲写给的书目纸条，来这儿为父亲买书，据说这里还保存着一座一百多年前在莫斯科浇铸的大钟。

依然是红墙绿顶竖立着十字架的教堂，杂拌儿似乎已无进去的兴趣了。而等他们走到近前，发现教堂开放的时间是上午八点半到十一点，刚刚闭门。黄娥好不懊恼，说早知如此，该叫个出租车过来。杂拌儿倒是不掩饰自己的开心，说都中午了，上帝也得吃口饭吧。

　　教堂台阶前有个肿眼泡男人，坐在自带的马扎上，专心致志地拉着手风琴。黄娥以为他是卖艺的，从兜里摸出两块钱，让杂拌儿给他。心想进不去教堂，在上帝眼皮子底下施舍，也算给杂拌儿积德吧。拉琴的见杂拌儿递过钱，停止拉琴，但手指仍在键盘上，冲他摇摇头，说他不卖艺。杂拌儿说那你为啥在这儿拉琴？这人抬眼望向街对面的哈医大一院，说他老婆一年前病死在那儿，到了休息日，他就过来给她拉琴。黄娥在一旁听了，为这男子所感动。在这繁华的街道上，地下穿梭着地铁，地面无论昼夜，永远车来人往，噪音不绝于耳，他的琴声淹没在市井声中，可他依然一往情深地拉琴。杂拌儿到底是孩子，他问死去的人还听得见琴声吗？那人凄凉一笑，说你太小，不知道人的耳朵，能听下辈子的故事。

　　黄娥看着哈医大一院，想到了给儿子办的医疗保险。她给他交纳了十二年的保金，那时杂拌儿该大学毕业了吧？她希望他不动用这份保险，能够健康成人，直到有了伴侣，一齐抵御这世上的风雨。拉手风琴的人对黄娥说，基督堂还开着，可到那里看看。黄娥从微信曾看过这座教堂，它清隽小巧，过去主要为德国侨民教徒所用，哥特式的建筑风格。在复活节期间，这里有各种宗教活动，受洗、讲道等等，两座教堂相隔只有一条小街，不足百米，哈尔滨人称它们为"姊妹教堂"，黄娥抬眼望它，觉得如果将绿色的尖顶和倾斜的屋顶拆掉，它更像一户人家，很是清新可人。基督堂刚做完一场布道活动，楼下主堂和楼上副堂的信众还未散去，三三两两地低声讨论着什么。杂拌儿跟着黄娥，楼上楼下走了一圈，身心俱疲，他对黄娥说走吧，上帝听到妈妈的脚步声，就知道你要说啥啦。黄娥明白杂拌儿是不想在信众面前，被她逼着许愿，那会令他尴尬吧，她便及时终止了教堂祈祷之旅，说对面那座耶稣圣心天主教堂，咱就不去了，杂拌儿说太好了妈妈，我的肚子饿瘪了，快走不动了！

他们在附近的一条小街，找了家干干净净的锅烙小馆，要了牛肉大葱和韭菜虾仁的两种锅烙，边歇脚边吃午饭。黄娥问杂拌儿对看过的教堂印象咋样？杂拌儿说他不喜欢教堂的圆形穹顶，看上去像坟墓。黄娥说可不敢胡说啊，穹顶是发光的地方，你要把它想成太阳和月亮。恰巧牛肉大葱的锅烙上桌了，杂拌儿迫不及待夹起一张，咬了一口，一股热油涌出，杂拌儿赞叹真香啊，说热油才是发光的，黄娥无奈地叹了口气。

饭后已是一点，黄娥先带杂拌儿去文庙，行了状元桥，在大成殿朝拜了孔子，她想孔家圣地可保佑杂拌儿学习好，将来成为栋梁之才。出了孔庙，他们又折回东大直街，到极乐寺去。

极乐寺是佛寺，一年四季香火鼎盛。因为是午后，两棵枝叶婆娑的老榆树护卫的山门，出来的人多，进去的少了。刘建国跟黄娥说起他小时候，哥哥带他去寺院山门前，曾看过斗和尚的情景。以"破四旧"的名义，寺院的经书被焚，佛像被戴上高帽子，或被污损，寺院前乌烟瘴气的。刘建国说他和哥哥在极乐寺前被砸得断肢解体的佛像碎片中，捡到过一只鎏金佛手，偷偷带在身上，可是他们乘公交车回家后，发现佛手不见了。刘光复病危时，还跟弟弟说他在梦里捡回这只佛手，佛手上多了一枝莲。

极乐寺山门前的广场，栽种着松柏和榆树。广场对面的居民楼下，有一排经营佛事用品的商铺，卖佛像、香炉、莲花灯、佛珠、香烛、绢花之类，在这样的商铺交易，买的人不说买，卖的人也不说卖，都说"请"字。黄娥懂得这规矩，所以买香时对摊主说"请一盒檀香"，摊主问要多少钱的，黄娥选了盒中等价位的，摊主递给她时说"给您请的香"。要是赶上法会，这条街会被挤得水泄不通，卖活鱼活鸟的也会现身，他们是为着有放生需求的人准备的。买过门票，黄娥进寺前嘱咐杂拌儿，进了庙里见着各路佛要磕头，杂拌儿问是像在七码头过年时那样磕头吗？黄娥说是。杂拌儿说我给爸爸妈妈磕头，能得到压岁钱，我给佛磕头，佛能给我啥？黄娥说是福报。

他们跨过寺院门槛，先看见一群喜鹊从灰墙金琉璃顶的天王殿飞起，这让黄娥心生欢喜，她从香盒抽出三炷香，点燃插进香炉，牵着杂拌儿的手，先给弥勒佛磕头，接着是四大天王。黄娥怎么磕头，杂拌儿就怎么磕。到了正殿大雄宝殿，黄娥不仅上香，还朝功德箱投了十块钱。她投钱的时候，一旁坐着的小和尚敲了一下木鱼。黄娥磕头最多的地方，是在三圣殿的观音菩萨圣像前，在她的意识中，这是女菩萨，女菩萨更能听懂她的心语。出了三圣殿，看了藏经楼，黄娥又带杂拌儿朝拜东西配殿，去了钟楼和鼓楼，后来她发现佛事接待处人较多，过去一打听，原来极乐寺可给往生者做超度，人们是在此预约登记的。黄娥想给卢木头也做个超度，让他灵魂有皈依，但杂拌儿在场，她不方便多问，便想等他开学后，自己再来一趟。

午后四点半是极乐寺闭门时间，与晨起山门打开一样，主院东侧的钟楼和西侧的鼓楼，钟鼓齐鸣，仿佛为这一天的佛事，做个意味悠长的结语。钟鼓声穿廊绕柱，清泉般涤荡心扉。杂拌儿欣喜地对妈妈说，这两个哑巴亭子，终于开口说话了！这话听来不太恭敬，但黄娥没有责备他，因为钟楼鼓楼不发音，确实显得呆板。黄娥想经历了钟鼓声的洗礼，为杂拌儿寻求神灵庇佑的一天，就是圆满的了。

黄娥又怎能想到，她出了极乐寺十来分钟，命运的雷电劈在她身上，把她卷入爱与痛的风雨长夜。

第三章

即使盛夏也会早晚凉爽，是哈尔滨典型的气候特征。到了秋天，这个特征尤为明显，特别是日落之后，太阳从天庭彻底收脚，大地寻不到一丝一缕的阳光，空气立刻含了霜似的，吸一口凉到心底，而风也开始刮脸了。这时你若走到有树的地方，只要离市井之声稍远一点，听吧，一种沙沙的声音，就清晰地回荡耳畔，那是落叶的声音，是风儿握着看不见的利刃，切割岁月的声音。落下的叶子形色不同，有的红润饱满，叶状完整；有的枯黄且有虫蛀的痕迹；还有的红黄对垒、绿粉交织，呈现着一片片叶子，经霜后的复杂心事。

黄娥那天出了极乐寺，因为烧了香，许了愿，聆听了钟鼓声，觉得天色不是向晚，而是充满希望的黎明，心中也仿佛有了光，暖融融的。她折回先前请香的那家铺面，给杂拌儿请了个金箔观世音护身符。店主说这是开过光的，灵验得很。黄娥将护身符仔细放入杂拌儿衣兜，说这是保平安的，千万不能丢。杂拌儿点点头，说那我也给妈妈请一个吧，妈妈有时喝了酒还骑自行车，我总怕妈妈撞上汽车。对于一心求死的黄娥来说，护身符无疑是绊脚石，但她感动于儿子这么说，她无限依恋地看着杂拌儿，说我儿子有这番心意，就是最好的护身符了。妈妈整天给人做饭，烟熏火燎的，戴着有菩萨头像的护身符，太不恭敬了。以后妈妈喝了酒，不骑自行车就是了。杂拌儿说那我上厕所时，是不是要把护身符掏出来，放在书桌里？黄娥愣怔一下，说那倒不用，菩萨是不怪罪孩子的。

黄娥和杂拌儿沿着广场朝东走的时候，身后传来摩托车的声响，黄娥回身一看，驾车的是个中年男人，他穿一身皱皱巴巴的蓝衣服，头发比鸡窝还乱，面色黧黑，半张着嘴，好像要说什么似的。他骑得缓慢，摩托车后面鸟儿翻飞，引来不少目光。待他到了近前，黄娥发现那飞翔的鸟儿，是从他后座驮着的一只鸟笼钻出来的。铁丝笼还圈着不少鸟儿，黄娥辨出那是麻雀。笼门半开，每次只能一两只鸟挤出，所以还困在里面的上下翻腾，叽喳直叫。黄娥想这男人一定是经营开笼放鸟生意的，他可能到得晚，极乐寺关门了，他卖不出鸟儿，这才驮着回返。据说做这种生意的在庙会时，会遭到一些部门的查扣，或者是野生动物保护志愿者的抗议。他们非法捕捉鸟类肯定不对，但黄娥想做这类营生的，也都是为生计所迫，而且捉来是为了放生，不伤及鸟儿的生命，所以黄娥觉得这是无罪的。杂拌儿看到麻雀从笼中飞出乐得直蹦，为它们获得自由而欢呼，而黄娥却是多么心疼这个骑摩托的啊，那等于他的钱袋子漏了。黄娥一边追赶摩托车，一边大声召唤："大哥快停下，鸟笼门开了，你驮的鸟儿快放没影了！"骑摩托的不予理会，继续向前，黄娥以为他没听到，不顾杂拌儿在她身后劝阻，一路追到北宣桥街口。这时一辆非法占道的卖秋菜的马车，正在城管的驱赶下，惊慌失措地掉头，载着鸟笼的摩托车手，熟练地右转溜边错过去了，可马车的尾部，却扫着一门心思追赶摩托车的黄娥，把她甩向马路牙子。黄娥扑倒在地，鲜血很快从她头颈处弥漫到路面。杂拌儿奔过去叫着"妈妈呀"，哭倒在地。

因地处中国北部，哈尔滨的无霜期短。在计划经济时代，蔬菜供应短缺，越冬蔬菜多以当地的土豆、白菜、萝卜为主。这类蔬菜是北方人的心头肉，价廉物美，极易储存，可在地窖或楼道待上半冬，所以即便商品经济时代，物流通达，新鲜蔬菜供应丰富，本地人依然保留买秋菜的习俗，哪怕买一捆雪里蕻腌菜，或是买一捆大葱留着爆锅，也觉为严冬储备了东西，心下安宁。这时节一些繁华街市，就会出现卖秋菜的农用四轮车。这类车大都守规矩，停在居民区的空场，或是早市夜市可卖菜的地方，但也有非法占道的，会在上下班高峰时，造成部分街区交通堵塞。

进城卖菜的农用四轮车通常是烧柴油的，由人驾驶，它们像大烟鬼，只要突突跑起来，就会呼呼冒黑烟。除了这样的车，哈尔滨附近村屯的农民来卖秋菜，柴油都省下了，他们往往驱役秋收后闲下来的牲畜，赶着牛车马车进城。三五十里的平坦大路，在走惯了坑洼土路的牛马蹄下，不在话下。所以秋天你能在一些街区卖秋菜的地方，闻到牛屎马粪的味道。黄娥出事的那天，刚好就有一台马车停在路口，车上载着土豆和萝卜。赶车的是个五十多岁的农民，卖菜的则是他患有严重风湿病的老婆。这个猫着腰、小眼睛、紫嘴唇的女人，包块绿地红花的围巾，因为腿脚不好，她是坐在车上卖菜的。城管勒令他们离开非法占道的地方时，因为怕被罚款，马车夫惊慌，马车夫的老婆惊慌，马也是惊慌的，它被鞭打得蒙头转向，不听使唤地逆向掉头，把黄娥撞个正着。黄娥倒地的那刻，马车夫的老婆知道闯了大祸，瘫倒在马车上，她的头歪在土豆堆上，沾了一脸的泥。

好心的路人帮着杂拌儿叫了救护车，把黄娥就近送往医大一院抢救。杂拌儿在抢救室外，给刘建国和谢楚薇打了电话，报告这个不幸的消息。那时刘建国正在从肇东回哈尔滨的路上，他心急如焚，超速行驶，想着哪怕最终因疯狂驾驶被吊销了驾驶证，也要见黄娥最后一面。

谢楚薇接到电话时，正在发廊染发，她来不及清洗头发，立即赶往医院。想着下班高峰期已到，地面交通拥堵，她没开停在发廊门前的私家车，而是奔向地铁一号线，以最快的速度赶到那里。抱住杂拌儿的那刻，谢楚薇的额头和鬓角还有道道黑印，好像刚从烟囱钻出来，而染发剂散发的那臭汗似的气味，汇入医院来苏水的气味中，极为刺鼻。她亲吻着杂拌儿的额头，安慰他说："宝贝不哭，你还有谢娘呢。"她这口吻，好像黄娥已死，她已继任为他法定的监护人了。

刘建国风尘仆仆赶到时，黄娥的检查报告出来，还好没有危及生命，内脏均无大损伤。因为头着地，右侧眉骨上方磕了道口子，鲜血渗出，弄得脸上血肉模糊，所以路人以为她伤得很重。其实黄娥只是轻微脑震荡，左腿髌骨骨裂，右臂韧带挫伤。医生说她的昏迷，与失血与惊吓有关，等她苏醒过来，观察两天就可转入普通病房，很快能出院回家静养。医生慨叹这个女人的骨骼和柔韧性真好，一般人经历这一撞一跌，不说粉身碎骨，身上硬伤是少不了的。

刘建国听到黄娥无大碍，避开谢楚薇和杂拌儿，乘电梯到顶层，找到一个能看夕阳的窗口。初秋的落日不像夏日那般水光光、亮堂堂的，它浑厚苍茫，质感很强，像个沾了尘土的烧得红彤彤的铁球，坠落时似乎带着砰砰的声响，充满力量。它落下去了，气势犹在，晚霞从西边天一直弥漫到西北角，好像为着月亮公主的驾临，铺就一条长长的红毯。想着黄娥没有诀别这样的夕阳，刘建国泪水奔涌。

得知黄娥属于车祸轻伤，跟刘建国一样激动落泪的，还有马车夫。急救车赶到时，他让老婆看着马车，自己跟过来了。他把兜里仅有的皱皱巴巴的五百多块钱拿去缴押金，收费处的人说这哪够啊，要不先押下身份证？马车夫说他来城里卖菜，住不起旅店，要是一车菜卖不完，当天不能回家的话，晚上他就顶着星星，在马车上盖着破被子凑合一宿，哪想到带身份证呢。最后交费处只收他五百，说是救人要紧，余下的取了再结。

黄娥被推进抢救室时，马车夫急得在走廊像拉磨的驴子一样转圈。他听到杂拌儿给人打电话，以为是叫他爸爸，问他你爸是干啥的？杂拌儿说他爸爸在七码头开小馆，丢了好几年了。马车夫跳着脚，摊开双手自言自语地说，完了完了，一个没男人的女人，没有支柱啊。他又问你妈是干啥的？杂拌儿说给人打工做饭的。马车夫这回发出的就是哀号了，说要命了要命了，她没个正经营生，这医药费的大坑，非得把我活埋了不可！我老婆已是个病篓子了，老天爷真是不让人活啊。他自责不该进城卖菜，不该套这匹老马，它老眼昏花了，耳朵背了，不听吆喝了。他还怪他老婆，非让他把马车往人多的路段赶，说这样的地方好卖菜，如果找个旮旯胡同卖，就碰不到黄娥了。他问杂拌儿，你妈那是追谁呀，在大街疯跑？杂拌儿说有个骑摩托的驮了一笼鸟，笼门开了，我妈追着提醒他。马车夫揉着眼睛说，她真是多管闲事啊，鸟儿回它们天空的家，她干吗不让啊，这下好了，什么都玩完了。发完牢骚，他重重叹了口气，跟杂拌儿说万一你妈救不过来，你又找不着爸，我也不能不管你，不过你不能在哈尔滨待了，要去乡下，跟我学喂牲口和种地，有我吃的就有你的，就是吃个虱子，我也会掰几条腿给你。杂拌儿本就因妈妈生死未卜而紧张和难过，马车夫的絮叨让他烦透了，好在谢楚薇及时赶到。她安抚杂拌儿的时候，马车夫见她虽然脸上有黑印，但气质和穿戴不俗，手中拎的包也精致，判定她是个有钱的主儿，得了救星般地跟谢楚薇提起住院押金的事情，说到难处，眼泪快出来了。谢楚薇说不管交警部门最后对事故如何认定，杂拌儿妈妈的医疗费，她都会包揽到底，请他不要多虑。马车夫感激涕零，扑通一声给谢楚薇跪下，说真是遇见活菩萨了。

　　马车夫家境贫寒，但他又不想逃避责任，毕竟是他赶的马车撞着人了。如果黄娥死了，他会有杀了人的罪恶感，下半生将在负疚中度过，所以当他听说黄娥能很快出院时，毫不掩饰地"啊呜、啊呜"大声哭出来。不知道的，以为抢救室里他的亲人没气了。刘建国的哭是压抑的哭，饱含着爱与痛的复杂情感；而马车夫的哭，是走到黑暗深处突然领受了光明，激动、庆幸、欢欣。他一会儿握握杂拌儿的手，说你是有福气的孩子，阎王爷才没要你妈的命；一会儿又握握谢楚薇的手，表示未来她家的秋菜都由他包了，他会专留一块地给她，不上化肥，绿色种植，在每年九、十月份时，拣最好的秋菜送到她家。马车夫松开谢楚薇手的时候，说他的手太糙，刮着她手了，真是对不住。而等他握着刘建国的手时，所许诺的话则令人啼笑皆非，他说大哥你要是外头有女人，不方便在城里搞，就去我那里，我小舅子外出打工，屋子闲着，床品炊具啥都不缺，到时我给你拾掇拾掇，你尽兴耍你们的。刘建国无奈地摇摇头，甩开他的手。

　　谢楚薇和刘建国抢着为黄娥缴纳住院押金时，马车夫说他得看看自己的老婆子去了，她是个本分人，没干过坏事，可一见穿制服戴大盖帽的就害怕，估计处理事故的交警会把她吓坏了。马车夫走前，要了黄娥的住址，把它记在香烟包装纸的背面，然后把自己的姓名电话留下，说他没有逃避的意思，该他负责的，他没多还有少呢，有什么情况，随时打电话给他。他还表示见着肇事的老马，非要狠抽它几鞭子不可！

谢楚薇说服了刘建国，住院押金由她来交，刘建国从谢楚薇的表情领悟到，如果再和她争，好像在与她争夺杂拌儿的抚养权似的，也就作罢，想着等黄娥出院，多给她买点营养品就是。而谢楚薇去交费时，被告知刚刚有人交过了。谢楚薇问是谁？收费处的女孩告诉她，是个男人，他自称是黄娥的家人。谢楚薇忧心忡忡地问刘建国，难道卢木头回来了？刘建国摇摇头，说怎么可能呢，他要是回来，还跟黄娥赌气的话，也会见杂拌儿的。

黄娥出院时，杂拌儿开学一周了。黄娥住院期间，杂拌儿住在谢楚薇那儿。谢楚薇让杂拌儿继续住下去，说妈妈正在恢复期，静养为宜，少打扰她。杂拌儿说妈妈病了，本就心焦，一个人待着多难受啊，再说她腿还不能动，胳膊不敢回弯，更得和她待一起，陪她说话，给她弄吃的。谢楚薇说她已请了护工，管吃喝拉撒，还负责陪夜，他每个周末回去看妈妈就行。杂拌儿说万一护工欺负妈妈咋办？他是男子汉，得保护妈妈。他答应每个周末来谢娘家住一晚。

结果谢楚薇请的护工来到榆樱院时，黄娥的屋子已有一位护工了。后来的护工当场给谢楚薇打电话，问这是怎么回事，说她为了这份活，推掉了另一份报酬更优厚的活儿，她得赔偿。谢楚薇一头雾水，给黄娥打电话，才知她出院当晚，就有一位护工上门了，护工不知雇主是谁，只说她所在的家政服务公司，派她服侍黄娥，直到她康复。联想到黄娥的住院费有人抢先缴纳，最终她去结算时还有剩余，却不知该还给谁，谢楚薇判定一个真心呵护黄娥母子的人出现了，这人尾随黄娥母子，不然不可能在黄娥出事的第一时间，缴纳住院押金。再想到有人悄悄帮着整修榆樱院，还有人趁着夜色给黄娥母子送东西，谢楚薇越发坚信她的判断。她问于大卫，这个人会是刘建国吗？于大卫摇摇头，说刘建国表达爱，不会是这种方式，再说他们年龄差距太大。

当谢楚薇在医大一院抢救室外的走廊，听医生说黄娥没有生命危险时，她的内心却有种说不出的痛楚，她知道这种痛楚很卑劣。如果黄娥离世，她和于大卫就可以顺理成章收养杂拌儿。命运让她丢了一个孩子，她满心伤痕，但上苍怜悯她，在她步入晚年时，还她一个孩子。和杂拌儿在一起见证他成长的时光，对谢楚薇来说无比珍贵。她在学校门口接杂拌儿时，他奔向她时会亲昵地叫声"谢娘"；她带他去吃冷饮，他会边吃边伸着舌头冲她扮鬼脸；他从夏令营归来，会用小号吹出简单的音符，骄傲地展示他的学习成果；他做错了数学题，她批评他看题不够仔细时，他会噙着泪表示："谢娘我以后一定多看几遍题"，总之她和杂拌儿相处的每个瞬间，都像无声电影，每个夜晚从她的脑海中过一遍。她想自己六十多了，杂拌儿十来岁；等她七十多了，杂拌儿就上大学了。而如果她能活到八十多岁，一定能看到杂拌儿结婚，抱上他的孩子。为此她改掉了不爱体检的毛病，现代医学发达，早期发现的疾病，基本能够治愈。她希望长寿，能享受天伦之乐。

因为对杂拌儿有了深切的依恋，谢楚薇已不关心刘建国是否找到铜锤，所以当她发现丈夫不再难为刘建国和折磨自己、放弃对铜锤的寻找的时候，她虽没问出真实缘由，但心底却有轻松感。

　　当一对夫妻丢失了骨肉，他们把自己的血样留给相关部门，迎接一次次的基因比对时，就不可避免地造成对信任的挑战。没人会怀疑母体，但对是谁在母体赋予孩子以生命，在寻找未果的情况下，会加剧猜忌。她知道于大卫也在怀疑铜锤是否他亲生的，只是多年来没有说出口而已。所以铜锤的丢失，让他们饱尝失子之痛，也让坚如磐石的夫妻关系，仿佛一夜间经过漫长世纪风雨的侵蚀，风化衰朽，不堪一击了。她甚至想于大卫之所以对她不离不弃，也没有接受她建议要个私生子，还答应晚年如果找不到孩子，考虑领养一个，除了他良好的教养和怜悯之心起主导作用，与要跟定她，破译她的心灵密码有关。

　　杂拌儿让谢楚薇沉寂了几十年的母爱，潮水一般泛滥开来。下雨了，她会想杂拌儿带没带伞；起风了，她会想杂拌儿穿得够不够厚；下雪了，她会想杂拌儿千万别滑倒；雾霾天时，她想杂拌儿不知戴了口罩没有。但凡家中做了好吃的，她会跟于大卫慨叹，杂拌儿一定爱吃。以前的儿童用品商店，对谢楚薇来说相当于火葬场，进一次悲伤一次，但她现在逛街，这是最愉快的去处。因为内心怀着一种说不出的喜悦，她夜里睡不踏实，好像刚与于大卫谈恋爱时一样，总是睡睡醒醒。那时她蒙蒙眬眬中醒来，会甜蜜地想：哦，我有男友了。而现在她迷迷糊糊中醒来，会温暖地想：

啊，我有儿子了。杂拌儿没出现前，她把铜锤想象成一个善良正直、事业有成的青年才俊，有失去人间至宝的感觉；杂拌儿现身后，她想万一铜锤落到了恶的土壤，长成一棵歪苗，于社会和家人无益，反倒是找不到的好。所以当黄娥告诉她不知谁派来了护工时，谢楚薇不安，甚至是愤怒的。谢楚薇早看出黄娥有把杂拌儿送人的意图，深层的缘由她不愿探究，这个靠打工维持生计的女人，很难在哈尔滨让杂拌儿接受良好的教育，而如果有爱慕者出现，她有了靠山，境遇改善，杂拌儿依然会是黄娥的儿子。谢楚薇知道作为人来说，巴望黄娥坠在贫困的渊薮不得翻身，很不道德，但为了得到杂拌儿，她什么都顾不得了。她给刘建国刘骄华分别打了电话，问是谁派去的护工，他们都说不知，她决定去榆樱院一探究竟。

尽管刘骄华神思恍惚，但她对黄娥身边可能出现的护卫者，跟谢楚薇一样，也是心怀警惕。她让黄娥母子白住榆樱院，是为了二哥刘建国。如果黄娥不嫁给二哥，或者杂拌儿不能成为二哥的继子，她的付出又有何意义呢？她打起精神，也打算去榆樱院走一趟。

初秋的哈尔滨开得最盛的花是菊花。刘骄华因为服用抗抑郁的药物，整日昏昏沉沉，医生告诫她这期间最好不要驾车。她走出家门，见早晨的天空分外晴朗，先沿着马家沟河步行一段。她的脸像是发霉了，灰黄黯淡，现出斑点，她想让阳光祛除些灰暗之气，免得吓着黄娥。马家沟河栈道正举行菊花展，紫白红黄的菊花或摆放成彩虹状，或层层叠叠堆砌成花朵状，有点把春天唤回的意思。刘骄华注意到，在花前流连和拍照的，多为老人。他们中大多是健康的，有的低头赏菊，鼻翼微蹙，嗅着秋日芬芳；有的带着自拍杆，努力挺直腰杆，对着镜头睁大眼睛微笑。但也有由保姆用轮椅推着，或者拄着拐杖赏菊的。刘骄华想老人赏菊再合适不过了，因为他们脸上皱纹累累，也是菊花盛开。她不知这些老人中有谁丧偶，有谁失子，有谁为病痛折磨，有谁还七老八十谈恋爱。但肯定的是，他们在生命的夕阳时分，脸上的表情是平和的。谁没有痛呢，只不过这痛，生在自己心底，别人不知晓而已。这样一想，刘骄华觉得菊花前的老人都值得尊敬，至少他们是懂得在霜中赏花的人。

刘骄华走到中山路段时，抬头望了一下桥。哈尔滨的桥，无论是跨江大桥、城市立交桥还是内河桥，均以墨绿为主色调，这与俄罗斯人对这座城市的文化浸染有关，也与漫漫长冬的气候特点有关。当寒风吹响了冰雪的号角，大地的绿色植物成为梦影时，这种颜色的桥，就有点为春天招魂的意思了。

跨越马家沟河的中山路桥，在刘骄华谈恋爱的年代，还是石灰色的，那时有个卖烤地瓜的老头占据桥头，他守着一个汽油桶改装的烤炉，冬天穿一双黑色棉靰鞡，披一件旧军大衣，戴着狗皮帽子。刘骄华和老李常散步到这儿买烤地瓜，她至今记得两个人在寒风中你一口我一口、分吃一个地瓜时的甜蜜情景。现在这座桥经过改造，两侧的欧式桥头上，伫立着爱神丘比特射箭的金色雕像。据说丘比特射箭时蒙着眼，而他射出的箭的箭头分为金色和铅色，被金色箭头射中的人，爱情能够开花结果、幸福永远；而被铅色箭头击中的则为不幸。刘骄华仰望晴空下那张开可爱翅膀的丘比特雕像时，想着自己一定是先被金色箭头射中，其后丘比特又恶作剧似的，补了铅色箭头的一箭。丘比特的神话依然流传，可她和老李的爱情神话却破灭了，她想如果大哥活着，知道她的情感真实处境，一定唏嘘不已。

刘骄华沿着台阶，从桥下到了桥上，步行到红军街口，在由五色草堆砌的圣·索菲亚微缩教堂前，伫立良久，觉得自己晒了太阳，又运动了一下，脸上的气色应该好许多，于是打车直奔道外榆樱院。出租车司机是个话痨，刘骄华上车后他几经搭讪，发现乘客对他的话不感冒，于是在一个拥堵的路口等候绿灯时，他百无聊赖地点起一棵烟。若是以往，刘骄华会斥责他违反出租车运营的相关规定，会投诉到他的公司，可现在她却懒得理睬。想到刚才自己散步时，也遇见了不文明的行为，譬如随地吐痰的，为拍照践踏花坛的，她也都没理会。好像一个人内心被撕裂了，你无法缝合自己的伤口时，就不在意生活的裂隙了。

刘骄华到榆樱院时，发现与她相邻的右厢房的住户门敞开着，正有人往里搬运桌椅。刘骄华以为这户人家要来住了，上前一打听，原来是租户差人来收拾房子的。她想这回黄娥有了邻居，冬天时屋子就会暖了。因为那户没人住，刘骄华家这一侧的每道墙壁，仿佛都成了冷山。

刘骄华进屋时，谢楚薇已在了，她正跟一个五十上下的穿白服的护工说着什么。黄娥腿上打着石膏坐在床上，她和谢楚薇见着刘骄华，吃惊不小，不约而同问她生病了吗，怎么头发这么稀疏，瘦得都脱相了？刘骄华撒谎说前段吃保健药，没想到副作用这么大，大把大把脱发，睡眠也差，所以暴瘦。她问黄娥怎么被个卖菜的马车撞着了？黄娥细述原委后，刘骄华嘲笑她，说她快退休的时候，监狱来了个金融系统的贪污犯，他说自知要出事，特意去寺庙买了一笼鸟放掉，以为做了善事，可躲过一劫呢，谁想难逃法网。他跟狱友现身说法，说神灵是不会庇护作恶的人的。刘骄华推测那个骑摩托的，是受人差使，绕着寺庙放生，因为做这种生意的人，不会马虎到不关好鸟笼门的。

黄娥觉得那个贪污犯说得没错，作恶的人终归逃不过审判，或是法律上的，或是良心上的，只是她不想死在哈尔滨，她要回到七码头，魂归鹰谷，所以得养好伤。一个人为着死而养伤时，是感觉不到伤口的疼痛的，所以刘骄华问她打着石膏板的腿疼不疼时，她摇了摇头。

黄娥白住刘骄华的房子，并非心安理得。为了把杂拌儿推给刘建国，她觉得住他妹妹的房子不付房租，更像一家人，刘建国能更早地认同爸爸的身份。黄娥和卢木头开小馆，小有积蓄，加上这几年她打工赚的钱，手头还算宽裕。除却日常开销和杂拌儿上学的费用，以及给他办理医疗保险，还剩下十一万。她想在死之前偿付刘骄华房租，余下的留给杂拌儿。她怕朝刘骄华要银行卡号她会警觉，就想找机会加她微信转账。黄娥见到刘骄华的这一刻，想自己万一死在马车下，就无法偿还刘骄华房租了。看来偿还任何东西都应尽早，人生难测。

刘骄华对黄娥提出的加微信好友的请求，没有任何怀疑。添加成功后，她对黄娥说进她的朋友圈也好，都是些刑满释放人员，看看他们的日子，会知道人活着多么不易。虽然很久没去德至小吃了，但刘骄华关注他们的动态，最近他们推出了一款酸菜蛤蜊包，很受欢迎。刘骄华推荐德至小吃的时候，一旁的谢楚薇说她这个周末，就带杂拌儿去尝尝。她说话的语气，好像杂拌儿已是她家的人了。刘骄华和黄娥面面相觑，眼里是复杂的神色。

刘骄华来之前，谢楚薇已盘问过护工，谁是她雇主？护工说她真的不知道，通常干她们这行的，雇主都会来公司亲自选人。而她接的这单活儿，属于公司选派。雇主只是打来电话，要求他们派一个最好的护工，而她是公司的五星级服务员。这护工穿着洁净，头发梳得利落，光光的额头，别人问一句，她回一句，绝不多语，而且眼里总有活儿，一会儿给黄娥倒水，一会儿给她削苹果，一会儿又给她后背加一个靠枕，让她坐着和她们说话更舒服些。与此同时，厨房的灶上炖着大棒骨，她不时进去看看锅，香气徐徐飘出。

刘骄华见谢楚薇问不出雇主的情况，她便问黄娥近来接触了别的异性没有？"别的"这个词，在黄娥听来，是刘建国之外的男人。黄娥面露不悦，说她在工地给人做饭，接触的民工有家有

业不说，没有富裕的，不会往她身上撒钱的。说到这儿，黄娥蓦
然想起，上次刘骄华让她介绍个老点的男人给她，后来她选的是
个三十来岁的。这人身壮力强，爱出去偷腥，她问刘骄华，不知
你朋友对他的"那个"生活调查得满意吗？刘骄华的脸唰地红了，
心被剜了似的痛，说她忘了问朋友调查结果。她结结巴巴地问黄娥，
这人没说调查得怎样吗？黄娥说可能他与刘骄华的朋友，交谈得
不很愉快吧，跟她嘟囔过一次，说是以后这种事别再找他，太没
意思了。刘骄华的脸立刻由红转白了。她问清护工所属的家政服
务公司名字后，说老李最近忙着写书，她得回去做饭，不然他营
养跟不上，会跟自己一样脱发，她可不想一天到晚晃在她眼前的
那颗头，是寸草不生的盐碱地。

　　刘骄华的话逗乐了一心向死的黄娥，也逗乐了不苟言笑的谢
楚薇。刘骄华说有了家政服务公司的名字，不难查出谁在帮黄娥。
她分析这个人应该是给黄娥交医疗费的。刘骄华说当时在医院交
费处，她二哥应该申请调一下监控视频，这样就能看到交费者了。
当然，也许查到的人只是受人差遣，但总能通过他，找到幕后主人。
可现在回头去查，未必找得到了，一般这种监控视频，也就保留
一周。谢楚薇叹息一声，懊恼地说还真是啊，当初我和你二哥只
知道争着交费，怎么没想到这点呢。

　　刘骄华在离开之前跟黄娥说，谁要是找她二哥这样的人过日
子，就是得到了她二伯父彩绘玻璃画中的门神，家门永得安宁。
黄娥明白这话的意思，她低下头来。

刘骄华走了以后，谢楚薇跟黄娥商量杂拌儿住她家的事，黄娥说只要孩子乐意，她没意见，毕竟身边有护工。谢楚薇很高兴，说她周末会让杂拌儿回榆樱院陪她，黄娥点点头，意味深长地说："他住哪儿不是家呢。"

然而这个晚上，杂拌儿还是回到榆樱院。他做完作业，拿起一本童话书给妈妈读，说这样的故事能止痛。黄娥看着灯影下读童话的儿子，想着他即将成为别人的孩子，泪往心里流。

晚上九点多钟，护工忙完一天的活儿，刚熄灯休息，院子传来一阵脚步声，跟着门玻璃白光闪烁，那是手电筒投射的光，有人惊喜地说："啊哈，门牌号对了，我还真找对了。"手电光消失了，敲门声起来了。护工披衣起来，蹑手蹑脚走到门口，还没等问是谁，对方大着嗓门喊："黄娥住这儿吧？我是撞了你的马的主人，我和老婆过来看你啦。"护工打开灯，要拉门闩时，被杂拌儿抢先打开，说他听出是马车夫的声音了。

原来马车夫趁着夜里城市道路畅通，无人阻拦马车，赶车送来两缸酸菜。门洞宽度不够，马车进不来，他确认没找错地方后，分两次将酸菜缸背进来，说一缸是给黄娥的，另一缸是给帮着出医疗费的女人的。他说酸菜刚腌上，每棵白菜都是他老婆精心挑选的。他嘱咐再过三天，可以给酸菜缸注水，然后在上面压块石头，等它静静发酵，一个月后，酸菜就能和肥肉一个锅里打滚了。他絮叨完，嘱咐黄娥好好养伤，嘱咐杂拌儿听妈妈的话，说有病的人爱心烦，你妈要是说鸡蛋是结在树上的，你就说是，让她顺心。马车夫说完，去换在院外看着马车的老婆。这女人没进屋时，一阵咕咕——的鸡叫声先传了进来。她穿蓝秋衣，戴花头巾，佝偻着腰，左手提一只被别着翅膀、捆住脚的花公鸡，右手挂着拐杖，像个乞讨者，一瘸一拐进来。她把公鸡交到护工手上，嘱咐她明天宰了炖汤，给黄娥好好保养保养。说是家里还有几只母鸡，吃完了公鸡她再送母鸡。她打量着黄娥，啧啧地夸她俊俏，说："啊呀呀，真要是把你撞死了，地下得有多少死鬼男人，抢着跟你配对啊。"这话让护工笑出声来。黄娥请她坐下歇歇脚，她摇头说不了，他们得赶紧回家，不然天一亮，马车就不能走城里的路了。临出门时她给黄娥作个揖，说代她家的老马，给她赔个不是。

花公鸡大概明白主人丢下它是挨刀的，马车夫的老婆离开时，它一声比一声凄惨地叫起来。她刚出门，杂拌儿进了厨房，从碗架子拿起一个马铃铛，这是黄娥在旧货市场淘来的。有时杂拌儿在院子玩耍，她唤他吃饭时，就摇响马铃铛。杂拌儿拎着马铃铛追出去，送给马车夫的老婆，说给马挂上铃铛，行人听到铃声，就会主动闪开，不会撞着人了。

杂拌儿回屋时，发现老郭头披衣站在樱花树下，他擤了一把鼻涕问杂拌儿，这又是什么人来了，半夜三更的不让人安生睡觉。没等杂拌儿回话，小刘胖丫这对"金银组合"回来了，他们显然驻演完去喝酒了，胖丫醉醺醺的，小刘背着她，像背着一座大山，她抚弄着小刘的脸蛋，哼哼唧唧地唱着，"白净净的小脸蛋呀，个头还正经不低呀"，老郭头"哼"了一声，说："女人骑男人，穆桂英挂帅啊。"侧歪着身子回屋了。

因为厨房的公鸡时不时扑通几下,黄娥一直未睡着。夜半时分,隔壁门响,她想这一定是邻居家的租客到了。

太阳落得早了，树叶脱发似的掉得勤了，风儿向晚时分叫得
响了，夏候鸟踪影稀疏了，松花江陡然瘦身了，耐霜的菊花也打
蔫了，草色泛黄了，这说明大自然挥动着看不见的鞭子，把哈尔
滨往深秋赶了。这时节菜市场和卖补品的店铺，生意兴旺，人们
觉得流了一个夏天的汗，身体亏着了，天凉了得及时进补，不然
现在就被冷风吹得缩手缩脚的，冬天更是不堪一击了。

以往黄娥跟着刘建国这时节跑车，会起早煲一两样汤，羊肉
萝卜汤，或是鲫鱼豆腐汤，装入保温罐，带到路上吃。如今这等
好享受，在刘建国的生活中彻底断流了。

刘建国对黄娥的好感，是在交往中逐渐产生的。黄娥讲她在
七码头开小汽艇与男客的桃色过往时，那天真无邪的表情，毫不
掩饰的态度，让刘建国无法反感。他也明白妹妹的心思，把黄娥
母子安顿在榆樱院，等于无声地告诉他：争取让他们成为家里人。
但他心里有三道越不过去的坎儿，一个是卢木头至今下落不明，

黄娥不是完全的自由身；还有她和黄娥隔代的年龄差距；再有就是自己在寻找铜锤的岁月中，也曾因怨恨命运的不公，做过不堪回首的事情。而现在又多了一道坎儿，就是翁子安的出现。他明白这道坎儿，甚至比喜马拉雅山都高，他就是生出翅膀，也难以翻越。

刘建国不知道该不该怪罪于天，没有那场特大暴雨，他不会去榆樱院疏导院子的积雨，这样就不会把来看大哥纪录片素材的翁子安约到那里。尽管翁子安和黄娥从刘建国的口中，知道彼此的存在，却未曾谋面。而他们的初次见面，在刘建国看来再正常不过了。可事实证明翁子安踏入泥泞的榆樱院，看见黄娥的那刻，他的心立刻陷入爱的泥泞，为黄娥所牵系和倾倒。为榆樱院挖排水沟，整修院子，给黄娥母子买东西悄悄送来，都是翁子安出资，让人悄悄做的。他不放心黄娥，只要她出门，总有他差遣的人暗中护佑，所以当黄娥被马车撞伤，翁子安第一时间就知道了。当时他正驾车从嫩江到齐齐哈尔的高速公路上，他岔向一个路口，把车停在辅路的一片芦苇荡旁，对着每一支芦苇祈祷：让黄娥活下来吧，我不能失去这样一双眼睛！如果她死里逃生，你们就是我生命的风帆，我会在未来捐助湿地保护项目，让丹顶鹤有美好的栖息地。翁子安知道自己对大自然的承诺夹杂私欲，不无亵渎，但那个时刻他头脑空白，心悬意浮，找不到救主，只能寄望在微风中向他招手的芦苇。当他祈祷完，得知黄娥没有生命危险时，他想亲吻每一支芦苇。

刘建国探望黄娥时，发现翁子安是榆樱院新来的租客，一切都明白了。他讪讪地跟翁子安说，你再犯病，住院就方便了。

翁子安说："以后也不会犯病了。"

翁子安和护工一起照料黄娥，她恢复很快，能拄拐下地走路了。刘建国知道有翁子安在，自己就是多余的人了。他不愿待在哈尔滨，可最近又无事可做，雇主说政府正在重拳打击地下黑救护行业，这两个月不能接活，等风头过去再说。

刘建国开"爱心护送"车的这些年，也知道一些行业黑幕。其实这种地下行业的兴起，与各大医疗机构院后转运系统运力匮乏有关。也就是说，正规的120急救，基本投放在患者入院之前，院后转运不被重视，而出院患者需救护车陪护的不在少数，所以它才应运而生。做这种生意的老板，要与医院搞好关系，与医院的门卫搞好关系，还要布置好眼线，在各大医院的重症监护室和住院处盯梢，这样才能捕捉到需求信息。这类车最喜欢的活儿，就是拉死人，因为来钱多；其次是病入膏肓放弃治疗、回乡等死的患者。这样的人怕死在中途，所以要雇用医生护士随行，动用心电监护仪、吸氧吸痰等医疗设备，患者消费高，车主收入就高。因为本地行业垄断，外地救护车很难进入医院，所以不久前出现了外地接患者的救护车被砸的现象。

刘建国开"爱心护送"车的这些年，从未多收患者的钱，他的主要目的是寻找铜锤。因为信誉好，所以有些固定客源。雇主怕刘建国这期间私自出车惹麻烦，把那辆车转移到别处了。

刘建国从未有过的孤独，从未有过的寒冷。他空虚疲乏，每天下午要去澡堂泡个澡，每周要听两三场音乐会。澡堂的温水池中挤满了人，外面冷了，供暖日未到，家中也冷，所以很多人躲到澡堂来了。以往刘建国泡澡时跟别人一样，喜欢看悬挂在上方的闭路电视播放的二人转，忍不住跟着笑上几声。可现在那些噱头和"包袱"，却让他觉得是嗡嗡叫的苍蝇，令人作呕。他不由自主地回想黄娥那双神秘的眼睛，以及她说过的有趣的话。黄娥见着涂着厚重口红的女人，会说心里没血色的女人，才把嘴涂得这么红。她见着人行道的步道砖破损残缺，会说这路该打补丁了。她看着高楼的窗口，会说住得这么高，人不得整天悬着心呀。她见着迪厅，会说人进里面就是为了蹦，看来做猴子才是快乐的呀。她的奇思妙想，总能逗乐刘建国。

温水池中的浴客来了又走了，刘建国却依然在池中泡着。好像他心中堵着一块巨大的冰，怎么也融化不了。浴池的老板娘熟悉他，若是算计到池中只他一人了，她就紧张，会隔着门帘冲他吆喝：我不心疼洗澡水，可你这个老家伙不禁泡了，别把自己泡烂啊，我再摊上人命官司！刘建国便大声回道：老家伙禁得起泡！老板娘咯咯大笑，说那就泡化你，不再理他。

刘建国来洗澡，最怕遇见小男孩，尤其是六七岁光景的。这些孩子大都由家长带着，或是父亲，或是爷爷。刘建国一见他们童贞的脸，纯净的目光，无瑕的裸体，就有被阳光刺痛的感觉，会不由自主地缩着身子，闭上眼睛。这个时候的温水池，对他来说就是深渊，他觉得自己在下沉，被深不见底的黑暗吞噬了。

尽管刘建国想努力忘掉那件事情，但多年来它从未从他心中消失。尤其在他憧憬美好生活时，它就像个不和谐音，立刻闪现，给他敲警钟似的，让他不安。他明白对一个本质善良的人来说，罪恶是不会被岁月水流淘洗掉的，它是一颗永在萌芽状态的种子，时时刻刻要破土而出。所以刘建国明白，罪恶一件不能沾，否则人生就没真正的晴朗。

事件发生在一九八三年夏天，那时医疗体制还没改革，也没有"爱心护送"车呢。刘建国遍寻哈尔滨，找不到铜锤的下落，已把目光放在了省内市县。每隔一段时间，他都利用假期，乘火车或是长途客车，去往不同的地方。三十多岁的他正值青春年华，可因为背负寻找孩子的重任，内心备受谴责，他不像这个年龄段的其他人，能够享受爱情和婚姻。不熟悉他的人见了他会说，小伙子挺帅的，咋拧着眉毛，愁啥呢？那次他到密山，寻了三天毫无线索，最后来到兴凯湖畔的一个小渔村。他问遍了村里人，没有一家收养过孩子，所有的儿童都有亲生父母。他们甚至开玩笑说，别说人了，就是猫狗，也都有出处。他们还说这个村的猫特别爱欺负狗，所以一村的猫，都比狗骄横。刘建国在湖畔一家小客店住下，吃了大白鱼炖豆腐，喝了半斤烧酒，漫无目的地走向湖畔。

兴凯湖有两个，小兴凯湖和大兴凯湖。小兴凯湖在中国境内，而大兴凯湖则是中苏界湖，刘建国去的是大兴凯湖。湖畔是茂草和沙丘，岸上的每一粒白沙，仿佛都在热恋中，柔软得不能再柔软了。大兴凯湖很有海的气势，波涛滚滚的。夕阳正朝湖底沉去，湖面涌起的波浪，被它点染得红红黄黄的，像庆典时飘舞的彩带。白色的水鸟在湖面翻飞，好像和湖里的鱼说着悄悄话。刘建国望着苍茫壮丽的落日，想着他若是做它旁边的一丝乌云也好，被它裹挟着沉入湖底，让他摆脱这无妄之灾。本该在青春期闪光的爱与性，在刘建国的命运中，是板结泥土中被压抑得干瘪了的种子，难以发芽，那一刻他的委屈终于爆发了，大放悲声。湖畔无人，他的哭声把近处的水鸟都惊飞了。夕阳尽了，天渐渐黑了，月亮开足马力升起，把天然的电力带给人间，湖面是月光的道场了，满湖银光闪烁，碎银跳荡。刘建国哭过后，沿着湖岸，边走边听潮声，发现一条渔船的影子。走到近前，才看清这是一条废弃的船，船头骄傲地翘着，但舱板已朽烂。刘建国探头一望，发现在掉了底的舱里，竟有一个穿白背心的六七岁模样的男孩，光着屁股，玩万花筒。他见着刘建国，说你不是村里人，是哪来的？刘建国酒气醺醺地说天上来的。男孩嘿嘿乐了，说那月光都是你带来的了？刘建国说是的，问他月亮下能看万花筒吗？小男孩点点头，说就是没有白天看得那么真亮，发灰，不信你瞧瞧？小男孩扬起胳膊，撅着屁股，要把万花筒递给刘建国。他那无邪的姿态，令他想起张依婷在林场倾着身子拉小提琴的情景，而他天真的脸蛋，简直就是张依婷天使般面庞的翻版。刘建国一阵恍惚，哽咽地叫了一声"依婷"，热血上涌，他疯了似的跳进船里，扑倒小男孩。船底已无舱板，小男孩躺在沙地上，被他压得喘不过气，他哭叫着，用万花筒砸刘建国的额头，浑身滚满了沙子。此时的刘建国满心都是魔鬼，难以自持，然而未等他彻底发泄，沙滩上传来四蹄动物奔跑的声音，一条狗根本没有叫一声，昭示它的到来，旋风般跃入，咬住他后脖颈。刘建国疼得松开小男孩，瞬时从噩梦中惊醒，羞愧交加，虚汗横流。刘建国从船里跌跌撞撞爬出的时候，护卫着小主人的狗，这才冲他汪——汪——汪——怒吼三声。它昂着头，眼睛在月光下似在喷火。刘建国自知犯罪，他回到小客店，趁店主去厕所的当儿，把柜台的住宿登记本塞进行囊，连夜逃离。从此后他再来密山，总有心惊胆战的感觉，而且怕见光屁股的小男孩，所以黄娥让他带杂拌儿洗澡，他约于大卫同去。他还怕见月亮和狗，它们一个是天上的审判官，一个是地上的警察，都洞见了他的犯罪。

刘建国泡在温水池中，回忆着兴凯湖畔的那个夜晚，涕泪横流。这样的回忆像刀子、鞭子和利剑，剜他的心，抽他的肺，刺他的肝，让他五脏六腑不得安宁。他想一个犯了罪的人，是不配拥有对黄娥和杂拌儿的爱的，翁子安虽然有病，但他年轻，是一个洁净的人，黄娥由他保驾护航，一定是上苍的安排。

能够正视过去，在澡堂的温水池中一遍遍回忆那个罪恶的片段，刘建国等于给自己刮骨疗毒。从心灵世界祛除一寸黑暗，他就得了一寸光明。他终于鼓起勇气，想去寻找多年前被自己猥亵的小男孩了。三十多年过去，他在何方？成长为一个什么样的人了？那件事情对他日后的生活，有无阴影？

当年偷来的住宿登记本，早被刘建国焚毁，他甚至不记得那家客店的名字。而找到客店，寻到这个小男孩的几率才大。刘建国猜测他逃离密山后，小男孩和狗回到家里，会跟家长哭诉他经历的地狱一幕，小男孩知道他长相，也知道他来自外地，那么家长第一时间，会去渔村的各家客店，找作孽的人，店主知情的可能性也就增大了。

十一长假刚过，刘建国踏上了去往密山的路。过去的小渔村扩大规模，成了一个有千余人口的镇子。沙土路变成了水泥路，低矮的平房变成了三到五层的小楼。主路两侧是均匀排开的莲花形态的路灯，辅路也有路灯，不过是一排，而且间距远些。在刘建国的记忆中，那时的电线杆歪歪斜斜、稀稀拉拉的，电也不是长电，所以客店备有蜡烛。现在这儿已是旅游热点小镇，各类湖鲜小馆和泳装用品店林立，大城市该有的商店、酒楼、宾馆、发廊、澡堂、网吧、迪厅、台球厅、烧烤店、冷饮厅等，在这儿全能找到。而当年他投宿的客店，早已不见踪影。

刘建国选了家茅草苫顶的木屋客店住下，它看上去朴实温暖，清新可人。长假刚过，天气凉了，游客极少，能容二三十人的客店，算上刘建国，只有五个客人。店主是个三十多岁的女人，刘建国问她是本地人吗？她说是外来的，如果他想找本地人，就去镇子留下的老房子，那些坐在门口下棋和望景的老人，都是坐地户。

刘建国安顿下来，是正午时分。他吃了碗鱼汤面，换上超轻羽绒衣，先到兴凯湖边，用冰冷的湖水洗了把脸，让浩荡的湖风吹去旅途的疲惫，然后沿湖寻找当年那条废弃的船。湖上波涛滚滚，带来海一样的轰鸣声，一波波袭来的波浪，打湿了刘建国的鞋子和裤脚。最后他确定了方位，那里早不见渔船的影子，而是伫立着一个蓝白条的帆布棚，成为浴客换泳装的地方。

客店女主人说得没错，镇子的老房子前，坐着不少戴毛线帽穿毛背心的老人。有更怕冷的，甚至把棉鞋都穿上了。他们有的两两下象棋，有的独自望天。老人们耳背眼花，听不大清刘建国的话。问起当年有没有一个小男孩报警，他还带着一条狗，他们有的打岔说，啊，没听说过狗能活三十多年啊。还有的说三十多年前这里还没警察吧。更有糊涂了的，说三十多年前的妖怪不少，后来孙悟空看不下眼，飞来给打跑了，可听说今年又冒了出来，在湖上作妖，弄翻了一条船呢，想抓童男童女给玉皇大帝献祭，令刘建国哭笑不得。最后总算有个卖瓜的老女人告诉他，老武头有个侄子，小时在湖边受过刺激，成了个只会打鱼的怪人，你去找老武头问问。

刘建国一路打听，在一幢老宅门前，见到了耳聪目明、思维清晰的老武头。他穿一套满是油污的灰色运动秋衣，外罩羽绒背心，弓着背，举着半导体，坐在一棵山丁子树下收听广播，那一树的红果子引得鸟儿在半空盘旋。他听刘建国打听一九八三年夏的兴凯湖岸，有没有一个小男孩受到外来人欺负，立马关掉半导体，问刘建国哪儿来的？他说自己的侄子武鸣，一九八三年夏在湖上的一条破船玩耍，回来后就不再跟成年男人说话。刘建国问他那天是不是带着万花筒，还领着一条狗？老武头立马把半导体放在地上，拍拍腿站起来说，就是啊，你咋知道得这么详细？刘建国说他的一个朋友去世了，死前把三十多年前做的一件后悔事说与他，让他代为偿还。刘建国说完这话，立刻把自己给吓着了：却原来自己始终不愿正视罪过，赎罪也要找一个虚拟的替罪羊，他是多么的卑污啊。老武头听刘建国这样说，激动得快落泪了，说难怪今早喜鹊叫呢。他把刘建国让进屋子，烧水沏茶，说一会儿就带他去武鸣家。

老武头说那时他和哥哥住一个院子，清楚地记得那晚武鸣从湖畔归来，头发乱糟糟，脸上是泪痕，背心破了，满身滚满沙子，从此后这孩子见着成年男人，就像见着吃人的狼，赶紧溜掉，哪怕看见他亲爸和他这个当叔的，他也恐惧。家人问他咋了，遇见哪路坏蛋了，他只是呜呜哭。他呜呜哭，狗就呜呜叫。老武头提起往事，依然唏嘘不已，他问刘建国的朋友当年咋对他侄子了？刘建国嗓子干痒，咳了两声，难以启齿。老武头递上茶，说不逼他说。刘建国喝茶时，感觉火苗在喉咙燃烧，他小心翼翼地问老武头，武鸣现在过得咋样？老武头揉了下眼睛，说能咋样啊，大夫说他脑子不正常，他上学不敢见男老师，只听女老师的课，年年留级，小学毕业就不念书了。他孤僻，文化不高，跟着他爸去湖上打鱼，是个逮鱼的好手。到了结婚年龄，好的姑娘都相不中他，最后家里给他找了个心灵手巧的哑巴，想着女的不能说话，他也不爱说话，正好一对。谁知结婚后他不和媳妇睡，哑巴天天哭，最后离婚了。哑巴后来嫁了个二婚头，那男人出来说，自己捡了个大便宜，哑巴还是黄花闺女呢。老武头说侄子活活把他爹给气死了，而他妈也不愿看武鸣这样，跟着另一个儿子过，早离开这里了，武鸣在这儿，就剩他一个亲人了。武鸣独居湖边，一年四季打鱼，春夏侍弄个菜园，赚的钱也够用的。他喜欢养狗，给四条狗送过终了。如今这条狗也老眼昏花了，原先跟着武鸣上船打鱼，今春开始只能趴在门口打盹，老武头估计武鸣要给第五条狗送终了。武鸣把死去的狗，都葬在湖边草滩，过年时人们给死去的亲人上坟，武鸣除了去他爹的坟上烧纸，还带着烧鸡烤鸭，去湖边草滩葬狗的地方，给它们上供。他前脚走，后脚那吃的就没影了，要么被人捡了吃了，要么被乌鸦或是黄鼠狼给弄走了。武鸣第二天去看鸡鸭没了，还感动落泪，说不光人有另一世，狗也有另一世啊，你说可笑不可笑？

武鸣住在镇子最西头的一座低矮的黄泥棚屋，棚屋后身是两幢三层的红砖居民楼。武鸣将棚屋外的空场，一半做了院子，一半做了菜。菜地只剩几棵矮矮趴趴的大白菜，豆角架和黄瓜架还没拔，上面挂着的叶子，全是被霜蹂躏过的，没一片精神的了。棚屋三面用木栅栏围起，通往沙滩的一面则是敞开的，所以外人能直接进院。西侧的栅栏上晒着两片渔网，散发着淡淡的咸腥气。一条毛色黯淡的黄狗趴在门口打盹，它见老者进来，有气无力地哼了一声，耸了耸身，想站起来，但因气力不支，放弃努力了。

棚屋进门就是灶房，武鸣穿灰色套头毛衣，黑裤子，坐在木椅上，膝上放着笸箩，挑着黄豆里的沙子。他见着叔叔和刘建国，腿抖了一下，差点弄翻筐箩。他的脸瘦削，粗黑，浓眉下的眼睛满是迷茫。与年龄不符的是，他头发白了多半。老武头提醒过刘建国，不要靠近武鸣，说是但凡男人跟他说话，得离他两三米远，所以他打的鱼，基本都卖给了开鱼馆的女人。男人们靠近他的渔船，不啻靠近鱼雷艇，会遭到他火药味十足的对峙。

老武头说："武鸣不怕，老叔在呢，这个叔叔从哈尔滨来，三十多年前他的朋友让你受了冤屈，他代朋友看你来了。"

武鸣的目光冷森森如刀剑的寒光，在舅舅和刘建国之间交替转换，令刘建国战栗。最后他把目光定格在刘建国身上，从筐箩的黄豆中取出一粒沙子，先用嘴舔舔一下，然后扬起胳膊，撇向刘建国。那粒沙子太小了，一出手就落地了。武鸣起身把筐箩放在灶台上，绕过舅舅和刘建国，到院子收渔网去了。

刘建国在小镇待了两天，四处打听房价。他发现这儿的房子很便宜，五六万就能买一套两居室。他打算回哈尔滨收拾一下东西，将房子出租，到这儿买套房子，用余生陪伴武鸣。

刘建国一回到哈尔滨，就把房屋出租信息挂在网上，他没想到被妹妹第一时间看到了。刘骄华打电话问他为啥出租房子，是最近政府打击黑救护车，影响到他的营生，手头紧了吗？刘骄华告诉二哥，她本想赶走黄娥母子的，但翁子安按照高于出租市场一倍的价格，把黄娥这几年的房租，一次性付给她了，她就不好意思撵她了。刘骄华说自己大赚一笔，这钱原本想给儿子买台车的，因为儿子说过，如今有房无车的，谈恋爱就少了一翼，两翼齐飞，成功概率才高。刘骄华说如果二哥需要，这钱他先拿去用。刘建国说与钱完全无关，他手头也有积蓄。刘骄华问那是为啥？刘建国说他刚从密山回来，看上了兴凯湖边的一个小镇，风景和环境都好，交通也便利，而且房子便宜，所以想买套房，在那儿养老。刘骄华一听急了，说你不能因为黄娥有了人，就对生活失去信心吧？没了黄娥，还有绿娥蓝娥呢，我就不信找不着！刘骄华表示，如果二哥一定要出租房子，就租给她，这样他都不用打点东西，把家撂给她就是，保证他家不失一件物品，屋子收拾得窗明几净。刘建国说你家那么大，还租房干啥，跟老李闹别扭了？刘骄华说没有，她只想过过一个人的日子，怀念一下青春时光。刘建国说那我就不对外租了，你来住就是了。不过你要给我租金的话，我就不认你这个妹妹了。

刘骄华电话那头，半是委屈半是撒娇地说："大哥没了，我可就你这一个亲哥了。"

"我也就你这一个亲妹了。"刘建国说完，脑海浮现许多童年往事。家中就刘骄华一个女孩，本应她最受宠，可父母似乎对刘建国更偏心一些。比如餐桌上有了一碗熘肉段或是一盘煎带鱼，刘鼎初总是先夹给刘建国。男孩子过年最爱放鞭炮，谁占有的鞭炮多，谁的地位就显赫似的。刘鼎初买了鞭炮，总把五百响的分给刘建国，二百响的给刘光复。那时布匹凭票供应，一般人家给孩子做新衣裳，可着老大，老二一般穿老大穿过的，在缝纫机上把它翻新就是。可刘建国的母亲给孩子做新衣时，刘建国穿簇新的，刘光复捡弟弟穿过的。刘光复个头比弟弟高，母亲翻新刘建国的衣裳给他穿的时候，就得用碎布头，给衣服的下摆和袖口接上一圈，刘光复穿这样的衣裳遭到过同学的耻笑，说他穿着"布拉吉"。

刘建国想大哥去世后，自己对妹妹关心不够，所以放下电话后，又给她打过去，约她晚上一起吃饭，聊聊天，刘骄华很高兴地答应了。刘建国问她想吃啥？刘骄华说天凉了，屋子还没来暖气，餐馆也冷飕飕的，就吃火锅吧！

两个无须工作的人，其他的事情掌控不了，但对时间的支配，却是牢牢在握，所以下午五点，他们就聚在果戈里大街的一家火锅店了。这家店不大，只有七张桌子，铜炉炭火锅是它的招牌，内蒙古羔羊肉和鸭血是它的特色涮品，所以生意不错。

兄妹俩见面，都吃了一惊。刘建国不知妹妹咋了，瘦得像根枯草，脸色暗淡，眼窝发青，头发只剩薄薄一绺。而且她化了浓妆，把本来好看的弯弯的柳叶眉，描得又粗又黑，像是两截炭条，口红涂得不匀，右唇角多了几笔，好像烂嘴丫了，指甲涂成紫色。在穿着上，她也一改往日的素朴大方之风，穿紫毛衣，黄色风衣，戴绿花围巾，足蹬一双白色厚底亮光运动靴，看上去像演滑稽戏的女主。而刘骄华则惊讶于哥哥瘦了一大圈，脸色灰青，胡子拉碴，眼睛布满血丝，嘴唇爆皮，好像沾着几片鱼鳞，手指甲多日未剪，从鸡心领毛衣伸出的蛋青色衬衫领口，满是油泥，兄妹俩互望一眼，各自后退半步，都感觉遇见了鬼，刘骄华说："二哥，不管咋的，得对自己好呀。"刘建国说："骄华，你打扮成这样，二哥要被你吓出心脏病啊。"

他们点的是鸳鸯锅，半面清汤，半面麻辣汤底。羔羊肉、肥牛、百叶、鸭血、酸菜、粉条、白菜、冻豆腐，是兄妹俩涮锅最爱点的。此外，刘骄华叫了一瓶五十八度的烧酒。说是喝了烧酒，身上暖和不说，世上也没烦恼事了。

果戈里大街在晚上五六点钟，是霓虹灯和车灯的海洋，它也是哈尔滨最爱塞车的主干路之一。但不管外面如何拥堵，兄妹俩却在多数人疲于奔命的时刻，成为喧嚣都市的局外人，开始推杯换盏了。炭火和热气蒸腾，高热量的食物和酒让人愉悦和放松，刘骄华连干三杯，很快喝高了，她舌头发硬，吐字不清，一会儿抱怨大嫂冷血，七月十五时都没回哈尔滨给大哥上个坟；一会儿抱怨黄娥是个忘恩负义的人，不值得可怜；一会儿抱怨谢楚薇霸占了杂拌儿，本来她想让二哥收留他，老来有个依靠的；一会儿抱怨老李，只知道研究死了千百年的人，不关心活生生的家人；一会儿又抱怨天为啥黑得这么早，她又不需要睡眠。她还把筷子当桨来使，在火锅汤底划来划去，哼唱："让我们荡起双桨——"最后她癫狂到咬自己的手指头，那染成紫色的指甲，被她想象成蓝莓，说她变成植物了，手指头都能结果子了，以后不需要退休金了，自给自足，想吃啥就让它们结啥。刘骄华醉话连篇，邻座食客听她胡言乱语，频频张望，哧哧地笑。

那瓶一斤装的烧酒，刘骄华喝了大约半斤，刘建国喝了二三两。他怕刘骄华要喝个底朝天，连忙把剩下的酒倒进锅底，结账，叫了网约车，搀扶刘骄华走出餐馆，送她回去。

到了妹妹家，刘建国先按了门铃，无人应答，看来老李不在家，他便从妹妹包里掏出钥匙开门。他不知老李和妹妹分居着，把她扶到老李睡的大床上，刘骄华嘟囔二哥太坏，把她往火坑扔，挣扎爬起，摇摇晃晃去了另间卧室，她抱着自己的粉红色绣花枕头，叫了声"亲爱的"，倒头便睡。刘建国叹了口气，从冰箱取出一瓶矿泉水放在床头，想她醒来口渴的话，能随时拿到水，然后到阳台给老李打电话，说妹妹喝醉了，他刚把她送回来，请他早点回家照看一下。老李客客气气地说："二哥，我马上回去。"刘建国说："她以前不喝酒的，现在咋变成这样了？"老李含糊地说："可能更年期没过好，还可能没适应好退休生活吧。"总之绝口未说他们感情出现裂痕，刘建国对老李的话半信半疑，放下电话，想着等老李回来，跟他谈谈。

刘建国无所事事，坐在阳台刷微信，忽然间看到一则演出信息，是欧洲某个室内乐团的演出。在乐团成员介绍栏中，他看见了一张似曾相识的脸，她是这个乐团的小提琴手。他把照片一点点放大，心脏加速了跳动，这不是张依婷吗，尽管她照片下标注的是个洋名字。刘建国看着她，仿佛第一次牵着她的手，在林中漫步一样，激动不已。浮现在手机屏幕的她，穿着深蓝色丝绒长裙，气质优雅，一头银发。尽管她化了妆，但眼角和脸颊依然有细小的皱纹，像岁月之河的波痕在闪烁。她那小巧的鼻子和嘴唇，那双似乎会说话的眼睛，曾在刘建国心底，搅起多少爱的涟漪啊。刘建国看了一下演出时间，原来这个乐团已在哈尔滨演出两场，今天是最后一场，晚七点开始，九点一刻结束。他看了下时间，音乐会正在中场休息时刻。刘建国赶紧下楼，打车，奔向群力新区的音乐厅。

自从刘建国判定铜锤会遗传其家族热爱音乐的基因，铜锤很可能成为一个音乐从业者或音乐爱好者，刘建国自上世纪九十年代初开始，就频频出入剧场和音乐厅，把它们作为寻找铜锤的有利据点。那时哈尔滨音乐场馆不多，乐团演出大抵安排在大直街与红军街相交的北方剧场，或是青年宫和哈尔滨歌剧院的紫丁香音乐厅。直到九十年代，市政府将位于买卖街的会议室改造成音乐厅，哈尔滨人才拥有了欣赏音乐的专业场馆。随着城市建设步伐加快，到了新世纪，群力新区的音乐厅，和松北区的大剧院相继竣工，投入使用。

刘建国喜欢群力这座采用"浮游冰晶"设计理念的音乐厅，它晶莹剔透，尤其是夜晚，被蓝色地灯映衬得格外璀璨，是城市的一颗音乐钻石。而音乐厅外环绕的水池，是为主体建筑镶嵌的水流苏，成为人们散步的好去处。刘建国记得，黄娥带杂拌儿来看过一场免费的音乐公开课，她跟刘建国说这建筑并不出奇，不就是块冰排嘛，广场上那些指挥棒形状的路灯，也不讨喜，像叫花子的打狗棒，而那一块块水池，她说要是在七码头，小孩子非得把它当成小便池不可。最让黄娥不解的是音乐厅内垂吊的磨砂玻璃吊片 LED 灯，她说乍一进去吓一跳，以为挂的是灵幡，要办丧事似的。而刘建国却无比喜欢那些磨砂玻璃吊片，它们像一封封飞向不同窗口的信。

　　车流高峰期已过，如果不出意外，半小时内将抵达群力音乐厅，刘建国想这样的话，赶得上欣赏最后一首乐曲。可是车刚下安发桥，出租车司机接到家中电话，说他母亲突然昏倒在厕所，已叫120急救，准备就近送火车站对面的一大四院，请他立刻赶往那里的急诊急救中心。司机赶紧把车停在路边，对刘建国说："大哥，真对不住，我媳妇来电话，我妈昏倒了，我得赶紧去医院，这趟活我不能拉了，这段车程我不收你钱，你下去再打辆车吧。"刘建国只好下车。可他下车后走到出租车能停靠的站点，足足花了十分钟，而那儿有三个也等着打车的。刘建国跟其中排在他前面的、一个看上去厚道的女人说，老妹，一会儿能不能让我先打车？我要去群力音乐厅，去晚了演出该结束了。谁知那女的梗着脖子，朝地上吐了一口痰，快人快语地说："大哥，我女儿在舞蹈班学习快结束了，我要是不及早接着她，万一被坏蛋劫走，你赔我女儿呀？再说瞅你穿成这样，也不是个有钱有势的主，身上一股涮锅子的味儿，你有那钱，撸个串儿，喝两瓶啤酒，去音乐厅装啥高雅人呀。"她的话让刘建国无地自容。是啊，他和张依婷虽然同在一个星球，可早已是两个轨道的人了。她光彩照人地站在舞台的时刻，又怎能想到台下坐着她曾牵手漫步的人呢？刘建国怔了半晌才缓过神来，先前奚落他的女人已打车走了，他本想步行回家，可是当一辆出租车远远驶来，他还是忍不住招了手。那蓬灯醒目的空车标记，就像岁月之河闪亮的浮标，他想哪怕它牵制自己下沉和坠落，也要往深渊里跳一回。刘建国打开车门时，哆哆嗦嗦的。司机问他去哪儿？他颤声说去群力音乐厅。司机以为他冻着了，说您这么大岁数的人，这季节可得多穿点！

出租车停在音乐厅广场前的马路边，刘建国下车时，觉得腿无比地沉。他踉踉跄跄奔向剧场时，观众却从里面潮涌而出，演出结束了。看节目单，最后一曲是海顿D大调弦乐四重奏《云雀》的第一乐章，当年张依婷曾在知青联欢会上，在露天舞台拉过这首曲子。刘建国记得那是盛夏时节，她的琴声引来森林中鸟儿的和鸣，所以知青们说张依婷的小提琴里藏着一群鸟，只要她拉动弓弦，鸟儿得到信号，就放声歌唱了。刘建国呆呆站在一根被黄娥戏称为打狗棒的灯柱下，看着观众从他身边相向而过，他明白命运已经无声地把他驱逐出爱的领地，即便他难忘旧情，但他的时光片羽里，再无暖丽之色了。什么叫咫尺天涯？刘建国此刻领会了它的含义。他是一个游荡在冷风中的落魄者，而张依婷是傲立舞台、享受鲜花和掌声的成功者。他知道演出结束后，张依婷会从贵宾通道离开，由专车护送到酒店，一场必不可少的谢幕晚宴会等着她。

观众散尽，音乐厅大门关上，广场空荡荡的了，可刘建国不想回家，他一路向北，穿过友谊西路，走上外滩音乐公园的钟楼广场，步上塑胶跑道，朝阳明滩大桥方向走去。先前蝴蝶形的路灯还亮着，可是十点一过，它们就熄灭了。那一根根铸铁的黑色灯柱，看上去格外肃穆。刘建国并不觉得黑暗，因为阳明滩大桥灯火彻夜不熄，它们像撒在大地的星星，映照着脚下的路。被绿色灯饰点缀着的主塔恍若琉璃宫，塔顶的宝瓶熠熠生辉。就在半年前，他和翁子安在阳明滩大桥捡到一只雀鹰，它在榆樱院陪伴黄娥母子几个月后，死在塑胶泥淖中。刘建国不知雀鹰当时被粘在哪一段跑道上，暗夜中的塑胶跑道呈现绛紫色，平平展展的，看不到修复的痕迹。他也不知黄娥把它埋在哪一棵梨树下了，不然去那儿跟它说说话。

深秋的树叶多已脱落，还挂在树上的，就像缝纫得不结实的纽扣，摇摇欲坠。一阵疾风吹起，牵着它们的最后的线，终于绷断了，树叶哗啦哗啦落了。

第五章

初冬的哈尔滨往往躲不过雾霾天。每年十月二十号，是法定开栓供暖的日子，分布在城区的一座座锅炉，就像一辆辆坦克，进入备战状态，只等号令，对冬天的战役就打响了。它们一旦运转起来，燃煤就是未来五个月的主旋律。虽然政府近年逐渐进行供暖改造，淘汰小锅炉，使用清洁煤，对高排放车辆实施管控，有效遏制城乡接合部和建筑工地的扬尘现象，但冬季的空气质量，还是劣于夏季。各热站点高高低低的烟囱，满腔忧愤地排烟，烟尘凝聚成一顶愤怒的帽子，扣在城市上空。如果赶上气压低，煤烟扩散不畅，这顶帽子便挥之不去。而燃煤并不是空气欠佳的唯一诱因，黑龙江是农业大省，秋收后农民露天焚烧秸秆，作为肥料还田，产生大量烟尘，也是入冬空气变差的一大原因。如何有效利用秸秆，也成了政府部门关注的问题。一到此时，商场和药房的口罩，家电市场的空气净化器，销量暴涨。所以于大卫跟刘建国说过，在不该是温暖的季节要温暖，是有代价的。

自从翁子安租住榆樱院，谢楚薇以对杂拌儿成长不利为由，把他接到自己家，而先前愿意留在妈妈身边的杂拌儿，接受不了一个爸爸式的人物现身，情愿来谢楚薇家了。杂拌儿的长居，让谢楚薇无比愉悦。她每天驾车接他上下学，周末带他去音乐辅导班练习小号。而她为家庭的采买，莫不以杂拌儿的需求和喜好为主。杂拌儿爱吃的锅包肉和地三鲜，三天两头出现在餐桌；杂拌儿爱看的动画片的碟片，堆叠在客厅的家庭影院设备旁。以前谢楚薇和于大卫爱一起守着谢普莲娜留下的老式唱机，放上一张黑胶唱片，静静欣赏，因为杂拌儿不喜欢，谢楚薇让于大卫把唱机搬到他的卧室，悄悄地听，不能扰着杂拌儿。雾霾天袭来的时候，谢楚薇高度戒备，说小孩子的肺最不能受侵蚀，她买来各种抗雾霾口罩不说，在饮食上也以清肺食物为主，恨不能顿顿食用微信疯转的那些抗雾霾食品。她还买了多盆绿萝，在房间四处摆放，说它们能增加空气的新鲜度。谢楚薇对杂拌儿母爱爆棚，于大卫不让刘建国再找铜锤了，她知晓后并不细究缘由，在谢楚薇看来，放弃寻找铜锤，她才会全身心拥抱杂拌儿。她已把他当成了私有财产，杂拌儿一回榆樱院，她就格外焦虑，一遍遍打电话催他早回。她还去咨询律师，打算跟黄娥摊牌，把杂拌儿的抚养权，尽早争取过来。

　　于大卫每年都会在初雪时走出家门。哈尔滨的初雪一般在十一月，但有时赶上极端天气，十月下旬就飘雪了。十月的雪总是和雨纠缠在一起，通常是先下雨，下着下着画风就变了，雨丝仿佛生了银珠子，雪花绽开，漫空飘舞。只要雪一来，空气就转好了。于大卫说雨是下时有声，落地无痕；雪是下时无声，落地留痕。初雪通常边下边化，也就是说，它在空中还有筋有骨的模样，一落地便骨肉离散，化为大地的泪痕。但有时它背后的乌云过强，初雪形成了气势，雪就站住脚了。落在道路上的雪最薄命，会被车辆行人践踏得失了魂魄，化成黑黢黢的皮鞋油似的雪泥。而落在屋顶和树上的雪命最好，可以保持本色。初雪带来的树挂，是入冬奇观，摄影爱好者纷纷走出家门，拍摄绮丽多姿的树挂。落了雪的树，仿佛是得到了上天的重赏，挂满了珍珠和银锭。

于大卫眼中的哈尔滨最迷人之处，就是各城区的老建筑。它们是散了页的建筑史书，每一页都是辉煌。所以每逢初雪的日子，于大卫都会出去拍摄雪光中的老建筑。

刘建国去音乐活动场所寻找铜锤，于大卫从不阻拦。他想即便找不到孩子，刘建国因之爱上音乐，也会为他暗淡的生活，增添一抹亮色。他想如果铜锤是他亲生的，除了遗传他对音乐的热爱，还应有对建筑的迷恋。所以多年来于大卫流连于老建筑，嘴上不说，心底也是渴望遇见铜锤。如果儿子成长为一名建筑师，来这些地方的几率就高。

于大卫与刘建国进音乐厅一样，在老建筑旁遇见与铜锤年龄相仿的男子，总要仔细打量，上前搭讪，跟查户口似的，他也因此遭了不少白眼。

最让于大卫怦然心动的遇见，发生在七年前，它也因此改变了于大卫的镜头语言。那是盛夏时节，于大卫在红军街散步，看见一个年轻人手拿速写本，站在荷兰领事馆旧址前，素描这座建筑。他高高的个子，发丝微卷，鼻梁高耸，眼睛呈现着混血特征，穿黑T恤，卡其色休闲长裤，背灰色双肩包。于大卫过去跟他打招呼，发现他汉语说得不错。于大卫主动介绍，说这是旧时的契斯恰科夫茶庄，你知道设计师是谁吗？年轻人摇摇头。于大卫说那你知道贝聿铭吗？年轻人点点头。于大卫说你知道贝聿铭，就该知道日丹诺夫。他说这位俄国人，是哈尔滨开埠后最伟大的建筑师，目前遗留下来的许多精美绝伦的老建筑，都是他参与设计的。于大卫也不管对方是否乐意，执意要带他去看日丹诺夫的其他作品，说就近可去东北烈士纪念馆。年轻人"哦"了一声，翻动速写本的前一页，于大卫一看，他已参观过，只是他选取的是局部素描，入画的是六根科林斯柱托举的山花，连屋顶也没有。于大卫以为他不知道这建筑的来由，赶紧介绍说日丹诺夫最初的设计是东省特别区图书馆，后来日本侵略东北，这里成了残害爱国仁人志士的魔窟。年轻人点点头，说他已经看过相关资料了。于大卫说那就去下一站，从这儿到果戈里大街的省外办，步行一刻钟就到了，那里也有日丹诺夫的作品。年轻人客气地婉拒，说他有自己的路线图。于大卫注意到，他素描的荷兰领事馆旧址，描绘的也是局部，只选取了哥特式尖顶。年轻人要离开时，于大卫急了，问他今年多大，父母是做什么的？年轻人疑惑地望着他，神情不悦，说哈尔滨的建筑不可以画吗？于大卫首次跟陌生人道出实情，说他多年前丢失了儿子，所以请原谅他的不礼貌。年轻人友善笑笑，说他来自伊尔库茨克，父亲是俄罗斯人，母亲是哈尔滨人。他们一家都与哈尔滨有关联，父亲在哈尔滨留学时认识的母亲，而祖父在上世纪三十年代的哈尔滨，做过一家艺术学校的美术老师。祖父遗留的哈尔滨老照片，有许多漂亮的建筑，所以他大学毕业来此寻访，想把照片中幸存的建筑都画一遍。年轻人同情于大卫，说出自己家世，让他打消幻想，然后收起速写本，去斜对面的英国领事馆旧址了。于大卫望着年轻人的背影，四肢僵直。他觉得整个身体的重心在向大地倾斜，他矮了一大截，深切感受到自己的衰老。那些老建筑是他寻亲的站台，可他不知道终点在哪儿，茫然不知所向。

自从相遇那个中俄混血的年轻人，于大卫再拍老建筑时，也尝试选取局部。他发现纵览总体再聚焦局部时，能找到一座建筑的心脏在哪儿。中央大街的教育书店，旧时是松浦央行，典型的巴洛克风格建筑，他拍过不同季节的它的多角度整体风貌。但当他把镜头对准二层的大理石人像柱时，那托举着半圆形阳台的一男一女的人像柱，却像两个苦役犯出现在镜头中，满面凄苦和悲凉，令人心碎。而之前他拍整幢楼时，人像柱给人的感觉姿态典雅，神态安详，尤其是女人的双乳和男人的大胡子，曾让他联想到生命的明月和彩云。而只有人像柱的画面，却是哀伤弥漫，辛酸难言。他们因负重而低垂着头，永无看对方一眼的可能。他们中间隔着一扇永恒的窗，也绝无牵手时刻。于大卫完全抛开了建筑理念，他甚至想，在洋行的外墙矗立这样的人像柱，是在告诫世人，谁做金钱的奴隶，谁就没有抬头之日。

于大卫自此开始迷恋拍摄老建筑的局部，比如秋林公司的橄榄顶，他把它拍出了铜钟的感觉；马道台府只取圆柱形古堡顶的小半面入镜，使它看上去像一枚要升空的火箭，朝向星空，充满了童话意味。有时于大卫不知该把画面定格在哪里时，飞鸟会来帮忙。比如他拍那座清新可人的江上俱乐部，正为是取它的圆券窗还是坡屋顶而踌躇呢，一双燕子飞来，落在外飘式游廊上，于大卫立刻把镜头转向它们。这样的游廊和燕子，就像一首自然流淌的田园诗，恰当地诠释了这座建筑的灵魂。而他拍民益街的一处砖混结构、建造年代不详的老楼时，发现门楼的雨搭上，竟有一丛自然生长的绿植。那斑驳沧桑的门楼，生机勃勃的绿植，穿越时空，互为照耀。

最不适宜从局部看整体建筑风格的老建筑，就是道外中华巴洛克建筑，所以于大卫拍摄它们，要打量再三，才能把中西合璧的元素，收入镜头。而他对这类建筑最满意的拍摄是在榆樱院，将同一空间的西式拱形窗，和它上方的中式葡萄蝙蝠图案的木浮雕，多角度诠释，让人直观感受到两种艺术碰撞的气度，以及雍容的融合之美。当这样的照片积累到一定程度时，于大卫有了做画册的想法，他只想做一册，给一个人看，就是铜锤。所以他每拍一幅照片，感觉自己离铜锤近了一步。

今年政府加大了对露天焚烧秸秆的处罚力度，所以初冬的几个雾霾天很快过去，雪适时而来，空气立刻清新了。

于大卫在初雪的午后拍老建筑时，刘建国来电问他在哪？于大卫说在红霞街和高谊街的交叉口，拍红霞幼儿园旧址。这座古堡式老建筑，此时就像童话王国，院子的雪地落着一群麻雀，要不过来一起欣赏？刘建国太熟悉这座建筑了，它有百年历史了，据说是美国富商所建，几易其主，历经风云，刘骄华就在这儿上的幼儿园，刘建国和哥哥来此接过妹妹的。但此刻的他没心情欣赏建筑，刘建国说有事和于大卫商量，问他今晚有空吗？于大卫说拍完照片，估计五点来钟，就在他家南岗灯饰城旁边的饺子馆见，边喝烧酒边聊怎样？刘建国说好的。

刘建国从未这么郑重其事约过他，于大卫放下电话，心里直犯嘀咕，他究竟要跟自己商量什么事呢？

于大卫现在想起刘建国，更多的是同情和怜惜，他之所以让刘建国放弃寻找铜锤，是因为刘光复病危时将他约到家中，把刘建国的真实身世告诉他。于大卫觉得刘建国太不幸了，答应了刘光复的请求，不让他再寻铜锤，给他一个安定的晚年生活。

刘光复告诉于大卫，刘建国并不是自己的亲弟弟，而是日本遗孤。这个秘密除了父母和他，外人不晓，刘骄华也不知，所以请于大卫不要跟任何人说。

刘光复说他童年的时候，父亲时常出差开各类学术会议。他五岁的那年冬天，父亲从佳木斯开会归来，棉大衣里竟裹着一个婴儿！刘光复说他依然记得，父亲把孩子从怀中捧出，撂到床上的时候，捡了宝贝似的神采飞扬，而那个肉球似的小家伙，攥着拳头，睁着无邪的眼睛，咿呀叫着，一点也不眼生，对着他们一家人咯咯笑。刘光复说那时家里没有电话，父亲事先也没打个电报通告母亲要带个孩子回来，所以母亲也惊得直叫。

刘光复说父亲与会期间，跟一个朋友闲聊，得知有个婴儿，最近因父母亡故成了孤儿，可因他是日本人的后代，无人愿意收养，如今在他乡下的亲戚家代养着，他们正四处为他找人家。刘鼎初好奇，问这孩子的父母，怎么年纪轻轻的都死了？朋友告诉他，婴儿的母亲当年是关东军的随军护士，日本战败时，军队撤退，因遣返人数多，船只吃紧，很多女兵只得留下。但她们命运不好，苏联将她们作为战俘，赶往西伯利亚做苦役。而在被遣送到西伯利亚的战俘队伍中，除了士兵，还有日本开拓团成员。他们途中听说到了苏联，会受非人折磨，所以非常抵触，尤其是女人，担心自己沦为性奴，就有黑夜时趁苏军防御空虚，在出边境线前逃跑的。刘建国的父母，就是逃跑的战俘。他们逃出五人，有两人途中饿死，一人病死，只有刘建国的父母成为幸存者。他们相依为命，最终在佳木斯下面的一个屯子落脚，而那是刘建国父亲当开拓团成员时，曾待过的地方。日本战败时，开拓团的团长勒令所有成员殉国，有不从的，团长就把他们杀死。刘建国的父亲不想死，拼命逃了出来，但最后还是落在苏军手里。他二度出逃有个浪漫结局，与刘建国的母亲结为连理，享受了人世难得的温暖。因为日本女人懂些医术，所以屯子里的人，生了头疼脑热的病，都找她去看，他们还把种植的蔬菜和粮食送给他们。然而好景不长，一九四九年秋天，日本女人生下孩子不久，因病死去。刘建国的父亲失去爱妻，面对着一个嗷嗷待哺的婴儿，不知该如何生活下去，他抱着孩子走东家串西家，求那些在哺乳期的妇女，给儿子几口奶吃，所以刘建国来刘鼎初家之前，是吃百家奶的。刘建国的母亲去世不到半年，他父亲参加屯里一户人家的婚礼，因为喝多了酒，去水井挑水时，站立不稳，失足跌进深井。人们把他捞上来时，人已凉透了。刘鼎初听了这孩子的遭遇后，唏嘘不已，说他虽然有个儿子，但不妨再收养一个。刘鼎初的朋友大喜过望，问他是不是先跟妻子商量一下？刘鼎初说妻子心地善良，绝无问题。这样会议一结束，刘鼎初就跟朋友去乡下，把婴儿抱上，带到哈尔滨。因为孩子是四九年生人，他们给他取名为建国。新中国户籍制度确立后，在人口登记时，刘建国也就顺理成章成了刘鼎初夫妇的次子，所以没谁知道刘建国不是刘鼎初的亲生孩子。

但刘光复那时已懂事，他从小就知道这个弟弟是外来的，所以父母宠溺刘建国时，他还嫉妒。刘鼎初挨批斗时，自知命运多舛，把刘光复叫到身边，嘱咐他无论何时，都要把建国当亲弟弟看待，而且绝不能把弟弟的身世，告诉他本人，免得他会因他的血缘，而有罪恶感，刘鼎初说生命本身是无罪的。

于大卫听完刘光复的讲述后，对刘鼎初夫妇和刘光复肃然起敬，他也因此让刘建国放弃对铜锤的寻找。但刘光复去世后，于大卫还是起了怀疑：刘光复会不会是为了让他放过弟弟，而虚构了一个故事呢？为此于大卫托人从刘鼎初夫妇生前在医院留下的就诊记录中，查到他们血型，对比刘建国的，判定他们不该生有刘建国这种血型的孩子。于大卫确认完后，为怀疑刘光复而万分羞愧，悄悄给他上了次坟。

天刚擦黑于大卫就到饺子馆了，所以刘建国到时，他已把下酒菜和饺子点好了。醋泡木耳、五香豆干、红油百叶和炝土豆丝四个凉盘已上桌，饺子他点的是牛肉大葱和鲜虾韭菜馅的。刘建国面目整洁，穿黑色皮夹克，藏蓝色西裤，戴灰毡帽，拎一个简易文件袋。于大卫久不见他，发现他瘦了，神色忧郁，但气质脱俗。于大卫调侃他，说如果再拎一手杖，他就是白俄老贵族了。刘建国说那你请我吃饭，起码也得用银器皿，于大卫高叫一声，做你的黄粱美梦吧！刘建国笑笑，摘了帽子，脱下夹克。于大卫见刘建国搭配西裤的，是件蓝灰色立领格子羊绒上装，古典又现代，入时而得体，他如此穿着，于大卫以为饭后刘建国要去音乐厅，所以问他今晚去哪儿看演出，几点开始，这样他好掌握时间。刘建国摇摇头说，他以后不进音乐厅了，于大卫非常意外，说那你穿这么正式干吗？刘建国说他想吃完饭后，跟他回家，欣赏一下谢普莲娜留下的老唱片，尤其是夏里亚宾的那张唱片，不知还能不能发音？于大卫点头说没问题，他前段还放过这张唱片，音色无损。

于大卫和刘建国叫了一瓶大米烧酒，两个人推杯换盏，聊着近况。刘建国从文件袋中取出他从旧货市场买来的父亲的译著，说他翻阅时发现，书中夹杂着三处手写的俄文批注，看来是位懂中俄两种文字的读者，随手记下的，他很想知道写的是什么？于大卫在兵团自修过俄语，大学的外语课，选修的也是俄语，他把刘建国递来的折了页的批注，仔细看了，抹了一把脸，苦笑一声，告诉他这三处批注是：把性描写翻译得这么赤裸裸，说明译者灵魂卑污；宣扬主人公这个旧贵族对奴隶的美德，难道译者想为剥削阶级翻案吗；丈夫上前线了，妻子在家和人胡搞，这样的小说怎么会被翻译过来，译者的思想很有问题！于大卫译完再次苦笑，刘建国也苦笑一声，说他原以为是表扬的话呢，没想到却是上纲上线的批评，难怪父亲在那个年代遭难，如果一个知识分子，读小说读出了这样的"弦外之音"，实在太恐怖了。于大卫说他很好奇这册书的主人是谁，万一它不是普通读者，而是他父亲当年的同事呢，那就有加害于刘鼎初的嫌疑。刘建国说去旧货市场追查旧书来历，摆摊的人会警觉，即便知道，怕惹麻烦，也不会实情相告的。他深深叹息一声，把书装回文件袋，说是下次给父母上坟时念念，他们就不惦念人间事了。

于大卫不相信刘建国约他见面，就为书页中的俄文批注，他一定另有其事。不过刘建国不说，他也就不问，而是安心吃喝。天越来越黑，客人也越来越多。新来的客人一进饺子馆，就扑打身上的雪，搓手搓耳朵，看样子外面很冷，而且雪又来了，门口的地垫被踩得湿淋淋的，米色的大理石地面满是泥脚印。于大卫见刘建国一盅接一盅喝酒，眉头紧锁，想他一定有难以启齿的事情要说，他在积蓄勇气，所以趁机卷了一支旱烟，披上大衣，到外面去抽。

于大卫站在饺子馆门口，边赏雪边抽烟。正值下班高峰期，本来路面就拥堵，落雪使得道路湿滑，愈加难行。雪花等于挥舞着无形的指挥棒，令所有车辆减速。汽车疾驰时，车灯会像流星一样划过，而雪中慢吞吞爬行的车辆的车灯，就像点点渔火，凝然不动。雪花染白了车棚，有点丧葬的气氛，仿佛行驶着的都是灵车。不过各家商户门前的霓虹灯，在雪光中却像摇曳的花朵，所以飘过霓虹灯的雪花，五彩缤纷的，又像在散发喜报。

于大卫抽完烟回到饺子馆，发现刘建国眼圈泛红，他居然独自把那瓶酒喝掉，又叫了一瓶。

于大卫说："建国，咱高兴归高兴，可不能贪杯。"

刘建国舌头发硬地说："大卫，我相中了密山的一个小镇，在兴凯湖边，我要去那过日子了。你放心，我到了那儿，也会找铜锤。我就整不明白了，你为啥突然不叫我找了，是不是你偷偷找着了？你得给我个实话啊。"

于大卫说："密山那地方冬天比哈尔滨冷多了，你夏季去风凉风凉我没意见，长住的话，一把老骨头了，扛得住冷吗？"

刘建国突然拉住于大卫的手，说："我需要一个大大的湖，洗刷自己。我的血是脏的，我要给自己换血。"

于大卫听刘建国这样说，以为他知道了自己的出身，不假思索地问："谁告诉了你的身世？"

刘建国警觉地放下酒盅，说："你有事瞒着我？"

于大卫一听他这样问，明白刘建国所说的他血液肮脏，与身世无关，赶紧转换话题，问他看了这么多年的音乐会，喜欢交响乐团的管乐还是弦乐？

刘建国镇静地说："我最喜欢那个三角铁，应该算打击乐吧，感觉像马铃铛，我都能敲出声来。"

于大卫艰涩地笑笑，说还真是啊。

刘建国其实想跟于大卫坦白，自己当年对武鸣所犯的罪，可他没料到于大卫却说他身世有疑，这让他瞬间醒了酒。他吭喝服务员早点把饺子上来，说吃完饭还有事要做。于大卫以为他要去听老唱片，说不必着急，他家又不是音乐厅，随时去随时欣赏。刘建国说今天不去了，他改主意了，于大卫问他想干吗？刘建国说吃完饺子，咱俩一起去个地方。

于大卫没想到刘建国带他来的是儿童公园。

雪越下越大，他们出了饺子馆后，沿着马家沟岸，穿过三条主街，跌跌撞撞地步行过来。少年时代他们曾在儿童公园坐过小火车，那时都没去过北京呢，所以小火车抵达虚拟的北京站时，他们曾激动得抱在一起欢呼。

公园有不少踏雪散步的人，还有孩子在路灯下堆雪人，用胡萝卜给雪人做红鼻头。刘建国把于大卫带到一处茂密的丁香丛中，四顾无人，撇掉文件袋，扔了帽子，一把揪住于大卫的脖领子，说："把你隐瞒我的事情说出来，不然打死你！"

于大卫说：“人生够悲催的了，知道那么多不痛苦吗？”

刘建国"呸"了一声，一拳打过去，于大卫四仰八叉倒在雪地上，"哎哟"叫着。他挣扎许久，艰难爬起，然而还未站稳，刘建国又一拳把他打倒，如此反复。于大卫鼻子流血了，彻底被打趴了，他绝望地哭泣着，声嘶力竭地说："你个非要下地狱的建国，你真想知道我就告诉你吧，你哥死前告诉我，你是日本遗孤，明白了吧？他妈的今晚犹太后人，让日本后人给打了！"

刘建国先前还像一头愤怒的豹子，奔腾跳跃；此刻则像坠入陷阱的猎物，威风尽失。他愣怔片刻，一记重拳把自己打晕，栽倒在雪地上。他的头颅像燃烧的火球，把雪地烫出一汪泉。

雪花是冬天的脂粉，专为打扮城市而来的。因为十一月初白昼的气温多半不在冰点，初雪没能站住脚，哈尔滨光鲜了一两天，脂粉便落了。但在各社交网络和媒体平台上，市民们晒出的雪景却蔚为壮观，这是一次平民摄影的狂欢，几乎无死角地把初雪的盛景呈现出来。

西伯利亚冷空气长驱入境后，哈尔滨的第二场雪终于成了强兵，驻扎下来，不像初雪时的出兵，被打得片甲不留，而这通常是十一月中下旬了。雪花驻扎之地，是无人涉足的屋顶、冰河、树林和滩地，路上的雪一律被清理掉了。

榆樱院在冬天拉开帷幕时，发生了许多故事。

老郭头轻度中风，在医院治疗半个月后，挂着拐杖回家康复，腿脚和舌头都不在以前的频道上，说话含糊不清，走路歪歪斜斜。他的子女雇了保姆前来服侍，可是每来一个，就被他气走一个。老郭头不是说这个保姆偷吃，就是指责那个保姆虐待他，再不就嫌弃她们说话动静大，吓得他心脏难受。子女们见横竖都不对他心思，明白他这是想请陈秀服侍，只好从他。而陈秀因为小米怀孕，忧心忡忡，说大秦小米有了自己的孩子后，就会把她挤走，虽然他们一再表示，会视她为亲人，可陈秀还是肝火盛，额上长痘，唇角爆皮，眼睛布满血丝，嗓子就像火药桶，出来的每句话都有杀伤力。一个本想明媒正娶、登堂入室的女人，突然被要求做这个人的保姆，陈秀心中的怨愤可想而知了。老郭头的女儿一跟她提这茬，便被她一口回绝，说就是每天给她一根金条，她也不干这下贱活儿。结果老郭头挂着拐杖，一瘸一拐地出来，不屈不挠地敲她的门，鼻涕一把泪一把地乞求她，说秀妹是菩萨，不能见死不救，如果她不答应，他就冻死在寒风中。陈秀只得开门，扶他回家，扎上围裙下厨。一顿葱花油饼和虾米菠菜汤吃下来，老郭头泪涟涟地说死了也值了，把工资卡塞给陈秀，告诉她密码，说每月四千多退休金归她，他还略有积蓄，家里开销不成问题。此外他会让子女拿赡养费，不能白白把他们养大！老郭头说他看透了，子女就等着他死，好瓜分他的房产，所以他死之前，得把钱花干净，不然死不瞑目。一个想做娘娘的人做了丫鬟，陈秀屈得慌，但她想总比闲着强，于是认了命，照顾老郭头的饮食起居，晚上顺理成章住那儿了，不然她和大秦小米在一起，小米每个怀孕反应，都是看不见的针，扎她的心。老郭头至此心情大好，第二场雪降临时，他的舌头又回到灵活的频道，走路也利落多了。

小刘胖丫入冬后生活规律大改，以往他们睡到近午方起，而现在不管晚上演出结束得多晚，次日七点，他们准会去附近早点摊吃饭，之后或去辅导班学习，或在榆樱院练功。他们的勤奋，源于在哈尔滨大剧院看了两场国外院团的歌剧演出，为之着迷，生出了想做经典歌剧二人转版的奇思妙想，觉得这一定会吸引年轻观众，抢占哈尔滨二人转市场。他们跟两个二人转谱曲老师说了想法，他们都当笑话，一个说可别糟蹋人家歌剧，一个说吃着高粱米怎么能放出洋屁，坚决地否定。小刘胖丫不信邪，心想无人支持，就自己动手改编。可当他们付诸实践的时候，发现除了乐理知识匮乏外，要想把西洋歌剧唱词，转换成二人转风格的，也没那么简单。他们为此报了音乐辅导班和写作辅导班，总觉时间不够用。胖丫陡然瘦了一圈，小刘也熬得面有菜色。

他们反复观摩经典歌剧唱碟，将三部剧作纳入改编视野：普契尼的《蝴蝶夫人》、威尔第的《弄臣》和马斯卡尼的《乡村骑士》，最终敲定《蝴蝶夫人》和《乡村骑士》作为改编重点，还是胖丫做的主。她说如果选《蝴蝶夫人》和《弄臣》，两部剧的女主人公结局都是死亡，而且一个为了负心汉自杀，一个为了浪荡子赴死，这种牺牲很愚蠢，对女性来说不公平。而《乡村骑士》里在决斗中死去的是对妻子不忠的男人，让胖丫有快感，常用这部戏敲打小刘。小刘也觉得一部剧里死个女人，另一部剧里死个男人，比较公平。但胖丫对《蝴蝶夫人》的结局不满意，说不能完全遵照剧情改编，日本女人乔乔桑，不能白白为美国军官平克尔顿自杀，得有个偿还，她构思乔乔桑和平克尔顿的孩子，变成了中国古代神话传说中的哪吒，颈戴乾坤圈，足踏风火轮，把亲爹当妖孽除掉，再把这负心汉，化成母亲乔乔桑墓前的一块顽石，再也动不了凡心。小刘取笑胖丫，谁说石头不动凡心，上有孙悟空，下有贾宝玉呢。胖丫说那就让哪吒把他点化成乔乔桑的棺椁，让他陪葬，还不了魂！

十一月中旬的一个周末，小刘接到他们驻唱的餐馆老板的电话，说今晚是婚宴包席，参加喜宴的年轻人居多，他们喜欢摇滚乐，所以特别请了两个摇滚歌手，他们就不必过来了。小刘胖丫乐不得的，他们每晚驻唱，很久未去新闻电影院看二人转了，这下有时间了。生活中他们受人摆布的时候多，很少能主宰自己，而看同行演出时，很奇怪的，他们却能找到做主子的感觉。

新闻电影院在景阳街上，这条街无论过去还是现在，都是道外区的名街，街两侧多是中华巴洛克风格的老建筑，而它却别具一格，是折中主义建筑风格的。这座米黄色的三层小楼，看上去像欧洲的某个小火车站，设计对称，中规中矩，外墙的山花和塔顶的纹饰典雅灵动，奢而不华。那两个绛红色洋葱头顶，经由雨打风吹，有锈蚀感，似乎怎么也擦不亮了。而这座建筑背后新起的楼，哪一座都高于它，使它显得更低矮了。

新闻电影院有八九十年历史了，初建为中央大戏院，后改为水都电影院，是哈尔滨最早放映有声电影的地方。老哈尔滨人对它记忆较深，刚解放的时候，电影开映前，都要先放一段关于解放战争的纪录片。"新闻电影院"的金字招牌，就像老旧的金冠，还在两个洋葱头尖顶之间闪光，但这里已不放映电影了。一二楼外墙间镶嵌的白字匾额，像一线永不消融的雪，明确昭示着它现今的用途"哈尔滨地方戏院"，成为二人转演出的专属场地。而它的一楼和地下室，部分出租，用于商业，所以在这幢楼上，能看到黑地黄字的"寄卖行"招牌，也能看到白匾黑字的"中医骨科诊所"等。窘迫与富贵，病痛与欢乐，汇聚一堂，难解难分。有人说它最早做过张学良公馆，但未得到城史研究专家的认可，但它做过旧时"道德会"分会的宣讲堂，却是无争议的，砖墙上挂着一个纪念招牌，看来劝善也曾是戏园的主调。

居住在道外的人，一般都来这里看过二人转。一些外地游客，也把它作为了解这座城市文化的一个窗口，慕名而来的不在少数。它票价亲民，现场参与感强，来的人多为图个乐，所以出了一天苦力的人，也愿意收工后买张最便宜的票，嗑着瓜子，跷着二郎腿，坐在后排欣赏一场二人转，放松一下。

天冷了，也黑得早了，小刘胖丫穿上了羽绒衣。榆樱院离新闻电影院并不远，步行一刻钟就到了。他们先去那儿买了两张票，因为便宜的票走俏，开演前往往售罄。买完票，他们去靖宇街的一家小馆子，喝芸豆大糙子粥，吃油渣酸菜包。吃完出来，不过六点来钟，演出七点半才开始，他们便挽着手逛街。

称霸道外的商铺，除了特色小吃，还有三个经营品种是强项：灯饰、陶瓷制品和貂皮服饰，所以装修买建筑材料和灯饰的，结婚买貂皮大衣的，是道外商铺最广泛的客源。貂皮贵重，利润空间大，所以出租车司机载来买貂皮的顾客，交易成功的话，商家还会给司机好处费。一进十月，各类卖貂皮制品的商铺，跟打了鸡血似的兴奋起来，使出各种招数，开始招揽顾客了。不管气象学家如何预测冬季气温的走向，他们一定要渲染我们即将迎来史上最严酷的冬天，如果不披上貂皮大衣，就有被冻伤的危险。哈尔滨姑娘出嫁，嫁妆中必不可少的就是貂皮大衣。

胖丫未能免俗，也渴望有件貂皮大衣。小刘答应过她，结婚时给她买件上好的。所以凡是路过这样的店铺，胖丫羡慕地望望，从来不进，但这次他们破例进了一家。因为店家打出的折扣是三折，一件两万多的貂皮大衣，算下来六千来块，比较划算。小刘说如果不超过五六千块，可先买一件穿着，结婚再置备上档次的。他们进了店，一对一的销售员立刻笑脸迎上，嘘寒问暖，端茶送水，好不热情。胖丫把女式貂皮大衣的价签翻检一遍，才发现这里有诈。按照她了解的市场行情，一件长款的貂皮大衣，价格在两万左右，可这里标价的大都是五六万元，三折算下来，也要破万元。胖丫一件未试，跟了他们一路的销售员见顾客要走，激将小刘，说我从没见过像你女友这么有福相的，要是唐明皇活到今朝，她就是杨贵妃，现在貂皮大衣这么便宜，快赶上白菜价了，你咋不舍得给她买件？小刘说唐明皇和杨贵妃的爱情故事太悲催了，你想让我失去她？销售员赶紧改口，说胖丫虽胖，但有气质，不拿杨贵妃比她，起码也是个当代的西施。她说有件散襟立领的貂皮大衣打特价，原价四万一，现价九千二，要不试一下？不等小刘胖丫回答，销售员拉起胖丫的手，把她拖到收银台后面的特价柜台前。胖丫一看那件黑色的貂皮大衣，毛色光亮，披毛密实，式样别致，宽松大气，不是她这种宽胯、丰胸、大腰围的人，还真撑不起呢。也就是说，它是为胖人和孕妇设计的，估计不好卖出，所以打了特价。胖丫在销售员的怂恿下，脱下羽绒衣一试，恰好合体不说，穿上它显得仪态万方的。小刘见胖丫穿了它气质大变，舍得买单。销售员也开了票，小刘要去付款的时候，胖丫望了望窗外，忽然改了主意，她说晚上店里灯光璀璨，所有的皮毛，看上去都是上乘的，她想明天白天，看看它在自然光下是什么感觉，再做决定。销售员见快咬钩的鱼要脱钩，焦急万分，说可以把零头二百元抹去，只收九千元。但胖丫坚持明天再说，销售员说要么你先交五百定金，我给你留着，你真相不中的话，我把定金退给你，不然一会儿有顾客相中它，它就不属于你了。胖丫脱下貂皮大衣，换上羽绒衣，说满道外都是卖貂的，这件卖了，一定还有更适合自己的一件等着她。

　　他们在销售员的白眼下出了店门，朝新闻电影院走去。小刘问胖丫为啥不买了，那件大衣穿上很打眼，再说价钱他们还负担得起。胖丫说她穿着貂皮大衣的那刻，忽然很盼望下雪，盼望天越来越冷，因为貂皮大衣是为寒流生的。为了一件衣服盼天冷，她觉得想法怪诞了。还有她想到了刚买的演出票，她穿这么件招摇的大衣，坐后两排看戏，是不是有点不伦不类？难道为了它，还得回去换票，调成前排的？还有貂皮大衣上了身，得置办与之相称的毛衫，身上这件穿了好几年已起球的，就不能要了吧？脚上的这双平底、褶皱累累的棉皮鞋，也得换成高跟高靿的皮靴了吧，这哪一样不是钱？小刘听了感动，把手搭在胖丫肩膀上。胖丫接着说，他们出入的不是榆樱院，就是低档小馆子，烟熏火燎的，穿着貂皮大衣，会熏染上葱蒜啊、酱油和醋的味道，难道为了它还得改换生活方式？就说他们吃涮羊肉，哪回衣服不是被熏得一股膻味？洗貂皮大衣和洗羽绒衣都是啥价钱，谁心里没个数，你买得起，也伺候不起啊！还比如冬天去浴池泡个澡，羽绒衣一团就放进更衣柜了，貂皮大衣简直就是头狗熊，你把这货塞进去，别的衣裳就被排挤在外了，总之万般不便。胖丫说即便买的话，也得货比三家，这家有特价的，别家也一定有，也许比这折扣还低呢。而最重要的，他们现在上的补习班不止一个，开销增大，要以正事为主，九千元能干很多事呢，何苦牺牲在一层皮上？小刘听完，在路边停下，把胖丫紧紧搂在怀里，在她脸颊亲出响声，说我可是找着聚宝盆，捡着狗头金了！胖丫哈哈笑着推开小刘，说你这张狗嘴啊，咋能这样形容我！

　　新闻电影院前热闹起来了，流动摊床在路边一字排开，卖烤肠烤鱿鱼的，卖煎饼餜子的，卖橘子、沙果、冬枣的，卖爆米花和瓜子的，都不用吆喝，招来了前来看戏的人。胖丫花五块钱买了一包瓜子，还想买瓶水，小刘说不渴，胖丫说那咱还能省两块钱。售票口下有个头发灰白留着山羊胡的乞讨者，倚墙席地而坐，他穿得脏兮兮的，但神情是酒足饭饱的模样，膝盖还蒙了块蓝色防寒毡。胖丫朝他脚边的铝皮盒子，投了枚一元硬币进去，这人抄着手，胡子翘了下，微哼一声，显然对这钱数不满意，胖丫趴在小刘耳边悄声说：假的。而投一元硬币给这样的人，是胖丫试探他们是不是乞讨者的一个招数。如果他们连声谢都懒得说，说明这是假扮的。胖丫通过实践得出的结论是，这座城市的乞讨者，十有八九是假的。

小刘胖丫检票入场的时候，发现翁子安和黄娥就排在前面。黄娥拄着单拐，翁子安扶着她。他们穿的应该是情侣装，均为黑色短款灰色针织帽衫的超轻羽绒衣，干练而时尚。黄娥回身见着小刘和胖丫，有点不好意思，脸微微红了，说你们今晚不去演出啊？胖丫说餐馆今晚喜宴，客人们不想听二人转，俺俩就来乐和一下。黄娥淡淡一笑，说那刚好养养嗓子。

一楼检票口的蓬灯散发着青白的光，并不衬人的肤色，可黄娥在这样的灯光下，面色依然好看，好像她的脸以前是荒滩，经过谁的温柔开垦，焕发出勃勃生机。她人胖了不说，眼神更有一股忧伤的温柔，极为动人。翁子安是榆樱院的常客了，与小刘胖丫也熟了，他很客气地打招呼，问他们看完演出，要不要一起就近吃点东西？胖丫赶紧说她和小刘为了舞台形象，最近都在减肥，谢谢他的好意了。检完票后，需要爬一段楼梯，才能到达剧场，翁子安要背黄娥上去，黄娥不从，但她把手主动搭在翁子安的肩膀上，翁子安揽着黄娥的腰，缓缓跨过楼梯。看着他们如胶似漆的背影，胖丫小声跟小刘咕哝，她这是找了条金拐杖啊。

这个剧场的内部装饰，以红和灰为主色调，舞台两侧的圆柱是红色的，幕布背景和座椅也是红色的，只不过椅背有白色椅套。每个椅座，还横着一把红黄绿三色的塑料手拍，给观众鼓掌预备的。剧场的顶棚和墙壁，则是灰色方块装饰物，材质类似发泡剂，据说除了装饰作用，从声学原理上，还起到扩音作用。墙壁的方块看上去像编钟，顶棚的则像悬着一个个蜂巢。从视觉来说，并无美感。胖丫就曾跟小刘说过，那层层叠叠的灰色方块像呕吐物，让她胃不舒服。所以她在这儿看演出，只盯着舞台。

胖丫和小刘在倒数第二排坐定后，发现翁子安和黄娥出现在前区。胖丫扯着小刘的衣角说，瞧瞧人家有钱人，就不会买咱这等票。小刘鄙夷地说，她以前跟着刘建国跑车，后来在工棚给人做饭，也没啥特长，就仗着脸蛋好呗，跟你比可差远了，起码你会唱二人转呢！胖丫听了这话，将头搁在小刘肩膀上，撒娇地说我老公最好啦！小刘接着抨击黄娥，说她傍上翁子安这个有钱人，也不寻夫了，也不管孩子了，哪还有廉耻心，真让人瞧不起！胖丫听完，亲了小刘一口，说不管咋的，她不反感黄娥，这女人不是城市人，可气质却比城里人迷人，而且她善良，知道他们演二人转，在旧货市场看到旧时二人转艺人唱戏用的手绢，还帮他们买来两块，那块绿缎子镶金边的手绢，他们不是还用着吗？小刘嘟囔一声，那倒也是。他们打开瓜子，未等开演就嗑了起来。到这儿的观众，习惯把瓜子皮直接吐在地上，所以每天散场后，清扫员打扫瓜子皮，成了一项繁重的劳动。

能容纳四百多人的剧场几乎爆满。来这里听戏的人，穿得大都随便，很少有西装革履的。一些人还没吃晚饭，手里举着竹签串起的烤肠，或是捧着一桶鸡米花，更有甚者，拎一包切好的猪头肉，揣着小酒壶，边吃喝边观赏。

开场主持是个白衣黑裤、穿亮片紫马甲的男人，他唱了一曲劲爆迪斯科，燃爆现场，观众的手拍暴雨似的哗哗响。跟着一个着绿褂、黄短裤、红鞋子的男人，染着一头黄毛，拎一块红花绿边的手绢登场了。他先是展现口技的才能，学鸟叫猫叫狗叫驴叫鹅叫，接着唤出他的搭档，一个梳着朝天辫、穿蓝色波点无袖低胸礼服的胖姑娘，她拎着一条红地黄边的手绢。小刘一见她，扯了一下胖丫的手，说你俩是一个号的。胖丫把瓜子皮吐在小刘脸上，说这号咋的啦，你嫌大，就换个小号的！小刘趁黑在胖丫胸前抓了一把，说换小号的我可亏大发了，就得意你这号的，等于守着喜马拉雅山，我每天都能做攀登者！胖丫无所顾忌地哈哈笑起来。台上演员舞弄起手绢，腕花、小五花、车轮花耍得烂熟。手绢无论是平抛还是腰缠，如戏花蝴蝶，妖娆翻飞，游刃有余，无一闪失。胖丫佩服地说人家这号的能上大舞台，确实应该。小刘说咱的也不赖，给咱这样的舞台，也一样耍得开！为了展示脚踢绢的才艺，女的突然倒地，叉开腿，双足蹬得手绢火轮似的旋转，这时男人走到女人面前，从她腿上打倒立，下来后将头凑在她两腿间，撂下一句"常回家看看啊"，观众便沸腾了，笑声掌声不断。胖丫注意到，翁子安竟然从座位跳起，挥舞着胳膊欢呼，这让她大感意外。以为一个有身份的人进这种剧场，得悄没声地看，不会这么嗨。这对演员下去后，出场的是个穿紫衣、戴瓜皮帽的男人，他唱完一首流行歌曲，掌声不很热烈，这时背景屏幕出现了一个穿比基尼的漂亮女孩，演员指着屏幕说，今晚给我鼓掌的男人，陪伴你们的是这样的女孩，男观众的手拍便都举起，发出雷鸣般的掌声；接着画面换成一个面目狰狞的丑女，演员又指着她说，不给我鼓掌的，今晚陪你们的，就是这样的女人，此时的笑声和掌声可以用沸腾形容了。胖丫对这个噱头很不满，她冲着舞台大骂一声"你丫的！"再接着上场的演员，所唱歌曲的歌名居然是《老公公爱上儿媳妇》，唱完歌曲翻凳子，一瓶连着一瓶地吹啤酒，总之展览绝技的主宰了舞台，没有一对是表演正宗二人转的，这和以前他们看的大相径庭。小刘胖丫有点失落，观众却是热情高涨，人人的嘴和手在动，嗑瓜子，吃爆米花，击打手拍欢呼，现场气氛活跃极了。剧场的座席下，仿佛成群的黑蚁聚集，到处是瓜子壳。胖丫叹了口气，趴在小刘耳朵边说，这哪还是二人转啊，咱俩想做歌剧的二人转，照这气场，估计也没啥观众啊。小刘也叹了口气，说那咱只好把歌剧二人转，改成这路的了。

　　这晚上回到榆樱院的胖丫和小刘，士气顿挫，情绪不高。看到传统二人转已被改得面目全非，快被杂耍取代了，他们觉得自己的演艺前途一片灰暗。以往他们是睡一个被窝的，可胖丫这晚没心情，所以拿出两条被子。小刘见状噘起嘴，说危难之时得团结啊。胖丫连忙给自己找台阶下，说暖气不太热，她是想把两条被子摞在一起。

第二天早晨醒来，胖丫没有动力起床，小刘索性也懒床。九点多钟，他们饿得肚子咕咕叫了，正打算起床打点肚子时，餐馆老板给小刘打来电话，说昨天婚宴的歌手大受欢迎，所以他想邀他们来餐馆驻唱一个月，现在生意难做，期待他们能引来年轻的食客，请小刘胖丫理解，这个月先忙别的，需要他们时，他会及早通知。一觉醒来，两个人的饭碗没了，小刘放下电话后骂了一声娘，更加不想起床。

胖丫也觉丧气，她先是庆幸没买那件貂皮大衣，然后飞快起床，烧水泡方便面，吆喝小刘起床，说坏事也能变成好事，命运提醒他们，不能在一棵树上吊死，应该多去一些演艺场馆和餐馆，展现他们唱正宗二人转的实力。这样一家炒了他们，接盘的下家有的是。而等他们翅膀硬了，不是他们炒他俩，而是他们这对金银组合，炒掉东家。胖丫说她就不信了，哈尔滨这么大，他们一身才艺，难道会饿着？不说别的，就是免费给餐馆演出，人家也能赏口吃的。小刘一听也是，赶紧起来吃泡面。

他们出去找饭碗的时候，已是十点半了。天阴沉着，不见太阳，似乎又要下雪的样子。小刘发现街道办的刘副主任，从老郭头家出来，出门相送的是陈秀，她对刘副主任说，俺和郭哥这事，就指望着您了，以后常来家里坐啊，俺给你包酸菜馅饺子吃！那俨然女主人的语气，说明老郭头宠着她，她最近过得不错。刘副主任点点头，说她尽力争取，陈秀得意地关上门。

胖丫小刘跟刘副主任打着招呼，刘副主任说你们自在啊，每天唱戏，逛街，做的都是乐和事，不像我整天处理矛盾，让人闹心。胖丫问是不是他俩想结婚呀？刘副主任说你咋知道的？老郭头喊我来，就是让我朝他儿子要证件，好和陈秀登记去，唉。我试着问问，人家子女不同意的话，我也没辙，他就去法院告儿女吧。你们这榆樱院啊，流动人口大，不是这事就是那事，要是政府早把它动迁，我们也就省心了！胖丫觉得刘副主任这话优越感十足，有点歧视外地人，于是回敬一句，榆樱院要是没这事那事的，岂不成了火葬场？活人谁不闹，死人才安静。

刘副主任自知失言，尴尬一笑，说她还有事，飞快走了。小刘把手搭在胖丫肩上，夸她反击得好。

小刘胖丫去了两家演艺公司和两家上档次的餐馆。其中一家演艺公司的负责人，听了一段他们唱的《猪八戒背媳妇》，很感兴趣，要了他们电话，说有需求一定打电话。两家餐馆有一家是经营韩餐的，老板听他们说想来表演二人转，嘲笑他们投门也不看招牌。他们奔波到天黑，一无所获，饥肠辘辘，看见南岗一家新开的西餐店，装修得富丽堂皇，明明知道这场所不适宜表演二人转，胖丫还是想最后碰碰运气，说中西合璧完全有可能，中华巴洛克风格的建筑不就是例子么。

他们推开西餐店的门，穿着白衬衫黑马甲、扎红领结的年轻侍者，立刻彬彬有礼地迎上来，把他们引到一个靠窗的位置，递上菜单。他们浏览一遍，发现主菜中最便宜的黑椒牛扒，也要六十八元一块，更别说空运来的神户牛扒了，那价格令人咋舌。他们本不想在此消费，但侍者的热情让他们不好离座，于是硬着头皮点了两份罗宋汤，一盘切片黑面包，一份炸洋葱圈，一块黑椒牛扒。侍者躬身轻声问一道主菜够么？胖丫镇定地说自己减肥，喝碗汤就好了。侍者再问吃面包不配黄油和马哈鱼子酱吗？小刘知道马哈鱼子酱价格不菲，一小粒赶上一只鸡蛋的价格了，吓得连连摆手，说就配一小碟黄油吧。话音刚落，发现胖丫冲他翻白眼，立刻改口说黄油也不要了。

侍者离开后，他们仔细观察餐厅，发现北侧半月形小舞台上，摆着一架漆黑的钢琴，显然佐餐音乐的主角是它。这架钢琴在他们眼里就是一个巨大的骨灰盒，让人哀伤。他们喝汤的时候，已是泄了气的皮球。餐厅的人渐渐多起来，钢琴声响起来了，弹琴的是个金发碧眼的穿黑色丝绒晚礼服的女孩，她长长的脖颈，看上去婀娜动人。他们早就听说在哈尔滨西餐店弹钢琴和拉小提琴的，大都是俄罗斯女孩。她们科班出身，容貌俏丽，成为时尚的音乐打工妹，收入丰厚。可是这优美的钢琴曲对胖丫小刘来说，像是专为熄灭他们理想之火而泼来的冷水。

胖丫喝完汤，又吃了麦香味十足的面包和香浓的洋葱圈，身上有了力气，人又变得乐观起来。她跟小刘说，应该向那两个嘲笑他们改编歌剧版二人转的作曲老师求助，他们了解哈尔滨二人转演出市场。不等小刘肯定，胖丫先拨通了其中之一的电话，寒暄两句后，她说他们演出的餐馆，最近歇业装修，她和小刘倒不缺钱用，但是一天不唱戏，总觉辜负了大好年华，问老师能否帮着找个地方先唱着？对方很客气地说，如果找到这样的地方，会联系他们的，把电话挂了。胖丫又打给另一个老师，结果是他妻子接的，说她爱人刚做完前列腺手术，有事情一周后再打来。胖丫一筹莫展的时候，小刘想到刘骄华，说她儿子不是在一家文化公司上班吗，还常在报纸发点豆腐块文章，熟悉文化口的人，咱求刘骄华，她是个热心人，让她问问儿子，兴许帮得上忙呢。胖丫紧锁的眉头舒展了，她挥舞着胳膊说："哎呀妈呀，这块牛扒你可没白吃，真是立马补脑啦！"

刘骄华接到胖丫电话时，正在师大夜市。老李前天晚上从外面回来，被两个突然而至的戴墨镜的男人给堵在墙角，打得鼻青脸肿，掉了一颗门牙，另一颗也野马似的要从牙槽脱缰。刘骄华猜测德至小吃的经营者，发现她无心过问生意，神色不宁，想到她家庭出了问题，从而跟踪老李，发现他总去一个离异的女人家，为给刘骄华出气，所以揍了老李。刘骄华刚到德至小吃摊，没等发问，其中一个主动说，你家那个挖棺材的掉了一颗牙，还是两颗？我们给他镶牙，最近生意不错，也镶得起！他们把从事考古的人，称为"挖棺材的"。刘骄华说我的私事自己解决，你们以后绝不能干这种事，要是再进监狱，我可陪不了你们了，我是个退休的人了。刘骄华嘴上这么说，心底却是暖的，好像回到了小时候，她受人欺负时，两个哥哥总会及时出来保护。所以胖丫电话求她，刘骄华立刻答应，把儿子电话给了胖丫，说她先知会儿子一声。

小李接到母亲电话，说榆樱院一对唱二人转的人，求他找个演出的地方，他说这有啥难的，你把他们电话给我就是了。结果胖丫还在为给小李打电话如何措辞时，小李率先打来，自报家门，让胖丫喜不自禁，她热情地问小李吃了没有，要不过来一起吃个西餐，见个面先认识一下？小李也不客气，说自己正好没吃呢，他问了西餐店地址，说半小时后到。

　　胖丫赶紧喊来侍者，让他添加一套餐具，说有贵客光临。她重新要来菜单，给小李点了一份神户牛扒，给自己和小刘各点了份雪花牛扒，此外还有烟熏三文鱼、软煎鹅肝和田园蔬菜沙拉，外加一瓶红酒。小刘说你不过了，这一餐下来得一千大多啊。胖丫说有投入才有利润，求人办事必须出手大方，不能让城里人瞧不起。再说他俩好不容易吃顿西餐，刚才勒着肚子，现在可以敞开吃，也算犒劳自己。就当是买了那件貂皮大衣，把它两只袖子卸下给吃了，那咱还剩件貂皮马甲呢。

第
七
章

　　刘建国的雇主入冬以来给他打了好几个电话了，说风声已过，
"爱心护送"车又都上路运营了，他特别为他换了一台车，七成新，
设备好，开起来舒坦，请他尽快回来。说他美名在外，有的患者
家属点名要他服务。雇主说可提高他的薪酬，让他开个价。刘建
国说他年纪渐长，反应能力差，不适宜开这种车了。雇主说你是
不是因为黄娥不跟着跑车，没动力上路了？他说我给你找个比黄
娥还年轻性感的女的跟车，保你有更好的滋补汤喝！刘建国说这
与黄娥无关，他的人生到了黄昏时分，得为自己掌灯照去路了。
雇主听了吓一跳，说难道你得了绝症，活不长了？刘建国说就算
是吧。雇主说怎么天下倒霉的事情，都让你摊上了？要是还有一
线希望，千万不要放弃，只要不出哈尔滨的名医，我都能给你约
上，如果动手术的话，主刀医生的红包我来打点！万一真的救不了，
雇主说他刚好拿下了一块墓园的经营权，离哈尔滨不远，可半价
出售给他一个。刘建国倒吸一口冷气，说他无儿无女，有墓也无

人祭扫，所以死后的骨灰肯定撒了。雇主嘀咕一声，你撒了自己，就不怕转不了世？刘建国满怀悲伤地说，没有比人间更恐怖的地狱了，我希望永不回来。雇主长叹一声挂了电话，不再打来。

自从于大卫告诉了他的身世遭遇，刘建国倒是彻底放下了寻找铜锤的念头，因为他活了大半辈子，竟然连自己是谁都不知道，他对镜中的"我"，突然感到陌生。这个头发花白、胡子拉碴的老东西是刘建国吗？他曾叫什么名字？他上网查询日本人的姓氏，佐藤、铃木、高桥、田中、渡边、山口、吉田等，像一群突然飞起的鸽子，在他的世界迷离翻飞，而他不知自己是鸽群中的哪一只。他的父母葬在何方，又曾怎样呼唤过他？他在日本有无亲人？刘建国想问询的太多了，可于大卫说刘光复强调，父亲只告诉他刘建国出生的大致地方，甚至把刘建国介绍给了刘鼎初的那位关键证人，刘光复说父亲至死守口如瓶，没说出过他名字，刘鼎初显然不想让养子知道自己的出身。

半个多世纪过去，很难寻找见证者了。

刘建国明白，自己是被命运之鸟，衔到哈尔滨的一粒风中的种子，落地生根，已是刘家土壤的一株植物，与此荣枯。但他还是想知道父母是谁，来自哪儿，他们叫什么？如果父母当年被好心人埋葬了，坟还在不在？刘建国去各大图书馆借阅有关日本开拓团在黑龙江的文献资料，希望有所发现。他将目光聚焦于佳木斯一带的开拓团，结果发现当时的三江省，仅桦川县就有七虎力、千振村、弥荣、太平镇等二十个开拓团，而汤原县也有洼丹岗、凉台、带岭等十余个开拓团，想要厘清千头万绪的开拓团中每个成员的下落，比找铜锤还难。

寒流是看不见的皮鞭，专拣老弱病残的欺负，所以一到寒天，这些人为避免它的鞭打，尽量少到户外，出去时也一定把自己捂得严严实实的。而对身强力壮的人来说，寒流不过是冬天的呼哨，无论哨音多么凛冽，在松花江冬泳的健身达人眼里，它都是迷人的乐音。冬泳者站在雪地甩着赤裸的胳膊热身、穿着泳衣下水的时刻，你会觉得他们的身体在燃烧。

十一月中旬后，下午四点天就黑了。有时日月像交接班似的，这边太阳落着，那边月亮就升起来了。刘建国发现每过一天，日落时间都会提前一点，或者一两分钟，或者三四分钟，仿佛太阳贷了天老爷的款，得按日偿付光明，所以白昼寸寸流失。

而到了十二月，日照时长更是大为缩短，午后三点多太阳就逃了。如果烟气低沉，空气质量稍差，夕阳就是血色的。晚霞红红粉粉的，好像太阳离去之际，做了一道鲜艳的水果沙拉，那草莓似的晚霞，石榴似的晚霞，樱桃似的晚霞，盛在西边天狭长的青瓷盘中，最终吞吃了它们的是黑夜。

这时节冰封的松花江上，吊车、冰块切割机和卡车现身了，这里在进行一项美丽的作业，工人们凿取冰块，为一年一度的冰雪博览会忙碌着。那些晶莹剔透的冰块，被运往江北的冰雪大世界，成为独特的建筑和艺术材料。冰雕师们手持冰钎、冰斧和冰铲，雕刻出一个大千世界，宫殿、城墙、教堂、粮仓、宇宙飞船、花鸟虫鱼、蔬菜瓜果、七仙女刀马旦、凤凰麒麟、蛟龙天鹅、牛马猪羊、孙悟空猪八戒，真是上天入地，无所不包。冰雕的血管神经是灯饰，夜晚通上电，冰雕就活了！鲤鱼变成了金红色，仿佛一闪一闪摆着尾；教堂发着光，仿佛上帝降临了；粮仓金灿灿的，洋溢着丰收的气息；而天鹅银闪闪的，就像在春天的湖面张开了翅膀。此时的游人喜欢摘下手套，触摸冰雕的花朵、蝴蝶、鱼儿、鸟儿、羊儿，看看活灵活现的它们，果真是冰心吗？

刘建国熟悉这样的冰雕，他也曾是松花江上采冰队伍的一员。那时他唯一的愿望是多赚点钱，多接触些人，早点找到铜锤。而现在诱惑他的，却是采冰后留下的一个个黑洞洞的缺口。他徘徊在冰封的松花江，寻找这样的缺口，因为江水洞现，只要纵身一跃，他就会成为鱼儿的饵料，不再承受痛苦与屈辱。他自认做好了离世的准备，可几次站在这样的地狱之口，却没有勇气向前一步。一日黄昏，他走到边缘，半只脚悬出冰面，探向江水，他甚至张开双臂，想以鸟儿的姿态，留下个海阔天空的谢幕。可就在此刻，背后蹿来一条大狗，它恶作剧似的侧向疾奔，把他撞个倒仰，撒着欢儿扬长而去。这幕情景让他惊醒，想起多年前在兴凯湖畔废弃的渔船发生的事情，他自寻解脱，难道不是对武鸣逃避责任和再一次犯罪吗？

刘建国至此避开这样的"黑洞"，下决心年底前到武鸣那里去。他每晚换一家小馆子吃饭，有点用味觉记忆哈尔滨的意图。饭后他总是漫无目的地走，看看寒夜中的人们做些什么。有人在夜市摆摊儿，有人喝多了酒在饭馆门前吵架，有人在汽车站牌下甜蜜相拥，有人在医院大门前哭泣。而更多的人，怀揣各自心事，赶着不同的路。

孤独的夜行者还有月亮。以前刘建国怕见它，现在却觉得洞悉了他身世的月亮，也在可怜他，所以走着走着，他会找伴儿似的，仰头望望它。他喜欢缺了一角的月亮，有尘世感，不像圆满的月亮，无瑕得有点假。若是这月亮被浮云遮住，它看上去就像破碎的心。由于观察角度不同，刘建国发现月亮的姿态也是不同的，从公园的树间看它，它像鸟巢；从尖顶的高楼下望它，它是尖顶上的穹隆；从建筑工地的脚手架望它，它像一块要被砌进墙里的金砖；而从风中的旷野望它，它像一只迷途的鸟。

当刘建国快把翁子安遗忘的时候，突然接到他电话。

这天刘建国去香坊一家经营头蹄下水的小馆子，吃了尖椒熘肥肠和酱猪手，喝了半斤烧酒，刚买单出来，接到他电话。翁子安大概听到市井的嘈杂之声，问他是在街上吧，说话方便吗？刘建国吐了口痰，问他何事？翁子安问他明天能否抽出时间，陪他出趟车？刘建国以为让他开"爱心护送"车接送病人，连忙说自己不干这个了，翁子安说他知道，他请他是为了一起去见个人。刘建国问是谁？翁子安说去了就知道了。刘建国说你不说是谁，我凭什么跟你去见这个人？翁子安沉吟片刻，说我带你见的人，能让你余生心安，这个理由还不够充分吗？刘建国讥讽道，这世上能让我心安的人，还在娘肚子里转筋呢。刘建国挂了电话，但翁子安很快发来一条短信,用不容置疑的口吻说:明早老时间,我去您家楼下接您,早饭我们在路上吃。

次日凌晨天还黑着,刘建国穿上皮夹克,戴上棉帽,步出楼道。他走到楼下路口时,刚好四点,这是以往他接翁子安出院的时间。

翁子安驾驶一辆越野吉普车对向驶来,他将车停在刘建国身边,倾着身子拉开副驾驶车门,道了声早安。

刘建国回了声"早",踏上车,关了车门,扣好安全带,说你确认开车的时候,不会突然发病?

翁子安说放心吧,我上次说过的,这病不会再犯了。

车子驶出道里区,很快过江桥,掠过一盏盏守夜的路灯,沿松北大道,上了绕城高速,再上哈同高速。刘建国知道问他去哪儿徒劳,而他身上散发的一股植物清香气,令他想起黄娥身上的味道,想这气息是从她那熏染来的,心里还是有些伤感,于是合上眼睛。等他一觉醒来,天微微亮了,车子已在鹤大高速路上了。翁子安问他早餐想吃豆腐脑烧饼,还是羊汤手擀面?刘建国说天这么冷,当然是羊汤手擀面了,翁子安说他也想吃这个。七点半左右,他们下了高速,在一个小镇名为"广财"的二层客栈停下,它的门前已有几辆装载货物的大卡车,看来聚集的都是跑长途运输的人。

翁子安带着刘建国走进客栈时,先闻到一股浓烈的羊汤味。这样的客栈,一层通常是饭店,二层是客店,所以只要踏进它的门,不需张嘴问,吸吸鼻子,就知道灶上做的什么。显然,广财客栈的灶房，滚着一锅羊汤。

一层有两张小方桌，一张能容七八人坐的大圆桌。每张桌子都有人，人们埋头吃着羊汤面。翁子安和刘建国刚落座，一个穿红毛衣、扎半截白围裙的姑娘，从灶房端着一碗羊汤面出来，她金鱼眼，嘴唇通红，梳根油黑乌亮的长辫子，肤色白里透粉，看上去真像一条金鱼呢。她见着翁子安大呼小叫地说："翁哥，你都仨月没来了，想死俺们了！听说你在哈尔滨搞了个女友，拖着个孩子不说，还一眼大一眼小的，你啥意思啊，放着俺们这处女地不开垦，非要犁那二茬地，你这不是明着气人吗！"她的话逗得一些食客笑起来。翁子安红了脸，说："谁瞎传的啊，人家是左眼单眼皮，右眼双眼皮，这才显得眼睛不一般大，其实是一样的，俊俏着呢。"姑娘鼓着金鱼眼"哎呦"叫着，说这还没娶进门呢，就护着啦！翁子安点了两碗羊汤面，一盘小葱炒鸡蛋，一盘油焖豆腐。他告诉刘建国，这里的豆腐是手工制作的，鸡蛋是散养的鸡下的，绝对好吃。

他们吃早饭的时候，客栈外车声不绝，有的司机吃过后开着货车走了，有的则远途奔来，饭桌前的客人换了一茬又一茬。翁子安和刘建国吃完去买单时，长辫子姑娘出来收碗，她对收银员说，今天要收翁子安双倍饭钱，另一半算是赔偿她的精神损失费。翁子安笑了，说你认识我这个律师后，还懂得精神赔偿了。长辫子姑娘说那是啊，她凑近翁子安耳边说："你舅的煤矿没事吧？有人说你舅和黑道的关系嘎嘎铁，现在扫黑除恶，可得小心着，别给扫进去了。"长辫子姑娘生就的大嗓门，所以她压低声说的话，旁人也听得清楚。翁子安的脸白了，说你怎么什么闲话都听，干好自己的活吧。

太阳升起来了，他们重回鹤大高速。翁子安说还有两百多公里路，他可以再眯一觉。刘建国说不困了，请他随便来点音乐，他想看看风景。翁子安说好吧，打开车载 CD，放了一张肖邦二十四首作品前奏曲集锦的唱碟。肖邦的音乐本就有落雪的气质，此时与这冬日的气氛甚是契合。刘建国望向窗外，近处是挂着薄雪的光秃秃的庄稼地，远处是一带青色的杨树林，因为消去了绿色，杨树更像飞旋的尘土，但钢琴声却为单调的它们，镀上一层微妙的银光，别有一种苍茫之美。

刘建国望了一眼专注开车的翁子安，觉得他神色中还是有一股说不出的忧郁，他忍不住问了句，万一哪天卢木头回来，你和黄娥咋办？翁子安说，该回来的早该回来了。言下之意，卢木头回不来了，这让刘建国颇感意外，但他没深问下去。

他们最终到达鹤岗下辖的一个东部小城时，已快近午了。翁子安把车停在城中心一处六层的米黄色居民楼下，说着到了，掏出钥匙，带刘建国走进中间的楼洞，打开一楼的门。

听见门响迎上前来的，是个头发花白、面目和善的老妇人，翁子安亲切地叫她李妈。李妈扎着蓝格子围裙，手上沾着面粉，说你们真够快的，我以为十二点才能到呢。不过饺子也快包完了，猪肉芹菜馅的，你们先休息一下，我去泡茶。你妈这会儿应该在抄经文，我昨晚跟她说你今天晌午回来，她那会儿还挺明白的，让我帮她洗了头，铰了手指甲，还拿出蓝缎子祆，说是今儿见你时穿，可早晨起来她又把昨儿的事忘了，嫌我怎么这么不利索，不穿的蓝缎子祆，应该待在衣橱，怎么放到沙发上啦？翁子安一边听着，一边和刘建国换拖鞋，向李妈介绍说这就是开"爱心护送"车，常接他出院的人。李妈定定看了一眼刘建国，说了句好心人呐，反身回厨房了。

刘建国从他们的谈话中，知道这是翁子安母亲家，而他母亲似乎精神不正常。客厅宽敞明亮，也很整洁，敞开式书架上摆满书籍，墙壁上挂着尺幅不同的书法作品，其中一幅洒银的印花小笺，抄写的是《般若波罗蜜多心经》，那毛笔小楷格外娟秀。客厅充满了春天的气息，书柜垂吊着吊兰，窗前是大盆芭蕉树，进门处鞋架旁摆着龟背竹，茶座上则放着绿萝。

翁子安领着刘建国推开母亲的起居室，它宽敞舒适，窗明几净。南窗挂着雪白的窗纱，看得见窗外的树。窗下有一个小巧的圆桌，和一张方形书桌。一个穿灰毛衣黑裤子，头发半白、梳发髻的女人，背对着门，正安安静静地在书桌前写着毛笔字。听见门响她回过头来，觑着眼看着翁子安，又看看刘建国，说你俩是来抄煤气表的？翁子安说是的。她说你们走错屋子了，该去厨房，说完转回头，接着写毛笔字了。

刘建国简直不能相信这个气质高雅、衣着得体、说话温婉的女人，竟然神经失常。

翁子安和刘建国回到客厅，李妈随之把一壶热腾腾的红茶送上来。翁子安问用不用帮忙，他包的元宝饺子好看着呢。李妈说用不着，再过半小时她就全包完了。

刘建国去了趟洗手间，回来后和翁子安在沙发对坐，闷头喝了一盅茶，说你让我见的人就是你母亲吗？翁子安摇摇头，说我们晚上去见那人。中午吃完饺子后，您先休息一下，我陪妈妈去庙里送经文。城南有佛寺，她抄了经文，会定期送到那儿的法物流通处，很多居士和香客，喜欢她抄的经文呢。翁子安说别看他母亲平素神志不清，但她特别认节日，佛诞、观世音菩萨圣诞、除夕、元宵节、二月二、端午节、盂兰盆节、中秋节，她很少忘记。只要节日时，他在外给母亲打电话，她都是清醒的，会问他最近生意好不好，啥时能带个女友回家，她想抱孙子了。

翁子安对刘建国说，他母亲年轻时是远近闻名的美人，六十年代末在小城供销社做售货员，附近的男知青都爱来母亲所在的供销社买东西。母亲在那儿认识了一个上海知青，他是某兵团的文书。翁子安说文书恋上母亲，每周去供销社两三次，今天买蜡烛火柴，明天买本子钢笔水，后天买肥皂牙膏。时间长了，两人谈起恋爱。这文书出身知识分子家庭，才艺不错，会拉手风琴，会写毛笔字，还在兵团报上发表过诗。翁子安慨叹说这样一个人物，对我母亲的吸引力该有多大。母亲一手好的毛笔字，就是跟他练就的。他们谈了三年恋爱，快要登记时，一九七五年夏，文书得到回城机会，因为他是独生子女，符合返城的政策条件。文书走后，我母亲往他留下的上海家址，每隔一天寄一封信，但一直没有回音，而不久后我母亲发现自己怀孕了，她写信告诉他后，文书回信了，说他在上海有女友了，请她打掉孩子，并寄来五十块钱，作为流产的费用。我姥爷姥姥和舅舅对文书很憎恨，说这样的孩子是孽种，绝对不能生下来，可我母亲不同意。我听舅舅说，家人为了让母亲流产，让她受尽折磨。那时没有自来水，姥姥打发她去井台挑水，让她用冷水洗没完没了的脏衣服，劈柴，攀高糊棚等，总之不想让她肚里的孩子安生。翁子安说到这里哽咽了，刘建国赶紧从茶桌的纸抽，抽出两张面巾纸递上，拍拍他肩膀说好了好了，不管怎么，你妈不是生下你了吗，你命大，有福之人，非婚生子又能咋的？就是那个文书，你那个父亲，真不是东西，那叫男人做的事吗，我猜你妈就是为他神经不好的，这个人渣，你不会认他做父吧？

翁子安想说什么，李妈走过来，说饺子包好了，马上下锅，让翁子安去砸蒜，说他砸的蒜酱，香辣好吃。

刘建国和翁子安在客厅吃的饺子，翁子安的母亲则在卧室吃，李妈陪着她。翁子安说母亲习惯在卧室的小圆桌吃饭，边吃边望风景。当初他把房子买在一楼，一是母亲神志不清时跳楼不会出意外，二是为了让她更真切地看到窗外的风景。

翁子安给刘建国拿了一听啤酒，歉意地说不能陪他喝，下午还要驾车带母亲去佛寺。他说中午简单吃点，晚上要见的人家，会好吃好喝招待。

刘建国吃了半盘饺子,喝掉啤酒,然后由翁子安引到客房午休。也许是起了个大早的缘故,刘建国倒头便睡着了,一睡就是三个小时。他醒来时天色已昏,觉得口渴,就去厨房找水喝。李妈正在淘米,准备煮粥。她见着刘建国,说你真是觉大,这岁数白天能睡这么长时间,真让人羡慕。她说红茶给你泡好了,可能都凉了,我再兑点热水。刘建国问翁子安他们还没回来吗?李妈说主人深得佛寺住持看重,信众也喜欢她,她进庙送经文,总要傍晚山门关了才回。刘建国向她打听,翁子安的妈妈何时得的这病?李妈提高了声调,说还不是年轻的时候!李妈说这几年主人发病轻多了,前些年每个月总会昏厥一两次,浑身抽搐,牙齿打战,人事不知,就得送医急救。刘建国说她儿子也有这病,难道是遗传?李妈叹口气,看了看刘建国,把茶倒给他,转移了话题。他们从冰灯,说到鸡蛋价格的浮动,又说到不同城市的房价,直到天黑了,彼此看不清对方的脸,李妈这才把灯打开,而这时翁子安带着母亲回来了。

从佛寺回来的翁子安的母亲,气色和润,神情愉悦,但她依然糊涂。她指着刘建国问李妈,这是你家亲戚?李妈说是的,他是俺弟。她说那就留他一起吃晚饭吧,多做俩菜。她又指着翁子安对李妈说,这司机陪了我一下午,进寺烧香时帮我点香,跨门槛时怕我绊着,没断了搀扶我,人真是周到,别忘了给他付钱,现在汽油贵,别亏着人家。李妈连忙说是。

傍晚五时,翁子安带刘建国走出家门,驾车出城。他说要去的地方，离这儿还有六十多公里。路上刘建国问你就不能透露点要见谁吗？翁子安说到了不就知道了吗。大概怕刘建国再问，翁子安打开收音机，听交通台的广播，所以那一路伴随他们的，是路况信息、寻物启事以及穿插的流行歌曲。

他们到达东部的一个小煤矿时，差十分钟六点。天已黑透，但这座山脚下的私人宅院，灯火通明。宅院有高高的院墙，大门两端挂着红色宫灯。看门的是个剽悍的汉子，他拉开大门时，身边跟着一条威猛的藏獒。翁子安把车开进院子，熟练地停在右侧停车场。宅院占地至少有两千平方米，两条长长的镶嵌着灯带的冰墙，照亮了半个院子。院里种了不少树，有樟子松、白桦、枫树和丁香。此外还有假山，荒芜的花园，寂寥的凉亭，以及冬季时成了摆设的喷泉设施，足见主人的财力和雅兴。

院子的红砖楼三层高，呈宝塔形状。入门处斜伸着一盏探照灯，与之并列的是监控探头。翁子安还未开门，一个矮矮的光头胖子迎了出来，翁子安见了他叫了声"豹哥"，豹哥朝刘建国伸出手，说您就是刘哥吧，下酒菜都上桌了，饿了吧，赶紧的！

豹哥直接把他们引入门右侧的独立餐厅。餐厅的红木圆桌上，七碟八碗的已经摆好，悬垂的黄色水晶吊灯，使整桌菜仿佛流着蜜。桌前坐着两个人，一个是穿一件灰色中式便服的七十上下的光头男人，他戴眼镜，额头一道疤，面容清癯，尖下巴，鼻子和嘴巴歪斜，因而脸庞看上去扭曲变形；另一个是穿黑色亮片毛衫、梳大波浪卷发、鹅蛋形脸、五十左右的明眸皓齿的女人。刘建国一进来，女人连忙把男人扶起，虽然他弯着腰，但依然看出个子很高，他向刘建国伸出手，哆哆嗦嗦地握住，眼里噙着泪花，想说什么，但嘴唇哆嗦着，什么也说不出来。翁子安跟刘建国介绍，这是他舅舅和舅妈。此行是舅舅邀请，他们要见的人就是他。翁子安同时介绍了豹哥，说他是舅舅公司的总经理。

刘建国明白了面前这个人，就是翁子安那个煤老板舅舅了。可他和自己又有何关系呢？

厨子又端上一道香喷喷的干煸鹿肉，然后起开年份茅台，刘建国满心狐疑地入了座。翁子安说舅舅去年得了喉癌，两次手术后声带受损，所以说话费劲，不过舅舅要说的他都清楚，所以他会代舅舅说给他。

煤老板喉结上下嚅动，艰难地"呃呃"叫了两声，算是招呼，举起一小杯酒敬刘建国，拉开了五人宴席的序幕。一开始气氛有点尴尬，无论豹哥还是翁子安招呼煤老板，他像没听见似的，只管看刘建国，边看边擦眼泪。后来豹哥起身唱了一段祝酒歌，气氛才活跃起来。女人悉心地给煤老板夹他能吃的菜，用手绢给他擦嘴，因为他吃东西时总是外溢。大家互敬了几杯酒后，豹哥问刘建国带了身份证没有？刘建国点点头，心想住在翁子安舅舅家，难道还得登记？豹哥说那就好。他起身出去了一下，然后拿出三份同一格式的合同，递上一支笔，说这是煤老板名下的公司百分之三十的股权转让合同，煤老板要把这部分转让到他名下，请他签字，明天他会领着他，去做股权转让的相关手续。

刘建国蒙了，他放下笔，环顾左右，发现除他之外，大家都是知情人的表情，于是喝掉杯中酒，问翁子安这是为啥？

　　翁子安也喝掉一杯酒，说那我就将我母亲的故事，全都告诉你吧。

　　翁子安说当年母亲怀了胎儿后，家人很不人道地逼她出苦力，终于在怀胎七个月时，深冬时节，她去井台挑水，在冰面滑倒早产。胎儿刚生下来是活的，家人怜惜这个小生命，让男婴留在母亲身边。可是婴儿因早产羸弱不堪，母亲又没奶水，出生后毛病不断，总进医院。次年春天，婴儿感染肺炎，高烧不退，送到医院三天后夭折了。失去孩子后，母亲的精神渐渐不好了，她整天在窗前呼唤婴儿的乳名"四点"，因为这孩子是凌晨四点出生的。家人无奈，抱来别人家的男婴给她看，说四点好好的，因她奶水少，放到奶妈家了。母亲因为神经不好，所以也相信。但只要一两个月不见婴儿，她就犯病，她发病时类似癔症，浑身哆嗦，不省人事，家人只好再定期抱来男婴糊弄她。翁子安说舅舅想这不是长法，所以想让舅妈生个孩子，送给母亲。翁子安说到此，看了看对面的女人，她大度地微笑着跟刘建国解释说，外甥说的舅妈是丈夫的原配，她和翁子安的舅舅，是后到一起的，虽说她比丈夫小二十岁，可不是小三，翁子安舅舅的原配因病去世后，她才嫁过来的。

　　翁子安说舅妈没能怀孕，舅舅始终惦记给母亲抱养一个孩子。结果那年秋冬之交，也是很巧的，舅舅那时是煤矿的技术员，他去哈尔滨参加一个培训班，遇见了您抱着于大卫和谢楚薇的孩子回哈尔滨，舅舅在背带上做了手脚，偷走了那个孩子。翁子安见刘建国大张着嘴，指了指自己说，就是偷走了我。翁子安复述到此，煤老板羞愧难当，已哭成泪人。翁子安接着跟刘建国解释说，他成年后发病，之所以选择凌晨四点出院，就觉得那是他出生的时刻，在新生时刻的自己，是不会走向死亡的。谁知他这个"四点"，并不是真的呢。

煤老板的女人从座位下拎出一个纸袋，递给丈夫，煤老板颤抖着，从中取出一只虎头鞋，捧给刘建国。虽然四十年过去，但刘建国一眼认出了那只虎头鞋，那蓝色鞋帮，那红色鞋面，那黑丝绒绣的眉毛和嘴巴，那黄毛线点缀的胡子和耳朵，都有着铜锤穿的虎头鞋的鲜明特征。更为重要的，是谢楚薇从于大卫衣服上取下的栗色有机玻璃扣子做成的那双眼睛，没有缺损和磨损，依然闪闪发光。

刘建国多想大哭一场啊，可他没有眼泪，头脑一片空白，好像走在茫茫无际的雪原，没有日月，没有人烟，世界一片虚空。

他机械地一杯连着一杯喝酒，足足喝了一斤茅台，醉倒在桌前。

刘建国醒来时已是午夜，他在一楼客房的床上，望着屋里每个陪着他的人都觉眼晕。他有气无力地爬起来，由翁子安搀扶着去洗手间小解，然后喝了一杯热茶。翁子安对刘建国说，舅舅一个月前就叫人购得烟花，等到他来时放，豹哥说放烟花的人等了三个多钟头了，要不去院子看烟花？

未等刘建国答应，煤老板拄着拐杖，做出请的姿势，豹哥则先行出了门，对着一直候在门岗的放烟花的人高声说，赶紧把院子的灯都关了，放吧！所以当翁子安扶着刘建国来到院子时，烟花的盛宴开始了。砰砰——砰的发射声中，夜空被火焰点燃了。在极寒时刻，刘建国在星辰的世界，看到了火红的百合花、金黄的菊花、雪白的莲花、蓝色的鸢尾花、粉红的桃花、紫色的丁香花，它们团团簇簇，丝丝缕缕，离散聚合，盛开寂灭，演绎着繁华和苍凉。一花方落一花起，把夜空打造成一个五彩的花园，似乎要把刘建国度过的几十个黯淡的春天，一一唤回和点亮，巧心描绘和编织，悉数偿还给他。其中一个巨型烟花，在更高的夜空豪情万丈地绽放，中心处那粉色红色紫色和绿色的光焰冲天而起，而边缘处的白色光束，却向下倾斜，仿佛流向大地的泪滴。刘建国抱住翁子安，叫了一声"铜锤——"，哭了起来。

太古时期的"年"，传说是盘踞深山的怪兽，其貌丑陋狰狞，其性凶残卑劣。此"年"乃饕餮、邪恶之徒，日日变换口味，从飞禽走兽到人类，无所不食，所以那时的人们提起"年"，莫不骇然。但人类终归是智慧的，最终掌握了"年"窜至人类的周期，它三百六十五天来一次，黑夜潜来，鸡鸣离去，所以人们在这天宰杀牲畜，祭祀祖先，置办丰盛的宴席，彻夜灯烛不熄，一家人团聚守岁，让"年"无从下口，日出前灰溜溜离去。当然还有传说，说水底有个祸害精叫"夕"，它常上岸残害百姓，人们发现"夕"惧怕红色和响声，所以年关之时，户户贴大红的对联，点红灯笼，燃放鞭炮，驱鬼"除夕"。无论哪种说法，都说明"年"来者不善，所以直到如今，进入腊月，年关之际，人们想到的都是短缺了什么，赶紧补齐和偿付，以免有灾殃。除了吃的用的，欠人钱的要还钱，欠人情的要还情，所以腊月的银行卡和支付系统，是被蝗虫席卷的叶子，疯狂被啃噬和透支。大部分生意都红火，来商场买新衣新卧具的，去超市添置新碗新筷子的，到副食店和水果店采买肉蛋禽类、山珍海味和蔬菜瓜果的，到经营文化用品的铺面买春联和灯烛的，到街角买纸钱祭奠已故亲人的，比比皆是。快递小哥和出租车司机，从早忙到晚。与此同时，送礼的、讨薪的、躲债的也多了起来，有熬不住的，急火攻心住院甚而暴毙的，时有出现，对这样的人来说，年关就是鬼门关。

年前的街市自然也热闹，来银行取钱办年货的，去邮局给远方亲朋寄土特产的，到澡堂透彻洗个澡的，去饭店请关照过自己的人吃饭的，进花卉市场买几盆时令鲜花装点居室的，以及逛冰雪游乐园和到剧院欣赏音乐会的，都比平日多了起来。而腊月最抢手的，无疑是火车票。为了得到一张回乡的票，人们使出万般手段，各类抢票软件是隐形美女，备受宠爱，而票贩子成了半个演员，乔装打扮，开始兜售高价票。无论政府打击力度多强，善于隐蔽和打游击战的票贩子，春运期间总会暴赚一笔，过个肥年。

年在南方是春的代名词，而在寒流依然占统治地位的哈尔滨，年却是雪骨冰心。无论公园还是街市，冰灯雪雕随处可见。

榆樱院往年春节是冷清的，租户一般都回乡过年了，只有老郭头驻守，他会在自家门口挂上走马灯。这盏灯描画着西施、王昭君、貂蝉、杨贵妃四大美女的图像，从除夕一直挂到元宵节，算是陪他过大年。老郭头爱这盏灯，因为儿女们顶多大年三十时，接他出去或是来榆樱院陪他吃顿年夜饭，不像走马灯上的美人，想让她们陪多久就多久。

今年的榆樱院大为不同，陈秀和老郭头终于在街道办的协调下，登记结婚。陈秀成了榆樱院主楼的女主人后，气质大变。她的眼睛有了光，气色好看了，说话底气十足。她在二手市场花两千元，买了件秃领的貂皮大衣，为它配了件红色羊绒围脖和貂皮小帽，出门时穿戴上，把自己往贵妇打扮。所以老郭头家今年的年怎么过，她说了算。一进腊月，她先把走马灯扔进垃圾箱，说它太旧了，那上面的美人，除了昭君头戴帽子、身着棉袍，其余的都穿着纱裙，袒胸露臂的，实在不成体统。她用韦得罗（一种底小、肚圆、大开口的小水桶）冻上冰，做了两盏冰灯，放在门的一左一右，之后开始采买年货。她去南极城批发市场，买了猪头、猪蹄和鸡鸭，回家后熏酱或是卤煮，所以郭家的外屋门一打开，肉香气就飘出来了。寒风也嘴馋吧，趁机溜进屋子。

大秦和小米今年也在榆樱院过年，见婆婆摆了冰灯，大秦也用澡盆冻了一块冰，几经雕琢，做了个小巧的摩天轮冰灯，立在租屋门口。陈秀见了撇嘴，说孩子还没生呢，玩具就造好了，可惜冰的摩天轮不能旋转，是个死玩意。总之她对小米肚里的孩子，依然有怨气。

小刘胖丫自打认识了刘骄华的独苗小李，不常住榆樱院了，小李为他们在一所老年大学，找到了教二人转的活儿，收入不错，还不用起早贪黑。小李的房子够大，有时他们就住那里。但最近小刘常独自拎着烧酒和吃食回榆樱院，关在屋里喝得烂醉。若院里人碰见问他，胖丫咋不跟你回来住？他就翻白眼，说她跟谁住不是住？

　　而刘骄华也听说儿子看上胖丫了，小刘为此情绪低落，金银组合即将分崩离析。刘骄华觉得老李烂便烂了，他们这把年龄，已闻到坟墓的味道了，但儿子不一样，他未来的路还长。刘骄华特意把儿子约到一家咖啡店谈心，说夺人妻者，在中国传统文化里，是最遭人唾弃的。小李说胖丫和小刘并没登记，只是同居，他和小刘在同一起跑线上，他追求胖丫无罪，至于她最终选择谁，那是胖丫的权利和自由。小李承认他们三人在一起住过，正是这段经历，让他爱上她。但小刘不住那儿后，胖丫在他和小刘之间犹豫不决，独自去老年大学住了，并不像人们传说的那样和他同居了。刘骄华很生气，说那也是因为你插足，人家才分居了！她顾不得斯文，说你看上胖丫哪一点？她家是外县的，没个正式工作，收入不稳定，医疗没保障，文化不高，体形不好，相貌一般，说话粗俗，你跟我说说她究竟哪点赢人？小李"啧啧"叫着，鄙夷地对母亲说，亏您是狱警，受过高等教育，我姥爷和我爸还都是有名望的知识分子，怎么能说出这种歧视人的话？我告诉您吧，我就是喜欢胖丫，她纯真无邪，生性乐观，又狡黠世故，经得起风雨。最重要的是好养活，不拜金，这样的女孩在城里，打着灯笼难找了！他还告诉母亲，他联合了一家实力雄厚的企业，与他们文化公司合作，明年将改造榆樱院，把它打造成二人转小剧场。他让母亲不要再续租了，其他人家出租的，他们也会想方设法租到名下。他说一定会让榆樱院，成为未来哈尔滨的重要文化景点！刘骄华说你做梦吧，我才不会把它租给你胡闹呢。你也用你这猪脑袋好好想想，胖丫和小刘台上一起演戏，台下同居了这么长时间，志同道合，你这尖嘴猴腮、龇着狗牙的模样她会喜欢？别因为自己在小报发几篇豆腐块文章，就冒充才子！还有你多长时间洗一次澡啊，怎么跟你那死爹似的，身上一股汗馊味啊。刘骄华气不打一处来，什么难听说什么。她说这很可能是胖丫和小刘的计策，胖丫和他好，把房子骗到手，再把他一脚踢开，和小刘重温鸳鸯梦。如果不是圈套的话，刘骄华威胁儿子："小刘那么爱胖丫，他还不得把你给杀了！我告诉你快过年了，小刘要拿你做人肉包子，也不是没可能。因为憎恨别人横刀夺爱而起杀心的，在杀人犯中比例是高的，小心你的狗头吧。"

刘骄华这一骂，反倒增强了儿子的斗志，临走他对母亲说，真爱是坎坷的，我要勇往直前！

胖丫不在榆樱院，但她的影子却在。有天夜里大雪，宿醉起来的小刘堆了两个雪人，矗立在租屋门口。雪人一男一女，男的憨态可掬，女的丰腴明艳，一看就是胖丫。两个雪人的头上铺展着手绢花，一红一绿。女的头顶着红的，男的头顶着绿的。大秦早起出摊，看见这两个雪人，心中一阵难过，他把雪人头顶的手绢花交换了一下，女的头顶着绿色的，男的头顶着红色的。

翁子安也为榆樱院增添了景观，他从屋里接出电线，将三棵大榆树披挂上彩色灯珠。他们住屋山墙的榆树，挂的是玫瑰花灯珠；院中的两棵榆树，挂的是红辣椒和星星灯珠。腊八晚上彩色灯珠亮了,把各户门前的冰灯和雪人都照亮了。老郭头喝完腊八粥,出门一望院子流光溢彩的,嫌翁子安没给他门前的樱花树,挂上一串樱花灯珠,说有钱人还差这点钱啊。这话被黄娥听见了,腊月十一晚上,樱花树也亮了,粉红的樱花灯珠,比真的樱花还要明媚,老郭头感动地对陈秀说,翁子安要是和黄娥结婚,我非得随个礼,送他们一对花枕头!陈秀白了老郭头一眼,说是一串灯珠,一点电费,对有钱人来说连根毫毛都不算,你也太好俘虏了。陈秀的主意是,开春时让翁子安把榆樱院彻底整修一遍,下水管线老化了,总爱堵塞,要换新的。还有外置的木楼梯,得将它加固一下,刷上新漆,这样她可以利用好二层,养点花草,搬个茶桌,弄两把椅子,买上一笼鸟,在鸟语花香中喝茶,过神仙日子。老郭头兴奋得两眼放光,说这主意不赖!

翁子安在榆樱院第一次见到黄娥后,开始了对她的暗中保护和追求。如果黄娥不是被马车撞伤,他也不会那么快现身,他觉得自己似乎还没准备好,迎接一场迟来的爱情。他上大学期间谈过一个女友,但因性格不合分手。大学毕业后,他回故乡工作,住在母亲身边后,发现母亲不仅疯癫,而且经常突然倒地,人事不省,这让他深深恐惧,担心自己会遗传这种病。而上大学前,他一直住舅舅家,虽然知道母亲精神失常,但舅舅带他见她,一般是在节日,那时的母亲看上去比较正常,知道准备吃食,打扫居室,还会问问他学习上的事情。

翁子安随母姓,舅舅在他懂事时就告诉他,他爸爸在他半岁时死了，他母亲承受不了打击，所以有时神志不清。至于父亲是怎么死的，舅舅不说，他也不问。只是高一的那年腊月，舅舅驾车带他理发，翁子安见到街角有卖冥币的，小心翼翼地问舅舅，他爸爸埋在哪里，要不给他上个坟？舅舅生气地说你爸死无葬身之地，没坟，用不着祭奠。

翁子安大学毕业后只做了五年警察，因为他担心的终于成为事实，他觉得不能在公安的岗位再干下去，所以年纪轻轻办了病退。他和母亲患了一样的病，有时会突然倒地，意识模糊。有一次他正追捕犯罪嫌疑人，突然发病倒在一条小街上，犯罪嫌疑人逃脱了。

翁子安的舅舅两度婚姻，两任老婆分别给他生了个儿子，但舅舅似乎格外看重外甥，所以翁子安病退后，他力邀他来公司做副手，很有点让他继承家业的意思，以致舅舅的两个儿子，对翁子安都很抵触。但翁子安想做自己喜欢的事情，他想开一家律师事务所。舅舅注入百万资金，助翁子安事业起步。律师事务所走上正轨后，在行业内声誉鹊起，当然这与舅舅的人脉也有关系，他为翁子安引荐了许多司法行业的朋友。舅舅的公司有私人会所，这些人也是舅舅的座上宾，但舅舅有个原则，只送他们吃喝，只安排假日休闲和春节到南方度假，不送钱财和女人。但关于舅舅的煤矿涉黑的传言，在坊间一直流传。翁子安曾劝过舅舅，赚得差不多就隐退吧，夏天在黑龙江避暑，冬天到南方避寒，因为舅舅在海南的三亚和云南的大理，早买了私人别墅。但舅舅说只要你母亲不走，我就不会离开这儿的。

翁子安知道舅舅为了让母亲去南方，用尽办法，可无论在她清醒还是糊涂时，都说哪儿都不去，说冬天看不到雪花，她会死的。而翁子安之所以不敢再谈恋爱，是怕自己的病遗传给下一代。他做了孤独终老的打算，虽然舅舅一再说他的病与母亲无关，他还是心怀恐惧。

翁子安知道自己的真实身世，是在舅舅的癌细胞扩散后，他开始安排后事，这才告诉他，他并非翁家人。舅舅坦白自己把他偷来，就是为了安慰妹妹。而他妹妹也天然以为，翁子安就是她的儿子四点。舅舅说为了隐瞒他的身世，当年他们就搬家了。怕刘建国有一天认出他来，舅舅故意毁容，在门框撞歪了鼻梁，还给额头搞了一道疤。八十年代初他辞职干个体后，从开货车运煤起家，直到有了自己的运输公司，再到后来成了远近闻名的煤老板。他也曾听说过刘建国寻找孩子，也知道近年翁子安发病后，居然坐刘建国的"爱心护送"车出院，这让他心惊胆战，寝食难安，但知道翁子安身世的人，只有他和妻子，以及他们家多年的至交，一直服侍翁子安母亲的李妈。

翁子安突然面对一个犯了重罪的舅舅，一个不是自己母亲的母亲，实难承受。但他从疾病的阴影下彻底解脱了，有勇气追求喜欢的人了。舅舅道出实情后，他约刘建国去犹太公墓祭奠祖母谢普莲娜，为了确认舅舅没有虚构，他在海林的一个林场草滩，和刘建国有了那番长谈，当他听到虎头鞋的细节时，他明白害了刘建国的就是舅舅。其实舅舅也害了翁子安和他自己，他们的青春，哪个不滴着泪呢。翁子安知道这样的事件，即便是曾经的风暴眼，但在更为光怪陆离的现实海洋中，它已不具备搅动舆论风潮的能力。即便不过诉讼时效，舅舅可以服法，整个程序走下来，不等判决生效，舅舅可能就病逝了，因为癌细胞已经扩散到他各脏器。为了确认自己真的不是疯了的母亲所生，翁子安还通过公安的老友，将于大卫和谢楚薇留下的血样信息，与自己的私下做了比对，确认他就是他们的儿子。无论舅舅如何忏悔，翁子安觉得他对刘建国犯下的罪行不可饶恕，但他对舅舅又是依恋和同情的，是他把他抚养成人。舅舅要给他一笔巨额财产，保他后半生衣食无忧，但他拒绝了。舅舅非常伤心，说你什么都不要的话，我死不瞑目。这样翁子安让舅舅替自己做了一件事，给湿地保护项目捐助了一笔钱，那是他在获悉黄娥突发意外时，对着大自然做出的许诺。当舅舅说愿意把公司百分之三十的股权转让给刘建国，想以此补偿时，翁子安没有反对。但以他对刘建国的了解，他不会接受的。也的确，那晚看完烟花，刘建国连夜回哈尔滨，说他不想再看煤老板一眼。

刘建国回城后，暂时没告诉于大卫铜锤的下落，因为翁子安还没有认亲的打算，他说此生不会离开养母，而杂拌儿已成为谢楚薇生活中最重要的人，难以分离。刘建国跑了趟榆樱院，把一只虎头鞋，送到黄娥那里，说是给翁子安的礼物。黄娥拈着那只鞋，疑惑重重，无论翁子安还是刘建国，都没告诉她这只虎头鞋的来历。

翁子安虽没认生身父母，但他也悄悄跟踪过他们多次，想知道自己这道泉，是从怎样的山岭间流淌出来的。他发现谢楚薇如果是独自出门，衣着会比较黯淡，腰也佝偻着，而如果她手牵杂拌儿出门，则穿得鲜艳夺目，努力挺直腰，脖子拔得长长的。于大卫却率性自然得多，他举手投足间，有一股超凡脱俗的气质。他出入的场所，除了自己的店面，就是寻常饭馆和浴池。吃和洗，似乎在他的生活中很重要。父母这两座山，都有点高冷奇崛，独立不羁。

翁子安收到虎头鞋后，给刘建国打了多个电话，但他一概不接。据说他去了兴凯湖畔的一个小镇，买了套两居室，每天跟着一个打鱼人，到湖上冬捕。

黄娥的赴死计划，因交通意外和翁子安的出现，一再受阻。翁子安租住榆樱院后，向她坦白了爱。黄娥推说有丈夫，卢木头虽然下落不明，但她坚信他们会团聚。为了推开翁子安，黄娥把自己说成荡妇，讲陆路交通不发达时，她在七码头怎样开着小汽艇去月牙村和椴树屯送男客，怎样和他们发生关系，把卢木头气得七窍生烟。翁子安听后只是苦笑，不说什么。待黄娥能够挂着拐下地，一日黄昏，他们喝过热茶，在彩绘玻璃隔断前驻足，欣赏着穿窗而过的夕阳，将门神和基督的脸镀上的那层金，黄娥忽然动情地对翁子安说，等她到了另一世，跟卢木头商量一下，不做他的女人了，她要在那儿等着翁子安，做一回他的女人。

翁子安从黄娥的话中，听出卢木头已故，她也有不活的打算。而他第一次见她，就发现她神秘的目光中，隐含着绝望之色。他在认识黄娥后，也悄悄去了七码头，暗查卢木头失踪案。按他的推断，卢木头已不在人世，尸首应该在七码头附近，黄娥应是知情者，她之所以还活着，一定是为了给杂拌儿在哈尔滨找个好人家。为了验证他的判断，那天他故意用言语刺激黄娥，说他听七码头的人说，卢木头不许她在外和人胡搞，她嫌其碍眼，所以杀了丈夫，毁尸灭证，逃离七码头。翁子安说圣母、上帝和门神都在，说个实话，他们是不是诬陷了你？黄娥果然中计，她说你去调查我了？黄娥哭着辩解，说我没杀他，就是气着他了。我那天去看在青黛河开船的刘文生，没和他发生关系，可这个榆木脑袋的卢木头，就是不信，谁知道他气量那么窄，会被气死呢！黄娥把事情的经过，断断续续地复述一遍，强调她安顿好杂拌儿，会回七码头为卢木头偿命。翁子安说你都气死一个爱你的男人了，不能再气死第二个了，我也不要下一世才和你在一起，他满含热泪，把黄娥和她的拐杖，轻轻揽入怀中。

翁子安觉得怀抱中的黄娥是那么的轻，因为没有比爱情更为轻盈的生命了；又那么的重，也没有比戴罪之躯更沉重的躯壳了。

黄娥自认身上已寂灭的爱欲和情欲，枯木逢春般地复苏。像当年在风雨的河上航行，而格外渴望男人的怀抱一样，在这个冬天的雪光中，她近乎疯狂地攫取翁子安的爱和雨露。她想这是人生赐予她的最后盛宴，狂欢之后，等待她的将是永无尽头的黑夜。翁子安有时因事，连日不回榆樱院，黄娥便难以入眠。而且和翁子安好了之后，她的胆子忽然变小了，夜半的任何一点响动，无论是小刘醉酒归来的脚步声，还是野猫蹿上房的声音，抑或是北风把院子的榆树吹得呜呜叫，都让她害怕。

杂拌儿对妈妈有了从未有过的抵触，寒假只回来两次，一次来取小号，另一次来拿带帽遮的布帽，说这是爸爸的帽子，不能让那个姓翁的给戴走了。杂拌儿取帽子时，黄娥让他把她绘制的哈尔滨地图和她写的哈尔滨记事本也带上，杂拌儿冷笑一声，说他不需要。儿子学会冷笑，让黄娥心下哆嗦。她小心翼翼地问他，除夕能否和她一起在榆樱院过？杂拌儿说那个姓翁的不是陪着你吗？黄娥说他春节会陪他母亲和舅舅，他母亲是个疯子，他舅舅病得快死了。杂拌儿又是一声冷笑，说那你也疯呀，也病得快死呀，他不就陪你了吗？黄娥觉得身上发冷，可脸上却火烧火燎的，她说自己不会跟这个姓翁的过下去。杂拌儿说那你还记得卢木头是谁吗？黄娥说要不了多久你就会明白，妈妈还是会和爸爸在一起的。杂拌儿指着彩绘玻璃隔断上的门神说，你这话骗这俩没心的玻璃人吧。黄娥还想说什么的时候，撞伤她的马车的车主，带着老婆又来了，他们送来年货，冻豆腐、葵花籽和黏豆包，是双份的，另一份请她转给谢楚薇。他们说黄娥没被撞死，是他们这个年最值得庆幸的事情，得好好犒劳她。杂拌儿擎着帽子出门时对马车夫说，你家的马也是笨啊，撞人还留活口！杂拌儿开门出去，一股冷气灌进屋子，黄娥的心被儿子杀气腾腾的话，给浸得凉凉的了。

翁子安腊月二十九看过黄娥，下午便出城去陪家人过年了，他说以后陪黄娥的日子多着呢，而这将是舅舅过的最后一个年。

年三十早上，黄娥出门贴春联，见陈秀也在贴。黄娥和她打招呼时，发现她情绪低落。问她年夜饭开始准备了吗，陈秀悄悄走到黄娥这厢，小声说老郭头因为儿女今年不来过年，昨晚耍脾气，叹了一夜的气，早晨一量血压，低压一百一，高压一百八了。黄娥说那可得小心着，万一有情况就喊她。陈秀问杂拌儿不回来过年？黄娥说他跟他谢娘过。陈秀叹了口气说，那晚上你煮饺子时，连个端饺子的都没有！她们正说着，大秦也出来贴春联，小米肚子越来越大了，大秦近来总是乐呵呵的，他见了陈秀依然喊"妈"，陈秀半笑不笑地勉强答应一声。大秦不仅把他租屋的门贴了春联，还给小刘胖丫的租屋门贴了春联。陈秀和黄娥各自回屋后，大秦又挨家送来他和小米炸的江米条，作为年礼。

除夕晚上，榆樱院灯火璀璨，这个破败的院子在暗夜中像个宝石库了。九点来钟，院中传来脚步声，是胖丫回来了。她拎着五花肉、酸菜和姜葱蒜，来给小刘包饺子，看来她终归是舍不得小刘的。那间屋子又传出了二人转唱腔，不过一会儿是夹杂着哭声的，一会儿又带着明丽笑声的，也不知他们唱的是哪一出。小刘胖丫三天没出门，初三中午，两个人像是经历了一场大地震，互相搀扶着走出租屋，他们瘦了一大圈，但表情却是幸福的。小刘说他们回乡探亲，出了正月再回来。

初七早晨，黄娥吃过"人日子"的面条，接到翁子安电话，说他舅舅情况不妙，近期难以回哈尔滨陪她。万一他的手机打不通，请她不要紧张，他一定会回来娶她的。黄娥放下电话后一头雾水，不明白这个"不妙",指的是什么。她对着彩绘玻璃隔断发愣时,院外传来救护车的尖叫声,她拉开门,见两个穿白服的医护人员,抬着担架跑进院子,原来老郭头昏倒在洗手间,口鼻流血,陈秀打了120电话,又喊大秦帮忙,把老郭头送到救护车上。黄娥想要陪着去医院,陈秀说大秦跟着就够了。

近午时分,小米敲黄娥的门,说大秦来电,老郭头没了。婆婆布置大秦买黄表纸,让她叠灵幡挂在门洞。榆樱院住的不是一家,她想问一下大过年的,她忌讳吗?黄娥说那有啥忌讳的,你身子沉,别动了胎气,我在七码头也没少帮人叠灵幡,这活儿就交给我吧。两个女人慨叹着人生无常,心情沉重。

下午大秦买了黄表纸回来,黄娥在小米的租屋,按照老郭头的阳寿,和她一起叠灵幡,才叠了三十几片,陈秀哭号着回到榆樱院,不让她们叠灵幡了,说老郭头该下地狱!原来老郭头的子女拿出了父亲和陈秀结婚前,留下的一封经过公证的遗书,百年之后他榆樱院的房产,归子女所有。陈秀说上了这个糟老头的当!黄娥说最好咨询一下律师,你是他的遗孀,有法定继承权的。陈秀立刻安静了,泪眼中泛出一股逼人的光,说跟你好的那个翁子安,不是开律师事务所的吗,你求他帮我打官司,要是赢了,我给你俩当老妈子都行!黄娥说翁子安的舅舅情况不妙,近期不好打扰他。陈秀便又开始了哭诉,说她命苦,亲儿子若在,哪至于落到今天这个田地。她声称要是连一半的房产也分不到的话,就把房子烧了,她不怕进监狱,反正这样活着,跟在牢里没啥两样。

说到激动处，她四处找斧头，要把那棵樱花树砍了，说都是它招蜂惹蝶，拐带着老郭头花心撩骚她，她才跳了火坑！

老郭头还没火葬，陈秀便聘请了律师，准备为房产，和老郭头的子女打一场官司。

正月初九正午，天阴着，黄娥忽然接到谢楚薇电话，她有点兴师问罪的意思，说杂拌儿答应她只是初八，回榆樱院住一个晚上，怎么该吃午饭还不见他回来？打他手机他还关机。黄娥大吃一惊，说杂拌儿没回榆樱院啊。谢楚薇说怎么可能呢，他昨天说要回去看看，住一个晚上，特意带着小号，说要给你吹曲子听的，我开车把他送到榆樱院门洞的。黄娥急得心快蹦出来了，她喉咙干痒，哆嗦着说我真没见到儿子啊。

谢楚薇夫妇和黄娥，先去公安局报案，然后在哈尔滨开始分头寻找。刘骄华因胖丫甩了儿子，正中她意，心情好转，所以她也积极加入到寻人行列。

从正月初九到十二，连续四天，他们把杂拌儿可能出现的地方都找遍了，火车站，汽车站，早市夜市，各少年宫，溜冰场，电影院，图书馆，饭馆，澡堂，以及每个同学家，却是一点线索都没有。谢楚薇连日不睡，脸色蜡黄，眼睛充血，看着黄娥像看着仇人；黄娥不吃不喝，不梳不洗，眼窝凹陷，腮帮子塌了，虚弱得连说话的力气都没有了。于大卫猛然想起刘建国，杂拌儿和他有感情，别是去找他了。他知道刘建国现在不接旧友电话，于是发了短信问询。

令于大卫意外的是，刘建国回了电话，说杂拌儿丢了别慌，你和谢楚薇的孩子找到了，其实我早该告诉你们的，但铜锤现在还没想和你们相认。于大卫只觉一阵晕眩，张口结舌地问他儿子在哪？刘建国说他想相认时，自然会出现的。他还对于大卫说，你儿子本事不小，通过个人关系，做了血亲鉴定，他就是你们亲生的。刘建国最后提示，他和于大卫都不是给予杂拌儿生命的人，杂拌儿失踪，一定是寻生父去了，也许回七码头找最好。于大卫问能把我儿子的名字告诉我吗，或者告诉我他是做什么的，我想给他做本摄影集呢，也不知他会不会喜欢艺术？

刘建国满怀忧伤地说，谁能不喜欢艺术呢，该说的我都说了，以后就不要打电话了。

正月十四午后，黄娥赶回七码头。她路过小镇集市时，碰见了刘文生，他挽着一个穿红色羽绒衣的大肚子女人，正为即将到来的元宵节选花灯。刘文生跟黄娥介绍身边的女人，说这是他老婆，再过半个月该生产了。黄娥落寞地说了一句，你家孩子生日可真大啊。

刘文生还对黄娥说，好多人看见卢木头小馆的烟囱冒烟了，说里面传出吹号的声音，但没看到有人进出。他问黄娥，你家亲戚过来住了？黄娥喜极而泣，说是杂拌儿回家了。

黄娥知道儿子的下落后，悬了一路的心，终于放下来了，她顺路买了一盏鲤鱼灯，一盏莲花灯，打算挂在卢木头小馆，元宵节和杂拌儿一起赏灯。

出乎于大卫意料的是，谢楚薇对亲生儿子有了下落，似乎并不惊喜，她仿佛不愿面对丢失时是婴儿、归来时却是个中年人的儿子，她的心思仍在杂拌儿身上。于大卫恍然明白，对于一个母亲来讲，陪伴孩子一点点长大，才能培养和建立起亲密可信的母子关系。

于大卫得知找到的儿子，是自己的亲生骨肉，对谢楚薇满怀愧疚的同时，有一股疯狂的念头，像毒蛇一样啃噬他的心，令他躁动不安。他想补偿青春年华失去的欢娱，谢楚薇垂垂老矣，他便去找偷偷做这种生意的女孩，但三次都没成功。第一次是因为他没有摆脱羞耻感，付了钱让人走了；第二次是因为那女孩太年轻，他有作孽的感觉，也是付了钱让人走了；第三次他终于鼓足勇气，可他发现自己完全是个废物了，无能为力，依然是付了钱让人走了。于大卫很想把这三次经历，亲口说与刘建国，喝上一顿酒，痛快哭一场，于是他给汽车加满油，起早踏上了去往兴凯湖的路。走前他特意把夏里亚宾的《伏尔加船夫曲》，从伊格纳维奇遗留下的黑胶唱片中，转录到一部崭新的手机上，想作为见面礼送给刘建国。

于大卫到达刘建国所在的小镇时，天已黑尽，一些人家挂起红灯笼了。于大卫把车停在湖畔小路上，拨打刘建国手机，想问他具体住哪儿，可手机接通后，并无人语，他只听到一阵狗叫。于大卫"喂喂"地叫，说建国你在干吗，我到你这儿了，你得给我掂掇俩菜，烫壶烧酒啊。可对方并不作答，继狗叫之后，传来的是劈柴燃烧的声音。于大卫说你买的楼房，养狗倒也罢了，咋还能烧柴呢，你这是在谁家呢，还是手机落外人手里了？你倒是说句话呀，回答他的却是一阵哗啦哗啦的舀水声。于大卫想刘建国这是不想见他了，于是说我给你带了礼物，不见面也能送达的礼物，建国你好好听着啊。

于大卫打开那部崭新的手机，放出夏里亚宾的《伏尔加船夫曲》，伴随着抑扬顿挫的"哎呦嗬"拉纤的号子，夏里亚宾那低沉浑厚的男低音，开始从他车内通过手机，传输给另一部手机，再向一个未知的角落传送。

"踏开世间不平路"，是这首歌反复吟唱的一句歌词，于大卫想刘建国即便不懂俄语，但他透过旋律，一定听懂了这句话。于大卫还相信，不仅手机那端的人听到了，车窗外湖畔的蒿草，弥漫的炊烟，冰湖的月亮，游荡的寒风，也都听到了。当歌曲结束的时候，于大卫听到了哭声，有高有低，有粗有细，他判断这是两个男人的哭声。哭声过后，是更加热烈的劈柴燃烧的声音，好像谁在为年放着爆竹。

2019 年 4—12 月	初稿
2020 年 2 月	二稿
2020 年 4 月	三稿

我们时代的塑胶跑道（后记）

哈尔滨对于我来说，是一座埋藏着父辈眼泪的城。

埋藏着父辈眼泪的城，在后辈的写作者眼里，可以是一只血脚印，也可以是一颗露珠。

我十七岁前的行迹，就在连绵的大兴安岭山脉。山脉像长长的看不见的线，日月之光是闪亮的针，把我结结实实缝在它的怀抱中。初春的风认识我，我总是小镇那个早早摘掉围脖和手套的女孩，所以我的手总是比别的孩子要皴。夏日的溪流认得我，我常去那洗衣裳刷鞋子，将它们晾晒在溪畔草丛，交由太阳这个大功率烘干机，奔向树林采摘野果。可恶的树枝总是挂破我的衣裳，所以我身上的补丁也比别的女孩多。秋天时凝结在水洼上的薄冰认得我，它们莹白的肌肤上有着妖娆的纹路，被晨曦映照得像一面镶嵌着花枝的铜镜，我爱穿着水靴，把它们一个个踩烂，听着冰的碎裂声，感觉自己在用脚放爆竹，十分畅快，完全不理会冰的疼痛。冬天生产队的牛马认得我，那时上学除了交学费，还得交粪肥，只要发现公家的牛马出来拉脚，我就提着粪筐尾随着。可有时你跟了半里地，它们一个粪球都不赏，我便赌气地团了雪球打牛马，这时总会遭到车老板的叱骂。所以开学之前，因为粪肥不够秤，我和邻居小伙伴曾去牲口棚偷过马粪。

我少年时代的生活世界就是这样，在大自然的围场里，我是它的一个小小生物，与牛马猪羊、树木花鸟一样，感受这世界的风霜雨雪。无边无际的森林，炊烟袅袅的村落，繁花似锦的原野，纵横交织的溪流，是城市孩子在电影或画册中看到的情景，可它们却是我的日常生活图卷。

我对哈尔滨最早的认知，是从父亲的回忆中。童年的我懵懂无知，曾闹出不少笑话。比如看完京剧《沙家浜》，我认定有的地方的人是唱着说话的。比如父亲提到城市的公园时，我自作聪明地以为，这是男人才能进的园子。因为我们小镇的男人谈及女人生孩子，不说生男生女，而说生公生母，很自然地把人归于动物的行列。父亲童年不幸，我奶奶去世早，爷爷便把父亲从帽儿山，送到哈尔滨的四弟家，而他四弟是在兆麟公园看门的，多子多女，生活拮据。父亲在哈尔滨读中学时寄宿，他常在酒醉时讲他去食堂买饭，不止一次遭遇因家长没有给他续上伙食费，而被停伙的情景。贫穷和饥饿的滋味，被父亲过早地尝到了。父亲说他功课不错，小提琴拉得也好，但因家里没钱供他继续求学，中学毕业后，他没跟任何人商量，独自报名来参加大兴安岭的开发建设。爷爷的四弟得知这个消息时，父亲已在火车站了。父亲这一去，直到

1986 年因病辞世，近三十年没回过哈尔滨。而他留给我的哈尔滨故事，多半浸透着眼泪。

父亲去世后，1990 年我从大兴安岭师范学校，调转到哈尔滨工作。每次去兆麟公园，我都会忧伤满怀，想着这曾是父亲留下足迹的地方啊，谁能让他的脚印复活呢。

初来哈尔滨，我的写作与这座城市少有关联，虽是它的居民，但更像个过客，还是倾情写我心心念念的故乡。直到上世纪末我打造《伪满洲国》，哈尔滨作为这个历史舞台的主场景之一，我无法回避，所以开始读城史，在作品中尝试建构它。但它始终没有以强悍的主体风貌，在我作品中独立呈现过。十年过去了，二十年过去了，我在哈尔滨生活日久，了解愈深，自然而然将笔伸向这座城，于是有了《黄鸡白酒》《起舞》《白雪乌鸦》《晚安玫瑰》等作品。

熟悉我的读者朋友知道，我的长篇小说节奏，通常是四到五年一部。其实写完《群山之巅》，这部关于哈尔滨的长篇，就列入我的创作计划中。无论是素材积累的厚度，还是在情感浓度上，我与哈尔滨已难解难分，很想对它进行一次酣畅淋漓的文学表达。完成《候鸟的勇敢》《炖马靴》等中短篇小说后，2019 年 4 月，我开始了《烟火漫卷》的写作。上部与下部的标题，也是从一开始就确定了的——《谁来署名的早晨》与《谁来落幕的夜晚》。写完上部第二章，我随中国作协代表团访欧，虽然旅途中没有续写，但笔下的人物和故事，一路跟着我漂洋过海，始终在脑海沉浮升腾，历经了另一番风雨的考验。

我们首站去的是我2000年到访过的挪威，因为卑尔根给我留下的印象太深了，当年归国后我还写了个短篇《格里格海的细雨黄昏》。而此次到卑尔根，最令我吃惊的是，这座城市少有变化，几乎每个标志性建筑物和街道，还都是我记忆中的模样，甚至是城中心广场的拼花地砖，一如从前。而在中国，如果你相隔近二十年再去一座城市，熟悉感会荡然无存，它既说明了中国的飞速发展，也说明我们缺乏城市灵魂。而有老灵魂的城市，一砖一瓦、一木一石都是有情的。在卑尔根海岸，我眼前浮现的是"榆樱院"的影子，这座小说中的院落，在现实的哈尔滨道外区不止一处，它们是中华巴洛克风格的老建筑，历经百年，其貌苍苍，深藏在现代高楼下，看上去破败不堪，但每扇窗子和每道回廊，都有故事。它们不像中央大街黄金地段的各式老建筑，被政府全力保护和利用起来。这种半土半洋的建筑，身处百年前哈尔滨大鼠疫发生地，与这个区的新闻电影院一样，是引车卖浆者的乐园，夜夜上演地方戏，演绎着平民的悲喜剧。从这些遗留的历史建筑上，能看到它固守传统，又不甘于落伍的鲜明痕迹。这种艺术的挣扎，是城市的挣扎，也是生之挣扎吧。

从卑尔根我看到了"榆樱院"这类建筑褶皱深处的光华，到了塞尔维亚，我则仿佛相遇了《烟火漫卷》中那些伤痛的人——伤痛又何时分过语言和肤色呢！在塞尔维亚的几日少见晴天，与塞尔维亚作家的两场交流活动，也就在阴雨中进行。

其中几位前南老作家，令我肃然起敬。他们朴素得像农夫，好像每个人都刚参加完葬礼，脸上弥漫着一股说不出的哀伤。对，是哀伤不是忧伤。忧伤是黎明前的短暂黑暗，哀伤则是夕阳西下后漫长的黑暗。他们对文学的虔敬，对民族命运的忧虑，使得他们的发言惜字如金，但说出的每句话，又都带着可贵的文学温度，那是血泪。这是我参加的各类国际文学论坛中，唯一没有谁用调侃和玩世不恭语气说话、唯一没有笑声发出的座谈。窗里的座谈氛围与窗外的冷雨，形成一体。苦难和尊严，是文学的富矿和好品质，一点不假，安德里奇的《德里纳河上的桥》诞生在这片土地，不足为奇。塞尔维亚作家脑海中抹不去对战争废墟的记忆，而我们也抹不掉对这片土地一堆废墟的记忆。尽管穿城而过的多瑙河在雾雨中，不言不语地向前，但伤痛的记忆依然回流，刻在我们每个人的心上。

5月初归国后，回到书桌前的我，总觉在阴雨中，虽说外面春花烂漫。作家在心灵世界应该置身的，就是这样的天气吧。我一边写长篇，一边忙公务。因为筹建黑龙江文学馆，馆陈内容由我牵头负责，所以几乎每周都要主持一次会议，和各门类专家梳理从古至今的黑龙江文学史。半年时间，召开了近二十场会，展陈大纲数易其稿。但无论多累，回到家里，我不忘垦殖这块长篇园地，它带给我创作的愉悦和心灵的安宁。

写累了，我会停顿一两天，乘公交车或是地铁，在城区之间穿行。我起大早去观察医院门诊挂号处排队的人们，到凌晨的哈达果蔬批发市场去看交易情况，去夜市吃小吃，到花市看花，去旧货市场了解哪些老器物受欢迎，到天主堂看教徒怎样做礼拜。当然，我还去新闻电影院看二人转，到老会堂音乐厅欣赏演出，品味道外风味小吃。凡是我作品涉及的地方，哪怕只是一笔带过，都要去触摸一下它的门，或是感受一下它的声音或气息。最触动我的，是在医大二院地铁站看到的情景。从那里上来的乘客，多是看病的或是看护病患者的，他们有的提着装有医学影像片子的白色塑料袋，有的拎着饭盒，大都面色灰黄，无精打采。有的上了地铁找到座位，立刻就歪头打盹。在一个与病相关的站点，感觉是站在命运的交叉口，多少生命就此被病魔吞噬，又有多少生命经过救治重获新生。这个站点的每一盏灯，都像神灯。能够照耀病患者的灯，必是慈悲的。

长篇写到三分之二处，我遭遇到一个网上恶帖的攻击，选择报案后，虽然心情受到影响，但并未因此停笔。文学确实是晦暗时刻的闪电，有一股穿透阴霾的力量。与此同时，我和同事又马不停蹄地筹备作协换届。但无论多忙，我每天都要把长篇打开，即便一字不写，也要感受一下它的气息。

2019年岁末，长篇初稿终于如愿完成了。记得写完最后一行字时，是午后三点多。抬眼望向窗外，天色灰蒙蒙的。我穿上羽绒服，去了小说中写到的群力外滩公园。春夏秋季时，来这里跑步和散步的人很多。那时只要天气好，我会在黄昏时去塑胶跑道，慢跑两千米。但冬季以后，天寒地冻，滩地风大，我只得在小区院子散步了。12 月的哈尔滨，太阳落得很早。何况天阴着，落日是没得看了。公园不见行人，一派荒凉。候鸟迁徙了，但留鸟仍在，寻常的麻雀在光秃秃的树间飞起落下。它们小小个头，却不惧风吹雪打，该有着怎样强大的心脏啊。

我沿着外滩公园猩红的塑胶跑道，朝阳明滩大桥方向走去。

这条由一家商业银行铺设的公益跑道，全长近四公里。最初铺设完工后，短短两三年时间，跑道多处破损，前年不得不铲掉重铺。因为塑胶材料有刺鼻的气味，所以施工那段日子，来此散步的人锐减。为了防止人们踏入未干透的跑道，施工方用马扎铁和绳子将跑道区域拦起来。可是 6 月中旬的一个傍晚，我去散步时，在塑胶跑道上发现一只死去的燕子。燕子的嗅觉难道与人类不一样，把刺鼻的气味当成了芳香剂？它落入塑胶泥潭，翅膀摊开，还是飞翔的姿态，好像要在大地给自己做个美丽标本。而与它相距不远，则是一只凝然不动的大老鼠——没想到滩地的老鼠如此肥硕。这家伙看来不甘心死去，剧烈挣扎过，将身下那块塑胶，搅起大大的旋涡，像是用毛笔画出的一个逗号，虽说它的结局是句号。而我一路走过，还看见跑道上落着烟头、塑料袋、一次性口罩、糖纸、房屋小广告等，当然更多是树叶。本不是落叶时节，但那两日风大，绿的叶子被风劫走，命差的就落在塑胶跑道上，彻底毁了容颜。

无论死去的是燕子还是老鼠，无论它们是天上的精灵还是地上的窃贼，我为每个无辜逝去的生灵痛惜。

我们在保护人不踏入跑道时，没有想到保护大自然中与我们同生共息的生灵，这一直是人类最大的悲哀。

如今的塑胶跑道早已修复，我迎着冷风走到记忆中燕子和老鼠葬身之地时，哪还看得到一点疤痕？它早以全新的面貌，更韧性的肌理，承载着人们的脚步。去冬雪大，跑道边缘处有被风刮过来的雪，像是给火焰般的跑道镶嵌的一道白流苏。完成一部长篇，多想在冷风中看到一轮金红的落日啊，可天空把它的果实早早收走了，留给我的是阴郁的云。

2020 新年之后，开过作协换届会，极度疲惫的我立刻重感冒了，坚持着再开完省政协会，是年关了，我一路咳嗽着奔回故乡。每年腊月尽头，我都要去白雪笼罩的山上给父亲上坟，和他说说心里话。那天我一边给他洒酒和烧纸，一边告诉他我完成了一部关于哈尔滨的长篇小说，还告诉他去年是我过得最累的一年，但我挺过来了。父亲离开我们三十多年了，但我有了委屈，还是会说给他听。我总想另一世的父亲，一定还在疼着他的女儿。

还记得去年 11 月中旬，长篇写到四分之三时，我从大连参加完东北学会议，乘坐高铁列车回哈尔滨。透过车窗望着茫茫夜，第一次感觉黑暗是滚滚而来的。一个人的内心得多强大，才能抵抗这世上自然的黑暗和我不断见证的人性黑暗啊。列车经过一个小城时，不知什么人在放烟火，冲天而起的斑斓光束，把一个萧瑟的小城点亮了。但车速太快，烟火很快被甩在身后，前方依然是绵延的黑暗。这不期而至的烟花，催下了我心底的泪水。而在列车上流泪，这是第二次。第一次是 2002 年初春，爱人车祸罹难，我从哈尔滨乘夜行列车北上奔丧，眼泪流了一路。而这一次，却仿佛不是因为悲伤和绝望，而是在无边无际的黑暗中，看到了仿佛地层深处喷涌而出的如花绚丽。这种从绽放就宣告结束的美好，摄人心魄。所以回到哈尔滨后，我给小说中的一个历经创痛的主人公，放了这样一场烟火。

我的长篇通常修改两遍，年后从故乡回到哈尔滨，新冠肺炎疫情蔓延，哈尔滨与大多数省会城市一样，采取了限制出行措施。我与同事一边和《黑龙江日报》共同策划组织"抗疫"专号文章，一边修改长篇。每日黄昏，站在阳台暖融融的微光中，望着空荡荡的街市，有一种活在虚构中的感觉。与此同时，大量读书，网上观影。波拉尼奥的《2666》是这期间我读到的最复杂的一部书，小说中的每个人似乎都是现代社会"病毒"的潜在携带者，充满了不安、焦虑与恐惧，波拉尼奥对人性的书写深入骨髓。我唯一不喜欢的地方，是他把罪恶的爆发点集中在墨西哥，就像中国古典小说写到情爱悲剧，往往离不开"后花园"一样。如果人类存在着犯罪的渊薮，那它一定是从心灵世界开始的。

2月改过一稿，放了一个月，4月再改二稿，这部长篇如今要离开我，走向读者了。在小说家的世界中，总是发生着一场又一场的告别，那是与笔下人物无声的告别。在告别之际，我要衷心感谢《烟火漫卷》中的每个人物，每个生灵，是他们伴我度过又一个严冬。

我在哈尔滨生活了三十年，关于这座城市的文学书写，现当代都涌现了许多优秀作家，我只不过是其中一个小小的参与者。任何一块地理概念的区域，无论它是城市还是乡村，都是所有文学写作者的共同资源。这点作家不能像某些低等动物那样，以野蛮的撒尿方式圈占文学领地，因为没有任何一块文学领地是私人的。无论是黑龙江还是哈尔滨，它的文学与它的经济一样，是所有乐于来此书写和开拓的人们的共同财富。

在埋藏着父辈眼泪的城市，我发现的是一颗露珠。

我对小说中写到的经营"爱心护送"车的人，做过艰难采访，因为他们中的绝大多数人是拒绝的。当然也有我在现实中寻不到影子，但在我对这座城市历史的回溯中，追踪到的人物。像犹太人谢普莲娜，俄裔工程师伊格纳维奇，日本战俘，民间画师等等，他们是百年前这片土地的青春面孔，如今他们的后辈，无论犹太后裔、战争遗孤还是退休狱警，与小镇弃尸者、孤独的老人、伤痛的少年、怀揣梦想的异乡人甚至城郊的赶马人等等，在哈尔滨共同迎来早晨、送别夜晚。当我告别这些人物时，感觉他们似乎还有没说完的话。还有作品中葬身塑胶泥潭的雀鹰，当我给这部书画上句号时，又看见了它那仿佛沾着鲜血的羽翼，什么样的天空和大地，才能让它获得诗意的栖居呢？这让我想起四年前到群力新居的次日，是新年的早晨，我走向北阳台时，迎接我的除了新年的阳光，还有一只站在窗外的鹰！这森林草原的动物为何出现在城市？它是迷路了、受伤了还是因为饥饿？它有话要说与一个孤独的房屋主人吗？我有无穷的疑问。当我反身取相机，想拍下它的那刻，机警孤傲的它张开翅膀，朝着天空飞去。一个浪迹天涯的精灵，一定有着一肚子的故事。这只鹰和我在塑胶跑道遇见的死去的燕子，合二为一，成了小说中雀鹰的化身。

小说总要结束，但现实从未有尾声。哈尔滨这座自开埠起就体现出鲜明包容性的城市，无论是城里人还是城外人，他们的碰撞与融合，他们在彼此寻找中所呈现的生命经纬，是文学的织锦，会吸引我与他们再续缘分。

我偏爱格里格、肖邦、斯美塔那、西贝柳斯这些民族乐派的大师，在他们的音乐里，你能听到他们身后祖国的山河之音，看到挪威的山峦，波兰的大地，捷克的河流，芬兰的天空。音乐家和作家在呈现大千世界时，也许只是山峦里山妖的一声歌唱，大地上人民的一声叹息，天空中归鸟的一声呢喃，以及河流的一声呜咽。但这每一个细小之音汇聚成流时，声势就大了。这样的民族之音，欢乐中沉浸着悲伤，光荣里有苦难的泪痕。而悲伤和苦难之上，从不缺乏人性的阳光。就像我们此时身处的世界，在新冠肺炎的阴影中，如此动荡如此寂静，但大地一定会在不久的将来，敞开温暖宽厚的怀抱，给我们劳作的自由。

毫无疑问，经历炼狱，回春后的大地一定会生机勃发，烟火依然如歌漫卷。

2020 年 5 月哈尔滨